Ⅳ

稲井田そう

Illust. 八美☆わん

悪役令嬢ですが攻略対象の様子が異常すぎる

TOブックス

contents

第十四章 夢うつつの舞踏会

第十五章 黒幕と生徒会選挙

第十六章

目次

イラスト　八美☆わん

デザイン　AFTERGLOW

CHARACTER

ミスティア・アーレン

主人公。伝統あるアーレン家の伯爵令嬢。前世の記憶を思い出し、自分が乙女ゲーム『きゅんきゅんらぶすくーる』の世界で悪役令嬢キャラと知る。一家使用人離散、投獄死罪デッドエンドの回避に奮闘中。専属侍女のメロと仲良し。

レイド・ノクター

ミスティアの婚約者。紳士的な性格で勉学、体術、芸術とすべてにおいて優秀な王子様キャラ。「ミスティアの笑顔が見たい、仲良くしたい」と思うが、怖がらせて避けられてしまう。超絶不憫。

エリク・ハイム

ミスティアの一つ上の先輩で幼馴染。ゲーム設定は俺様キャラだったが、ミスティアと出会ったことでキャラ変。彼女の一番になりたくて「ご主人」呼びをしている。婚約者のレイドや専属侍女メロのことを敵対視。依存体質。

ロベルト・ワイズ

自分にも他者にも厳しく、本来のゲーム設定では初めからミスティアを嫌う同級生キャラ。将来は医者志望だが、ワイズ家の当主にならなければいけないと思い悩んでいる。ミスティアを助けようと奔走する。

ジェイ・シーク（ジェシー先生）

担任教師。ミスティアが幼いころは乗馬教師を務め、壮大な勘違いから年の差の大恋愛をひとりでスタートさせた。強面の外見や口調とは裏腹に純情な青年だが、「ミスティアと幸せな家庭を持ちたい（俺の嫁）」と初恋をこじらせ中。奇跡的な会話成功率を誇る。

アーレン家の使用人

メロ

ミスティアの「安全と幸福」を願う専属侍女。身の回りの世話をすべて担うだけでなく護衛や家庭教師も務めている。「ミスティア様が幸せなら自分はどうなってもいい、離れてもいい」と考えつつも、心の内は「ずっと傍にいたい」と思っている。

ルーク

執事。伊達の片眼鏡と胸元には懐中時計を身に着けている。屋敷の中の危険人物からミスティアを守りたい（慈愛）。

フォレスト

庭師。アーレン家の広大な庭を一人で管理する凄腕。家庭教師も務める。崇拝するミスティアの話し方が特に好き。

スティーブ

執事長。屋敷の使用人が増えることを良しとせず、定期的に使用人を解雇したり、志願者が来ても絶対に採用はしない。

ライアス

料理長。普段は明朗快活だが、ミスティアが外で食事を取ろうとすると周りが見えなくなりうろたえる。

ソル

御者。たどたどしい口調や人見知りがちなのもすべて演技で、そうすればミスティアに構ってもらいやすいと思っている。

ランズデー

専属医。ミスティアがいつも健康のため基本的に仕事はなく、屋敷の中を散歩したりアーレン家の修繕や絵画の家庭教師も務める。

ブラム

門番。元は音楽家を志していたごろつき。ミスティアに助けられて、今や音楽の家庭教師も務める。ミスティアを崇拝。

リザー

掃除婦長。元は酒場で働く平民の妻。夫から暴力を受けていたところをミスティアに助けられた。

トーマス

門番。ミスティアの誕生日に建てられた孤児院の出身者。明るく天真爛漫で、裁縫が得意。

第十四章 夢うつつの舞踏会

悪役令嬢から魔法使いへ

「はー……」

文化祭が終わり、アーレン家の屋敷へと向かう馬車の中、月一つ無い車窓に視線を向ける。

ミスティアが学園を放火――投獄死罪のデッドエンドまで、あと約五ヶ月。冬期休暇を除けば、実質三ヶ月程度だろうか。

なんとかエリクの狂いは治まったものの、レイド・ノクターの狂いは癒えていない。

にもかかわらず、ロベルト・ワイズの話によれば、ノートを持つ何者かがレイド・ノクターを突き落とそうとしたらしい。

そしてそのノートに記されていた内容は、転生者がレイド・ノクターの命を狙っていることを裏付けるような内容であった。

でも、レイド・ノクターを殺すことが、誰かを攻略することに繋がるシナリオなんてない。

分からないことが多すぎるけれど、ひとまず私がこれからすべきことは、レイド・ノクターの狂いを何とかしつつ、さらに彼を殺そうとしているらしい転生者を調べることだ。

「おじょーさま、あともう少しでお屋敷だよ……。寝てるなら起きてね……」

「はいっ」

御者をしているソルさんの声に返事をしてから、私は明日について思案する。

アリスは、明日のダンスパーティー中ずっと厨房で働くらしい。そして攻略対象の誰もが、彼女にドレスを贈っていない。このままだと彼女は乙女ゲームの、いかにもな恋愛イベントが起きるパーティー会場から離れた場所で、延々と料理を作り続けることとなる。

ならば、どうすればいいか。

こうなったら手段は選ばない。

私がパーティー主催の関係者のふりをして、アリスにドレスを贈り、彼女をパーティーへ連れ出す。

しかし、レイド・ノクターは明日、婚約者の責務を果たすために私を屋敷に迎えに来てしまうのだ。となると、取れる手段は一つしかない。

「おじょーさま、ついたよ」

私はソルさんの声掛けに応じ、馬車から降りた。門のそばで待っていてくれたメロに、使用人の皆を集めてほしいとお願いをして、自分の部屋へと向かう。

私はベッドの下、奥深くにしまいこんだ箱を開いた。そこには、かつてある目的をもって購入し、時が来たら使おうと考えた品々が並んでいる。

短髪の、ウィッグ。男性用の服。胸部を潰す、包帯たち。

すべて逃亡用の道具だ。「逃亡者は長い黒髪の女」という情報で探す人間の目から、これらを用いて変装すれば逃れられると考え揃えていた。

けれど、私はずっとこれらを隠していた。

これを使用することに躊躇(ためら)いがないわけじゃない。

これを使用して、私に男装した経験があることが万が一にでも知られれば逃亡の際のリスクに変わる。でも、今ここで使うしかないのだ。

ありふれた髪色、平民としてありふれた装いの変装用具たち。

レイド・ノクターの全身が地雷原となっている今、もう一刻も早くアリス恋愛セラピーによって完治して頂く必要がある。

そして私は、アリスの抜けてしまった調理の仕事を代わりに請け負う。

もう、手段は選べない。

私は部屋から出て、使用人の皆を呼び出す。なにかを感じ取ったようで、皆きりっとした面立ちで、私を見据えたのだった。

異録　不在の君へ

ＳＩＤＥ：Ｒａｉｄ

「お待ちしておりました。レイド・ノクター様」

アーレン家の屋敷に向かうと、アーレン家の執事長が迎えに現れた。

いつもならミスティアが迎えに来るけれど、今日はダンスパーティーが開かれる。化粧や着替えに時間をかけているのだろう。

今日はどうしてもミスティアに伝えなければいけないことがあったから、絶対に逃げられないように無理を言ってある。

それも、対策が立てられないように、ある程度時間が差し迫ったのを見計らって。

そのまま中へと通され、客間に案内される。すると執事がティーセットを持って来て、丁寧に淹れた紅茶を差し出した。湯気は確かに立っているのに、波紋一つ揺れないそれを一瞥して、執事長に目を向ける。

「ミスティアは後どれくらいでこちらに？」

「今はお化粧をされていますから、その後髪結い、最後に着替えとなります。そして本日はパーティー。使用人一同はりきって御嬢様の御支度を務めておりますから、私がお答え出来ますのは、それ相応の時間に……とだけ」

……逃げたのでは。

不意にアーレン家の執事長に視線を向けると、監視にも似た瞳を返された。

もしミスティアが逃げたとして何処へ行くのだろうか。

僕だけを避けるのであるなら、この屋敷を出る必要はない。この屋敷に隠れている可能性のほうがはるかに高いだろう。

「おやおや？」

開け放たれた扉の向こうから、白衣を着た男が工具箱を持ちやってくる。どうにも医者にしては豪胆というか、らしくない。

「お久しぶりです。婚約者様。前にパーティーで会ったの憶えてる?」

「はい」

彼女の専属医とは、以前パーティーで会った。

あの時は掃除婦長もいたが、今日はいない。

「振る舞いには問題がありますが、腕はいいですよ」

執事長の言葉に、相づちだけの返事をして紅茶に目を向ける。そこには、じっと見下ろす僕だけが映っている。それをただ見つめていると、違和感が共鳴するように大きくなっていく。

ミスティアの傍に、必ず在ったはずの侍女。

侍女はいつだってこちらを無機質な目で見ていた。そんな侍女が、今彼女の傍にいない。そんなことは今まで一度だってなかった。

でも、今日はいない。

……ここに、ミスティアは、いない?

「ミスティアの下へ行っても?　一度挨拶をするくらいならいいでしょう?」

「かしこまりました」

僕の言葉に、執事長は一切動揺することなく僕をミスティアの下へ案内していく。僕の前を執事長が歩き、僕の後ろを専属医と若い執事が付き添っていく。

専属医の持っている工具箱が、何か重たいものと金属を擦り合わせるような音を立てている。

煩わしく感じながら部屋に辿り着くと、執事長は扉を開いた。

一歩進もうとすると、専属医が僕の肩を掴む。

「無礼では？」

「お化粧中の淑女の顔を、正面から見ようとする方が無礼じゃないですか？　婚約者様」

瞳を三日月形にし、さも愉快そうに微笑んでいる専属医の瞳の奥は全く笑っていない。まるで深淵そのものだ。でも、後ろ姿だけで分かった、確信した。あそこにいるのはミスティアじゃない。

骨格も、何もかもが似せてある。普通であったならきっと分からなかっただろう。でも僕は何百、何千とミスティアがこちらに背を向け去って行くのを見て来た。

ミスティアは、ここにはいない。

一歩下がると、執事長が扉を閉める。三人を睨みつけても一切動じることはない。

「どうか安心なさってください、婚約者様。御嬢様は御支度が整えばすぐにパーティーへと向かわれますから」

「ですから、お静かにお待ちください」

「御嬢様の準備が終わるまで」

愉快そうな専属医、こちらを冷静に品定めする執事長、そして明確な殺意を向ける、執事。

その三人を一瞥し、不意に専属医の持つ工具箱が視界に入る。

この屋敷に来るまで、伯爵と夫人と出会うことがなかった。

あの二人にさえ僕が来たことを報せなければ、僕なんてどうとでも出来る。使用人全員、繋がっているると考えていい。

……いいだろう。いずれこの屋敷は僕が支配しなければいけなくなる。

最後にミスティアがきちんと戻り、僕とパーティーに向かうのならば、それでいい。

「そうですね、ミスティアがきちんと戻ってくるまで、待ちますよ」

僕は静かに三人を見据えそう言って、笑った。

お姫様の忠実な召使い

昨夜、私は使用人の皆を集め、なんとかレイド・ノクターの目を欺き、アリスにパーティーへ向かってもらう計画への協力をお願いした。そしてパーティー当日、私はメロとともにアーレン家の門番、トーマスさんのもとへと向かっていた。

「おっじょうっさまーっ！」

そう言って私とメロのもとへ飛び出してきて、メロに頭を押さえつけられたトーマスは、私そっくりだった。彼は自分を押さえるメロを睨み、うんざりとした顔でにらみつけている。

「いてて、専属侍女ってだけで調子に乗りやがって死ね……っていうか殺す……！」

今日、私はレイド・ノクターに知られぬままに、一度学園に向かってアリスを会場入りさせ、屋敷に戻りレイド・ノクターと共に会場入りしなければならない。

そんな一連の計画には、レイド・ノクターの目を欺くこと――つまりは私の影武者が必要だった。

背恰好が同じで女装に抵抗がない門番のトーマスに、私の影武者をお願いすることにしたのだ。

彼には前から対アリスドレスの予備をお願いしていたから、かなりの労働となってしまって申し訳ないけれど……。

「あ、ドレスも仕立てておきましたよ！」

トーマスは箱をこちらに差し出してきた。可憐な長春色のドレスは、裾に亘っていくにつれて深い色のグラデーションになっており、アリスの桃色の髪によく映えるデザインだ。トーマスが元々持っていたものを、アレンジしてもらった。

「ありがとうございます。綺麗な桃色で、素敵です。すみません、色々とお願い事をしてしまって……」

「いえいえ！　お嬢様の心を作るより何万倍も簡単ですから気にしないでください！　それに針仕事をしていると落ち着くんですよぉ！　でも……」

笑うトーマスは、ふいに顔色を変える。そしてこちらをじっとりと見据えた。

「でも、その女に親切にするのは、俺より、その女が可愛いからなんてこと、ありませんよねぇ……？」

首が不自然に傾き、瞳孔をまるで極限まで開いたようにこちらを見つめるトーマス。

なんだろう。今日は情緒の不安定さが尋常じゃない。というか若干テンションの移り変わりが料理長に似ている気がしてならない。なんだろう。

「いやそういう外見的な理由ではなく、もう使命と言うかなんというか……、そうしないと困るのであって、別に誰かを上げ下げする意図はありませんよ」

「ならどーぞ！　次は御嬢様のドレス、仕立てさせてくださいねっ！」

きゃっと照れたようにトーマスは口元を押さえつつ、さらにアイドルのような手の振り方をしてくる。

そんなトーマスに控えめに手を振り返すと、メロはそのままトーマスを部屋に閉じ込めるように、ばたんと扉を閉じたのだった。

「えっ」

「いいのです。あれはちょっとした機微で気分が変わります。いい気分の間に退散しましょう」

「う、うん……」

メロは「では」と短く廊下を示して、私の様子を見計らいつつ歩き始める。遅れをとらないようにメロの跡を追う。

トーマスと共に門番を務めているブラムさんは、楽団の人員を把握し、曲目からおおよその時間配分を計算してくれている。そしてフォレストには、逃走経路の計算をお願いした。

というのもブラムさんは楽団の人間がどれほど集まり、どんな人間がどのように演奏するかを完璧に把握しているからだ。

パーティーの開催時刻からおおよその会場の人員の増減についての計算も、彼なら把握してしまう。

アーレンの屋敷から脱出することと、戻ることに関しては完璧だ。

トーマスの補助及びレイド・ノクターへの対応は執事長にランズデー先生、ルークが行う。そして学園でアリスの代打をするのは、料理長とその助手のキーナとキーノ、さらに学園で私が変装をする補助を、リザーさんがしてくれるらしい。

「それにしても、料理長が最初から学園で働く予定だったなんて驚いたよね」

馬車へと急ぎながら、私はメロに話しかける。

昨日、料理長にアリスの代打をしてほしいとお願いをした。けれど彼はもともと私の口にする料理に何かあってはいけないと、パーティーの一夜限りの責任者として会場で働く予定だったらしい。ということで、アリスの代打として、いつも料理長の助手をしているキーナ、キーノの二人が入るだけにおさまった。

「私は驚きませんでしたよ」

メロは私からアリスのドレスを取り去ると、綺麗に畳み、「両手が塞がるといけませんからね」と肩掛け鞄の中に詰める。

「両手が……？」

どうして両手が塞がると困るんだろう。基本的に活動時両手が塞がると困るのはわかるけど、なんとなくメロの言い方には何かひっかかるような感じがする。問いかけようとすると、メロは窓を睨むようにして見た。

「婚約者様が到着されたようです。もう行きましょう」

窓に視線を向けると、確かにノクターの馬車が門の前に停まっていた。おかしい。レイド・ノクターが来ることを示した時刻よりもずっと早い。三十分前行動とかのレベルじゃない。

「大丈夫です。予測の範囲内ですから行きましょう」

メロは私に手を差し出す。メロが大丈夫だというなら、きっと大丈夫だろう。私は安心しながら、彼女の後についていった。


「え、他人の家の屋根だよね?」

メロとともに屋敷を出て、たどり着いた先は学園ではなく、他人の家の屋根であった。

本当に意味が分からない。メロと屋敷を出て、屋敷の裏手からソルと合流して、馬車で学園へ向かっている気がしていたら私に掴まってくださいと言われ、手を握ったらそのまま少女漫画に出てくるようにお姫様抱っこで抱えられ、気が付いたら他人の家の屋根の上にいた。

おそらく私を抱えたまま馬車を飛び降り、路地の壁を蹴り登ったように思う。

「ここからは屋根伝いに行きます。そしてその先で御者と落ち合うと、時間の短縮になるのです」

誰にでも簡単にできるようなノリで時短テクニックを披露してくるメロは、私を抱え屋根の上を飛ぶ。

風を切りながら華麗に着地するとそのままの勢いでまた飛んだ。そして、一度傍らの建物の壁を蹴ると、その反動を生かして着地した。

「これで最後です」

ひときわ高く飛んで、ふわりと舞うようにメロは屋根に着地する。そのまま近くの階段を滑るように降りていくと、丁度ソルが立っていた。

「お疲れさま……のって……」

「はい、よろしくお願いします」

メロとともに、馬車に飛び乗る。すると馬車は、まるで機関車のような速度で走り出していった。

異録　王子様なんていらない

SIDE：Alice

最近、本気でレイド様に苛立ちが募っている。

苛立ちをジャガイモにぶつけないよう注意をしながら刻んで、顔を上げる。責任者の人がこちらを射貫くような目で見ていた。

大柄で、筋肉ががっしりとついた体型で、威圧感があるけれど、怯(ひる)んでいる暇なんてない。

私は現在、貴族学園の調理施設でジャガイモを刻んでいる。

それは今日が、貴族学園のダンスパーティーだからだ。

当然ミスティア様も参加される。でも私は参加するドレスもなければ、エスコートをお願いするような人もいない。だから私は当日の調理スタッフとして、ミスティア様との謁見に来た。

　本来スタッフサイドに回って推しへと近付くことに抵抗はあるけど、推しの輝く姿を見たいこと、私の力によってダンスパーティーの、ミスティア様のステージの役に立てること、そしてお給金がもらえるからということで参加した。

　だからこそ、当日は絶対認知されないように、運営側にいることを認知されないようにと、こうして裏方スタッフとして芋洗いにいそしんでいるのである。

　それにしても。

　最近のレイド様は一体何なのだろう。

　ミスティア様は浄土救済系アイドルだから厄介オタクに対しても優しい。

　その優しさに胡坐（あぐら）をかいて、文化祭のときは「僕に変なところがないか見てほしいなあぐへへへへ」みたいに言ってミスティア様を召使みたいに扱ったり、ダンスパーティーの練習中にべたべたときれいなんだか汚いんだかわからない手でミスティア様のその髪に触れてみたりしていた。

　婚約者だというけれど、ミスティア様はそのことを隠したいようだった。

　というか徹底的に隠していたようだった。だってミスティア様とレイド様が婚約関係にあることは、レイド様の発言が発端なのだから。匂わせ彼氏も甚（はなは）だしい。

　アイドルのミスティア様は皆のものだけど、ミスティア様はミスティア様のものだ。

　だというのにあの繋がり厨どうかしてると思う。

　本当に出禁にしてほしい。というか警察に捕まってほしい。司法は何してんの？　あんな奴野放しにしていいの？

ミスティア様にもしものことがあったら世界の損失なのに、世界は何をしているんだ。

……駄目だな。反省しよう。

語彙力の無いオタクだからすぐに大きな主語使ってしまう……。私は私だ。反省しなきゃ。もう本当にこの頭の中の言葉をめっちゃ綺麗にして綺麗な言葉を……推しを崇め称えるだけの言葉だけ出していきたい……！

っていうか私もレイド様への怒りで厄介オタク思考と化していた。

クソ害悪リアコオタクのことを考えるのはやめよう。

でも、あのイキリオタク本当に何とかしてほしい。アイドルとオタクは、当然住む場所が違うのだ。むしろそうでなくてはいけない。それが摂理だ。

だからこそ「あなたの住む場所もミスティア様と違いますからね⁉　ミスティア様はミスティア様のものであってあなたのものじゃないですからね⁉　繋がり厨強火型ガチ恋クソ害悪厄介彼氏面イキリオタクのレイド様⁉　認知欲求もうあふれ出す暇あったら推しを正しく拝んでたらどうですか⁉」と言い返したくなった。

でも、ミスティア様のファンとしてそんなことは絶対しない。私が、ファンに何かすれば、結局悪く言われるのはミスティア様なのだ。

治安の悪いファンが多いなんて広まったら、布教活動の妨げになるしミスティア様の評判だって悪くなってしまう。自分だけしか見られない鍵アカウントやノートに、この苦しみを綴(つづ)ることでしかこの苦しみは癒えない。

ジャガイモを刻みながら厄介オタク総浄土化計画について考えていると、別のことを考えていたのが伝わったのか責任者の人がこちらにやってきた。

「おい」

「はい、ごめんなさい」

完全に、今のは私が悪い。

仕事中だというのに推しではなく害悪オタクについて考えてしまった。仕事中に推しを考えながら仕事することは集中力ややる気の向上につながるけれど、害悪オタクについていくら考えたところで注意力は散漫になりいいことなんて一つもない。でも、ミスティア様は好きだけど、ミスティア様についている厄介なレイド様はどうしても好きになれない。もしやこれも、同担拒否のひとつの形……？

「話をちゃんと聞いているか？」

「すみません、聞いていませんでした」

頭を下げようとすると、責任者の人は「調理に入る。もう仕事は終わりでいい」と周りを見渡しながら言った。その視線につられるようにあたりを見ると、初めのころはわんさかいた料理人の人たちが誰もいなくなっている……それどころか調理施設にはその責任者の人と、私しかいない。

「え……」

「後の調理は俺がする、仕事は終わりでいい。金はもう払い込んである」

「ご、ごめんなさい。しっかりやるので――」

「しっかりやられると困る。もうパーティーに行け。あとの料理はこっちが作る」

いや、無理でしょ……？　調理台を見ると、まるで山のように食材が積まれている。初めに会場に置く分は、宅配に頼んだかで既に会場に置かれ、追加分やパーティー中に運ぶ料理を今から……という形らしいけど、こんな量を一人でどうにかするなんて到底無理だ。目が点になっていると、さっさと出ろと言わんばかりに責任者の人は手で払うそぶりをした。

私はおそるおそる部屋を出ると、そのままなす術もなく扉は閉じられ、鍵まで閉められてしまった。

「えぇ、なに……？」

わけも分からず呆然と立ち尽くす。調理場でスタッフとして働いて、裏方として役に立ちつつ、絶対認知されないところからさりげなく推しがステージで輝く姿を見ることが出来たならと考えていたのに、これじゃあ計画が……というか私まだ芋洗いしかしてない。全然役に立ててない。終わりだ……と俯（うつむ）いていると、ちょうど私のつま先に影が差した。誰かが目の前に立っていると気づいて、顔を上げると同時に息をのむ。

「……」

礼をする、タキシード姿の推し。

そのご尊顔は、確かに強く化粧が施され、髪色だって違う。例え担当であったとしても、推し様だとは把握できないかもしれない。胸は押さえつけられ、男装を……新衣装に身を包まれている。そんな推しが目の前に立っている。ゼロズレとかのレベルじゃない。

推しが目の前に立って生きてるだけで尊いのに新衣装初お披露目とか私前世どれだけ徳積んだ？来世もう総理大臣になって世界救うしかないのでは？

「こんにちは、可愛らしい妖精さん。どうか今宵、私に貴女をエスコートさせていただけませんか？」

声は、別の方があてられているのか、口の動きは正しく合っているけれど、推し様の声ではない。

なにこれ、なにこれ、なにこれ。

「生きていてくださってありがとうございます……！」

目の前の、あまりの尊い輝きに、私は膝から崩れ落ちた。

いざ舞踏会へ

学園にたどり着いた私は、メロの鮮やかなる動きで無事学園に入り、エスコート用の正装に着替え、アリスのもとに現れた。

気持ちレイド・ノクターがアリスとの恋愛イベントで言っていたような気がするセリフをメロ伝いで言ってみたものの、アリスは膝から崩れ落ちた。意味が分からない。

後ろを見て、壁際に隠れているメロに目配せをすると、メロは「強行せよ」と目で合図した。言う通りにします。

「さて、そのままの君でも美しいけれど、もっと君を美しく着飾らせて差し上げたい。この手を取って、目を閉じてくれないか？　いいというまで、開いてはいけないよ」

口を動かすと、寸分たがわぬタイミングでメロが少年のような声を発する。

本当にすごいなメロ。メロに出来ないことって逆に何があるのかものすごく気になるけれど、今はそんなことを考えている場合じゃない。

手を差し出すと、アリスは「星の時間は有限貴重」と何か呪文を唱え、私の手を恐る恐る取って、ぎゅっと目を閉じた。何か呪文をかけられたかもしれない。そのままメロのほうへ向かうと、彼女の立つ隣の扉が開く。

「……！」

危ない、驚きのあまり声を出してしまうところだった。ぎりぎりで口を押え、事なきを得る。扉を開いたのは、学園の掃除婦の装いをした掃除婦長、リザーさんだ。

リザーさんは笑みを浮かべると、部屋に入るよう促す。今からアリスを着替えさせ、化粧を施す算段だ。馬車の中で打ち合わせをしたけど、まさかこんなにも計画が滞りなく実行するとは。

そして設定上私は男だから、ここで退出する体を装わなくてはならない。

「ごめんね妖精さん。少し席をはずすけれど、また迎えに来るからね」

口パクをするとメロが少年声でそう言う。それに合わせてあたかも部屋を出るふりをしてドアの開け閉めをして、当然のように部屋から出ずに、つけていた手袋を脱いでアリスの着替えを手伝い始める。全員無言だ。メロはともかくとして、掃除婦長は身元を割られない。

証拠を残さないために声を出さないし、私はもちろん声を出してはいけない。そんな雰囲気を感じ取ってか、アリスは沈黙したままだ。そしてアリスは三人がかりで……というか掃除婦長とメロの華麗な助力によって、アリスは調理スタッフの服から世界のヒロイン力全開のドレス姿に変わっていった。

いつもポニーテールで結ばれた髪はほどかれ、毛先をゆるく巻かれていて、桃色の唇は艶めき色っぽくすら見える。完璧だ。

きっとアリスは今宵、レイド・ノクターを恋に落とし、この世界を、そして私を救ってくれるに違いない。

「終わったかな、お姫様。迎えに来たよ」

メロに目配せして少年ボイスで話をしてもらい、扉をノックするふりをして、さらに扉の開閉をする。アリスは私の言葉を守ってくれていて、瞳はぎゅっと閉じたままだ。あとはアリスを会場に連れていけばいい。掃除婦長に会釈をしてから、メロとともにアリスを連れて部屋を出る。

「ああ、綺麗だね、目を開いて……、さあ行こう！」

メロの、最後の少年ボイスだ。メロとはここで一旦お別れをしなくてはいけない。というのもこれから先はダンスパーティーの会場へ向かうからだ。

会場に近くなるごとに、人の目は多くなる。だから私こと謎の不審者が声を出すのも、これまで。

メロに合図を出して、私は無言でアリスの手を引き歩き出す。アリスは惚(ほう)けたような顔で黙ったまま、私に手を引かれている。ありがたい。

いろいろ聞かれても答えられないし、そもそも声を出せない。

そのまま会場にたどり着くと、まだ人々はまばらに入場し、軽く踊って体を動かしたり軽食を摘んでいるところだった。

まだ本格的なダンスは始まっていない。

ブラムさんの計算上、大多数の人間が入場し始めるのはあと五十分ほど後だ。だからまだ、練習や体慣らし程度の優しい楽曲が控えめに演奏されているだけだ。

同じクラスの人間はホールを外れたような位置で談笑し、ロベルト・ワイズが妹らしき女の子とともに会話をしている。

あとは、この場にアリスを置き去りにするだけだ。けれどさりげなく消えようにも人の入りが少なすぎる。

当然ではあるけれど、このままだと本当にアリスの置き去り感が否めず、アリスのことを「何かわけありな子」だと印象付けてしまう気がする。

そんなマイナスな印象を周囲に抱かせるわけにはいかない。

無言で引いていた手を離し、また手を差し出す。

アリスは首を傾げた後、「あ、ダンス！」とつぶやき急いで私の手を取る。そう、ダンスの時間です。

私達はゆっくりとステップを踏み、ダンスを始める。授業では「エスコートされるダンスばかりじゃ上達しない、エスコートするダンスを学びなさい、その逆も然りです」とほぼスパルタで受けたから、エスコートする側、される側、どちらも踊れる。

だから私はエスコートするダンスを、アリスはエスコートされるダンスだ。

一つ一つ、ゆっくりと踊っていく。アリスも私に合わせるようにステップを踏んでいく。

そのまま一通りダンスを踊り、また手を離すとアリスは別れの雰囲気を感じ取ったのか、こちらを不安そうに見つめた。

『また会えるよ』

そう口パクだけで伝えると、アリスは感極まったようにまた目を潤ませ、力強く何度もうなずいた。

実際会うことなんてもう二度とない。

いや同級生というか、ミスティア・アーレンとして出会うことは普通にあるけど、名もなき不審者紳士とアリスが出会うことは金輪際ない。

そのままなるべく紳士ぶった笑みを浮かべて、会場を後にする。人が見えなくなったところで全力で駆け出すと、すぐにメロが上から降ってきた。

ここ廊下なんだけどな。天井から出てきたってことかな。

「お疲れメロ、成功したよ！　行こう！」

「ええ、ずっと見ていました。屋敷へ戻りましょう」

メロの手を取り、廊下を駆けていく。そうしてまた私は、来た道をメロとともに戻っていった。

メロに抱きかかえられアーレン家の屋敷の屋根を移動していく。徐々に空の色が青から橙に変わっていて、今の時刻はちょうどレイド・ノクターと屋敷を出発する時間から三十分前を切ったところだ。

　これから化粧とドレスを着る作業がまだ残っているけれど、きっと屋敷の皆が何とかしてくれる。アリスとの遭遇の山場を抜けたことで、少し気が抜けた。

　そのままメロとともに、行きと同じように屋敷の中に入り、ドレスに着替えていく。

　レイド・ノクターの選んだドレスはゲームのミスティアが着るドレスとは異なったものだ。確かゲームミスティアは「レイド様がこのドレスを贈ってくださったの！」と自慢げに胸元がざっくりと開いた濃い紫色のドレスを着ていた。

　けれど本日私が着用するドレスは、深紅のドレスである。そして胸元も控えめで、どちらかといえば少し鎖骨が出ているというデザインだ。

　少しウェディングドレスっぽいように見える。フリルには控えめに、爽やかな青の宝石が波のように施され、動くとキラキラ反射する。

　おそらくあの紫のドレスは、ミスティアがねだり倒したかしたのだろう。ドレスに着替えて、メロに髪を整えて、化粧をしてもらい、準備は万端だ。

「メロ、今日もありがとう」

　メロに頭を下げて感謝の気持ちを伝える。他のみんなにも、今日が終わったら伝えるけれど、まずはメロからだ。メロは「いえ」と短く答えると、私を見る。

「私はミスティア様に害なすものを排除し、ミスティア様の幸せを守ることが全てです。けれどそう言っても、貴女は私に感謝をすることを、やめてはくれないのでしょうね」

「うん、そうだよ。ありがとうって思えば、いつだって言いたいからね」

私の答えに、メロは静かに笑ってから「本当に、滞りなく計画通り、事が終わりました」と安堵したように息を吐く。私はそんなメロの様子に少し疑問を覚えながらレイド・ノクターのもとへと向かった。


「さぁミスティア、ホールに入ろうか」

レイド・ノクターのエスコートのもと、二度目のホール会場へと向かっていく。着替えが終わって、レイド・ノクターと顔を合わせたとき、彼は値踏みするような目をこちらに向けると、「ちゃんと会えてよかった」と言った。

一瞬全部バレているのではと思ったけれど、入学式に私は彼を置き去りにしようとしたし、そういうことを言っているのだろうと思う。

馬車では緊張感のある世間話を交わし、ようやく辿り着いたわけだけど、相変わらず気が重い。

会場に入ると、アリスと入ってきた時と異なり会場は華やかに着飾った生徒たちであふれていた。

「もちろんミスティアは一番最初に僕と踊るんだよね？」

レイド・ノクターはこちらに満面の笑みを浮かべる。

私は手を差し出すレイド・ノクターの手を取る。そういえば、アリスは一体どこにいるのだろうと周囲を見ようとすると、アリスは会場の隅に設置されている椅子の背もたれを握りしめていた。

そしてその傍らに、笑みを引き攣らせたルキット様が立っている。

何をしているんだろう。そう考えていると、ぐっと腕を引かれた。

「よそ見をしてはいけないよ、ミスティア」

「あ……あぁ、ごめんなさい」

ダンス中のよそ見は危険だ。申し訳ないことをしてしまった。しっかりと前を見て、レイド・ノクターの洗練されたステップに合わせていく。授業でレイド・ノクターが誰かをエスコートしているところは見たことがあるけれど、思えば実際に踊ったことは一度もない。踊ってみるとこちらを思いやったステップで、疲労はあまり感じない。

そのまま曲が終わる。手を離そうとすると腰に手が回りぐっと引き寄せられた。

「え」

「まだ終わりじゃないよ。僕たちは婚約者同士なのだから」

ダンスが続行されていく。くるりとターンを誘導され、踊っていくと、会場の隅、護衛であろう人を何人も連れた白い髪の人……、体育祭で出会った人と目が合った。

「え……」

足が止まりそうになるのを、フォローされてはっとする。レイド・ノクターは私の視線の先を見て「ああ」とつぶやいた。

「あの人は次期理事長だよ」

「え」

「フィルジーン公爵家の当主で……今日は来賓として来たんだろうね」

確かあの人は体育祭でハンカチを差し出してきてくれた人だ。その後、夏にも会ったけれど、その時もどこか様子がおかしかった。思えばフィルジーンという家は、アリスが元々住んでいた家の話をしているときに、名前が出ていたような……。どこか引っ掛かりを覚えていると、やがて公爵は別の方向へ顔を向け、静かにダンスホールを去って行く。

「いつも君は、上の空だ。いつになったら君は僕をみてくれるんだろう」

自嘲するようなレイド・ノクターの言葉に、今度は完全に足が止まった。けれどそれと同時に曲も止まる。

「君は、何か僕に話すことはない？」

私が、レイド・ノクターに話をしたいこと？　そう考えて、ハッとした。私はクラウスの伝言を、彼に伝えてない。

「レイド様へセントリックさんから……、帽子は誰のものだったかと、伝えてほしいと」

「帽子……？」

レイド・ノクターは、クラウスの伝言に怪訝(けげん)な顔をした。「それだけ？」と問いかけられうなずいていると、肩に手がのせられる。

「ミスティア」

私の肩を掴むのはエリクだ。ゲームの時は華美な衣装を着ていたけれど、今日のエリクはシックな装いで、どことなく弔いをしているような雰囲気をまとっている。

「踊り終わったでしょ、次は俺と踊ろう」

「ハイム先輩、残念ですがミスティアは僕と踊るんですよ」

「婚約者同士でも、何度も踊っていたら迷惑だよ。そんなに踊りたいなら別の令嬢と踊りなよ。ノクターくんなら引く手数多でしょう？　曲が始まるよミスティア、行こう！」

レイド・ノクターの言葉にエリクは鋭く切り返すと私の腕を強く引き、人が踊る海に沈みこんでいくようにしていく。

エリクはどこか楽しそうに私の腕を引いているけれど、その力は強いものだ。重力で引っ張られるようにエリクについていくと、彼はそのまま私を抱き寄せた。

「さぁ、踊ろうミスティア」

エリクの言葉がまるで合図だったかのように、ダンスの曲が始まった。

くるくると回り、まるでメリーゴーラウンドのように踊っていくと、エリクは少し寂しそうに笑う。

「ダンスも面白いね。もっとミスティアと遊べていた時も踊っておけば良かったかな」

「これからもっとたくさん踊っていけばいいんじゃないですか？」

「そうだね。死ぬ前にたくさん踊っておかなきゃ。後悔のないように」

エリクは最近死を間近に控えたようなスタンスだなと思う。

後悔のないよう生きたいとか、ひとつひとつはいい言葉だけど、連なっていくとまるでもう死のうとしているみたいだ。

病気によって余命をわかっているというより、死ぬ日を決めて生きているような、そんな気がする。

「でも、まだまだ先は長いですよ。死ぬまで」

「死ぬなんてきっと一瞬だよ？　その後はきっと永遠だけど」

「そうですかね」

人間死ぬときなんて一瞬だ。そしてその後も瞬きだと思う。眠りについて、起きる間までの記憶がないのと同じだ。そう思うのは私が一度死んでいるからだろうか。

死について考えていると、ダンスの曲が終わっていく。するとエリクは「ほら、何事も最後は終わるんだよ」とこちらに向けて微笑みかけた。

でもその笑顔が以前のエリクとは全く異なり、どこか刹那的だと感じていると後ろから「ミスティアさんっ」と声がかかる。

振り返ると、フィーナ先輩がこちらにやってきていた。彼女を見て、エリクはどこか白けたような顔をする。

「悪いけど、ミスティアは僕と踊るから、お兄さまにはやらないよ」

「ハイムくん。婚約者でもないのに、ミスティア様と何度も踊ろうとするのは良くないんじゃないかしら」

「ネイン嬢は自分のお兄さまがミスティアと何度も踊っても同じことを言う？」

「注意はするわ。問題なのはお兄さまがミスティアさんを誘わないことだけれど……。だからね、ミスティアさんと軽食を食べるお誘いにきたの。ほら行きましょう？　今年はデザートに至るまで素晴らしく美しく味もいいのよ」

フィーナ先輩はそう言って、私を引き寄せる。

エリクはそんなフィーナ先輩に冷ややかな目を送り、フィーナ先輩も勝ち誇った瞳でエリクを見ると、エリクはこちらに顔を向けた。

「ミスティア、また僕と踊ろうね。今度はちゃんと最後まで」

「え……、はい」

最後まで、エリクの言葉に、何か引っかかるものを感じる。

最後……というより、最期のような……。いや、気のせいだ。最期まで踊る、なんてことは意味合いとしておかしいし。

でも、やっぱり違和感がある。私はどこかひっかかりを感じたまま、フィーナ先輩と軽食の並ぶテーブルへと向かっていった。


フィーナ先輩と軽食を共にした私は、踊りに誘われた先輩を見送り、会場の奥の通路を通って手洗いへとやってきていた。

ホール内に入るには、エスコートが必須である。

しかしそのセキュリティーチェックを毎回毎回行うのは手間ということで、手洗いは会場に入ってから、その会場の中の通路を通らないと行けない。

思えば前世時代、駅のトイレはすべて改札の中にあったなと思う。

そんな改札の中こと通路を通り抜け、会場内へと向かって歩いているけれど、正直、足が重い。

私は、もとよりダンスが好きじゃない。授業は別だ。授業だから仕方がない。アリスと踊った時も別だ。命がかかっているから出来る。

でもこうして、いかにも社交の場という場所でダンスをするということは、リズムゲームのごとく左足右足をタイミングよく出さねばならないのだ。やりたいかやりたくないかで言えばやりたくない。見ているほうが楽しい。

だというのに、フィーナ先輩が踊りに行くのを見送ると、フリーハグならぬフリーダンスの看板を背負っている人のようにダンスに誘われたのだ。ダンスというのは社交の場、アーレン家とつながりを持ちたいみたいな人は沢山いるし、そんな人間が「私は壁のお友達です。壁です」と壁と同化していたら、「やべぇな」とは思われても家の為に誘うだろう。

まるで格闘ゲームの組み手勝ち抜き戦ゲームのようにダンスを踊り、私の筋肉は死に、命からがらお手洗いへ行くと会場を抜けてきた。

だから今、途方もなく疲弊している。

ダンスは相手が上手ければ疲れを感じないというが無理だ。そんなこと関係ない。体を動かしているんだから何度も踊れば普通に疲れる。筋トレと同じだ。通路には誰もいないし、このまま時間をつぶすのも悪くない気がしてきた。会場にいて、万が一アリスと目見え、ドレスに何かしてしまったら嫌だし。

肩や二の腕の疲労を感じながら、何をするでもなく通路の亡霊と化していると、足音が聞こえてきた。顔を上げるとジェシー先生が立っている。

「どうしたんだ、この通路は今から閉じるぞ？」

心配そうなジェシー先生。確か会場に入るとき、時間帯ごとに通路を閉じるみたいなことを言っていたような。

「すみません、忘れてて」

「いや……。ああ、そっか、また俺は……」

しまったというような顔で先生は頭を押さえる。不思議に思っていると、「気にすんな」と首を横に振ったあと、考え込んだように俯いてから、こちらを見た。

「踊る、か？」

「え」

「曲、漏れてるから、無音なわけじゃねえし」

完全に、先生は誤解しているのだろう。普段から私は時間があればトイレに籠り、人とあまり接さない人間だ。

踊る人間がいないと心配させている。着飾り、通路で立ち往生した思い出を生徒に作らせるより、教師相手でも踊った思い出を作ってあげようとしているのだろう。

大丈夫と断ろうとするものの、先生は既に手をこちらに差し伸べていた。ここで断ると、気を遣わせた挙句（あげく）断るという最大の無礼になってしまう。

「安心しろ、俺はこの通路の施錠係を任されてる。誰も来ない」

ジェシー先生は私の中途半端に伸びた手を取ると、ゆっくりとステップを踏む。恐る恐るの動きで、こちらの様子を見ながらゆっくりと足を動かしてくれている。

実際の私の状況は、違うとして、ジェシー先生は本当にいい先生だと思う。

いつも生徒のことを思いやり、仕事があるだろうにこうして生徒に付き合って。

「いつもありがとうございます」

「気にすんな。俺だって、いつもお前に感謝してるよ」

謙遜（けんそん）の心を忘れない。素晴らしい先生だ。

「俺だって生徒であるお前らから学んでるんだ」みたいな。何かもう、本当に教師の鑑。

きゅんらぶのゲームをしていた頃は、教師なのに生徒に手を出す点について少し引いた目で見ていたけれど、実際のジェシー先生は全く違う。

アリスが恋に狂わせたと言ってしまえばそうなのだろうけど、私は今のジェシー先生のほうがゲームの時より確実にいい先生だと思う。もう、学園の校長先生とかになってトップに立つべきだし、できれば来年もジェシー先生が担任がいい。

そのまま二人で踊っていると、外の楽曲の演奏が終わったらしく、周囲が静寂に包まれていく。

どちらともなく手を離すと、ジェシー先生は静かに笑った。

「もう、終わったんだな、曲。時間が過ぎるのは早いな」

「そうですね。あっという間に感じました」

「お前も一緒か」

「……？　はい」

ジェシー先生は子供みたいに嬉しそうに笑う。何か面白いことを言っただろうか……？

先生はどこか懐かしむように私を見てから、通路の出口へと歩いていく。

「行くぞ。あんまり通路にいてもよくないからな」

「あ、はい。今行きます」

いつの間にか先生は通路へと歩きだす。私は遅れないようジェシー先生のあとを追った。


「ミスティア、どこへ行っていたの？」

ダンスホールに戻ると、まるで待ち構えていたかのようにレイド・ノクターがやってきた。完全に迷子になった子供を叱る母親の顔をしている。

でももう二回踊ったし、結婚しているならまだしも婚約中の身の上の場合ペアと離れて徘徊することは多少なりとも許されているはずだ。

現に婚約者のいるという男女も、男子生徒同士、女子生徒同士で集まっていたり、部活同士で集まったりと、学園の行事のような集まり方をしている。

婚約者同士でがっちりと二人でいるほうが極めて少ない。

「フィーナ先輩と話をして、お手洗いに……」

「ふぅん」

我ながら食あたりにあったかのような説明だ。

アリスとはもう踊ったのだろうか。周囲を見渡すと、アリスは相変わらず椅子の背もたれを何かを堪えるように叩く人になっていて、ルキット様は近づく男性を適当に躱しながらアリスを引いた目で見ていた。

時折軽食をすすめているようだけど、アリスは「胸がいっぱい、吐く」というジェスチャーをして、ルキット様は……「露骨なジェスチャーをするんじゃない」とアリスを窘めるように扇子ではたく。

もしかして、レイド・ノクターとまだ踊ってない……？

「あの、よければ私と、踊ってくださいませんか……」

そんな様子を見守っていると、クラスメートの女子生徒が、レイド・ノクターに声をかける。その少し後ろにはクラウスがいて、にやにやと笑っていた。確実に修羅場か何かだと考え楽しんでいるのだろう。

「僕はミスティアと……」

「私はお化粧を直しに行ってきますので」

こんな好機はこの先ない。今レイド・ノクターに踊ってもらって、その間にアリスのもとへ向かい、ルキット様経由で今までのアリスの状況を把握しよう。やっぱりルキット様は救世主だったんだ。

大丈夫という雰囲気を醸し出すと、レイド・ノクターは冷ややかな雰囲気を醸し出してこちらを見る。そして私をやや睨むようにしてから、女子生徒の手を取って、ホールの中央へ向かっていく。

クラウスはそんな様子を嬉しそうに見ていた。その手にはデザートの入った小さなグラスがあって、他人の修羅場を楽しみながら糖分を摂取する彼は今日も今日とて人生が楽しそうである。

気を取り直して、アリスのもとへと歩いていく。すると軽やかでありながらよく響く声が聞こえてきた。

「お兄さま！　どうして誰とも踊らないんですの⁉」

振り返ると、ロベルト・ワイズとその妹らしき女の子が何やらもめている。大変だなあと思っていると、女の子が私のほうを見た。

「あら、もしかして！」

女の子の言葉に、ロベルト・ワイズがこちらに顔を向ける。彼は目を見開いた後、より一層顔が暗くなった。不思議に思っていると、女の子がこちらに近づいてくる。

「私、ロシェ・ワイズと申します。ロベルト・ワイズの妹ですの」

「あ……、ミスティア・アーレンと申します、よろしくお願いします」

「やっぱり！　絶対そうだと思いましたの！　お話で聞くのも素敵でしたけれど、やっぱり実物はもっと素敵！」

やはりロベルト・ワイズの妹だったらしい。ロシェさんは私の名前を聞いて、なにやら感激したようにずいっと距離を詰めると、目をきらきらさせながら話を続ける。

「私、領地経営について学んでいるのですけれど、アーレンの領地の経営方針について、それはそれは感動していましたて……、まずは医療！　貧しい方々にも平等に治療を行うという考えは素晴らしいと思いますの。そうして健康な人間が増えれば労働の力が増えますものね！　先を広く見据えていけば益をもたらすことだって考えられるのに、人々は目先のことしか考えないんですもの。でも伯爵家であるアーレン家がそんな素敵な改革を行って……！」

何だろう、この既視感は。初対面だけれど見覚えがものすごいというか、目の輝き方やアリスがよく喋っている時に似てる気がするし、楽しそうにしている感じはフィーナ先輩にも似てる。

ロベルト・ワイズの方を見ると「すまない」と申し訳なさそうにしてロシェさんを押さえようとしているが、ロシェさんの勢いは止まらない。

アーレンの領地経営は父の仕事だし、私は別に何もしてない。家に帰ったら、父に伝えておこう。

「えっと、ありがとうございます。父に伝えておきますね」

「はあい！　あっどうかお兄さまと踊ってくださいませんか？」

「え？」

「ぜひ、ぜひ、是非！」

脈絡が全然掴めない。今そんな話してたっけ？　ロシェさんに対して、どことなく、キャッチセールスの達人というか、商品の販売員のプロという言葉が頭をよぎる。怪しげな壺とか、売られたら買ってしまいそうな気がする。

「おい、ロシェ……」

「だってお兄様、まったく踊ろうとしないんですもの！　誰とも踊らないまま屋敷に帰って、またお父様やお母様からお叱りを受けてしまいますわ！」

ロベルト・ワイズはまだ誰とも踊っていないらしい。「そういうの好きじゃないんで」というスタンスを貫きたいならまだしもそういう風には見えないし、「またお父様やお母様からお叱りを？」というところを聞くに、踊らないとまずいような気がする。

「えっと、踊りますか……？」

ロベルト・ワイズに問いかけると、ロシェさんが「ほら、ミスティア様に恥をかかせるおつもりですの？」と彼を小突く。彼は視線を彷徨わせるようにして、躊躇いがちに手を差し出した。

「すまない……」

「いえ、お気になさらず」

そのまま二人でホールの中央へと向かっていき、少しずつ、曲に合わせるように踊り始める。ロベルト・ワイズは本当に申し訳なさそうな顔をしていて、踊る時の顔じゃない。

「あの、妹さん、明るい人ですね」

そう言ってから、「妹と比べてお前は暗いな」などという意味合いに取られていないだろうか不安になる。別に普段のロベルト・ワイズは暗くもなんともない。

むしろ私が根暗を極めている。が、今日のロベルト・ワイズは今にも死にそうなほど思いつめた表情をしている。

しかし、妹の話題が良かったのか、少しだけ顔色が自然なものになった。

「ああ。領地経営に関心があってな。君に憧れていたようなんだ。今日のパーティーに来たのも、君と会って話がしたいからだと言っていた」

「そうなんですか。でも経営は父がしていますし……お話は伝えておきますね」

私の言葉に、ロベルト・ワイズは首を振る。

「ロシェは、君の父ではなく、君に憧れているんだ。だから、君が聞いてほしい。俺が頼める立場では、無いのだろうが……」

「え……、あ、そうなんですか……？　私に？」

「ああ。君の言葉でアーレン領の経営が変わったと聞いて、ロシェは君のようになりたいと考えている。俺は家督を放棄するから、ロシェが婿を取って、ワイズ家の領を継ぐ。君を目標にして」

踊っていると、静かに曲が終わった。そうしてゆっくりと中央から外れていく。

「じゃあ、ワイズさんは将来的に、どうするんですか……？」

「女性であるなら、修道院に入るのだろうが、それは出来ないし、親も許さないだろう。勝手に家を出るか、それが阻まれたらどこかに婿入りでもするんだろうな」

ロベルト・ワイズはつぶやくと、何かに気づいたようにはっとして、震える手を握りしめた。

「ワイズさん？」

「何でもない……。今日はありがとう。本当に、助かった……。失礼する」

彼はそういうと、震える拳で口元を押さえるようにしてから、足早に去っていく。体調不良だろうか、どう見ても吐き気を覚えているような表情だった。跡を追おうとすると、肩をもの凄い力で掴まれ、強制的に振りかえさせられる。

「見つけた」

私の肩をつかんでいたのは、レイド・ノクターだった。彼は私を見透かすように見ると、そのまま中央のホールへと引いていく。

「最後のワルツを踊るのは、君とじゃないとね」

レイド・ノクターは私の手を取って、腰を取ると、まるで自分に縛るように、動きを曲と重ねはじめる。

「あの、レイド様、体調不良の人がいて」

「駄目だよ。それに、介抱は君の役目じゃない。君の役目はもっと別にあるんじゃないかな？」

青い、晴れ晴れとした瞳が、私を見つめている。けれどその瞳はしっかりと照明の光を受けているはずなのに、深い海の底に堕ちているように、酷く暗い。何か言葉を紡がなければいけないのに、何も言葉が出てこなくて、そのまま糸で引かれたように踊っていると、レイド・ノクターは嬉しそうに口を開いた。

「もうすぐ、生徒会選挙が行われるね」

「え……」

「僕が生徒会長になったら、婚前式を挙げようか」

いつかのように、さらりとレイド・ノクターが私の髪を掬う。心臓が嫌な音を立て脈打って、冷汗が伝うのがはっきりとわかった。だって、フィーナ先輩が生きている以上、ネイン先輩は不正のでっちあげなんてしない。

ということは、レイド・ノクターが選挙に勝利し、確定的に婚前式が、開かれてしまう。

異録　専属医による延命診断

ＳＩＤＥ：Ｒａｎｓｄａｙ

「すごいよねぇ。あっという間に使用人の拉致計画を、お姫さんの望みにすり替えちゃうんだから」

「御嬢様の笑顔を守ることが、私の使命ですから」

お姫さんを舞踏会へ送り届けたお人形ちゃんに、芝居がかった声を発して笑って見せると、お人形ちゃんはただ無機質な瞳をこちらに向ける。

そう、彼女は人形だ。そしてその人形が人間らしい感情を持つのは、お姫さんの前でだけ。

「ふふ、俺も好きだよ、お姫さんの笑顔は」

あの笑顔は、ずっと見ていても飽きない笑顔だと思う。快活な、太陽のような笑みではない。けれど、優しく寄り添うような、木洩れ日のような笑みだ。

そんな笑みを守るために、今日もこの屋敷の使用人達は生きていて、狂いを抑え、薄い、ごくごく薄い氷の上を舞っていた。心のうちに歪(いびつ)な獣を、隠したまま。

しかしここ最近その歪な獣は、暴れ出そうとしていた。きっかけは、やっぱりお姫さん。

お姫さんは貴族学園に入学して、死にそうになる機会が増えた。

学園で襲われた令嬢の前に居合わせたり、誘拐されかけた令嬢の前に居合わせたり、次の日には頭のおかしな男に襲われた。夏には教会近くの崖から誤って転落した。

そしてそれから一月も経たない間に、お姫さんは婚約者を庇って崖から落ちてしまった。

普通そんな行動を娘が取っていたら、屋敷の外になんて出すべきじゃないというのに、伯爵と夫人はあくまで娘の意思が第一で、何か行動を起こそうとしない。

そうして使用人が憤りを抱える中で、お姫さんは何故だか最近、ある程度生き続け余生をまとめようとするような、そんな行動を取るようになった。

それはまぁ、簡単に言ってしまえば、使用人をどこか遠くへやってしまおうとするような。

けれど、そんなことをこの屋敷にいる人間たちが許すはずもない。

勿論このおじさんも含めて。

初めに言い出したのは、庭師だった。「このままにしてはおけない」と。

自身の新しい職場の斡旋先の資料をお姫さんが求めていることに気づいた庭師は、屋敷の他の使用人に対して、あえて不安を吹き込むような空気を作り出した。

料理長や門番、執事たちはそれに乗り、掃除婦や家令はそれをただ見守っていた。止めることをしなかったのは「このままにしておけない」という点には同意していたからだろう。

お姫さんは、悪く言ってしまえば破天荒なことを平気でする。自分の命を犠牲にすることに対して一切の躊躇いがない。

この環境の中にお姫さんがいることを許してしまえば、いずれ彼女を永遠に失ってしまうことになってしまう。

だから、屋敷のみんなでお姫さんを攫う計画を立てた。

実行は今日だった。庭師が屋敷を燃やして、門番が取り寄せたピアノ線でお姫さんを屋敷から出して、そのまま攫う作戦。実行する為の給金は十分すぎるほど貰っている。

全員が全員同じ目的であるならば、郊外の小さな屋敷に移り住み、お姫さんに一生快適な暮らしをさせることだって何も難しいことじゃない。でも結局それは、お人形ちゃんが「今日は予行練習にして、実行はまだ先にすべきだ」と昨夜に発言をして、全てすり替えてしまったけれど。

「でも、いざとなったらお人形ちゃんは、お姫さんのこと攫って二人でどこか行っちゃう気じゃない？」

そう言うと、お人形ちゃんは相変わらず温度のない瞳でこちらを見て、そのまま背を向け去って行った。さんざん泥水と闇を啜って生きた瞳だ。お人形ちゃんと家令や俺は、たぶん似たようなところに属していた人種だから、なんとなく考えていることはわかる。

それに俺も、もう何年も前からお姫さんに光を見せてもらっているのだから。

なぜなら俺は、生まれたときからつまらない世界にいた。

基本的に、大体のことは自分でやれる。それはある程度成長したら、世間様から見れば当たり前のことだと思うけど、俺の場合は少し違っていた。大体見たものは全部自分で作れてしまう。

それは、俺の技能がすごい、とかならかっこついたんだろうけど、そんな単純な話でもなくて、でもちょっとだけ単純な話だったりして、言っちゃえば俺は基本的に、一度見たものは忘れない体質を持ってたりした。

模写だって模造だって、頭の中に見たままがそのままあれば簡単だ。

一流の画家の描いた絵画だって彫刻だって、一目見ればそのまま俺の頭の中にある。どんなに高尚な説法も、猥雑な物語も、そのまま切り取るように、何度でも、何百日後でも復唱出来る。

色の作り方さえ覚えてしまえば、あとは写しとる作業だ。どんなに時間をかけて描いた絵画も、一日でまったく同じものを描けてしまう。だから、いわゆる贋作商売というやつでかなり儲けることができた。

もともと器用だし、手捌きも速い。

でも裏を返せば、どんなに嫌なことがあっても、その時の景色は永遠に忘れられないということだったりもする。

本を片っ端から頭に仕舞い込めば、その本に載っている何にでもなれる。

料理本を読んだ次の日は、知識だけはあらゆる料理に精通した料理人に。

聖書を読んだ次の日には、聖書の内容全てを把握して、神父に。

医療技術の本を読んだ次の日は、医者になれる。

そんな俺は何にでもなれるけれど、何に対しても本気になれない。それを活用して国に貢献したいとも思えないし、人の役に立ちたいほどの慈愛もなかった。

いわゆる裏路地の、人の道とは少しばかり外れちゃったような場所で、わさっと稼いではその稼ぎを酒や女に使う。明日に希望もなく夢もなく、ただ毎日楽しく刹那的に過ごせれば満足だった。

でも、そんな日々の中で面白そうな出来事があった。

時折話をしていた男が、闇から抜け出すことを宣言したのだ。毎日毎日、どん底の闇に堕ちているような、夢も希望も根こそぎ神に吸い尽くされたようにしながらも、その野心で瞳をぎらつかせている男だった。

そんな男がアーレン家の屋敷の令嬢のために働くから、足を洗うと言い出した。

俺は奴ほど屈折して、歪んだ男を知らない。

そんな男が幼い女の子に執着している。衛兵に売る気にはなれないけど、あまりに女の子が哀れだ。そして、金回りのよさそうな屋敷で働くこともしてみたかったから、俺もアーレン家で働けるよう、斡旋してもらうことにした。

裏社会で生きていてもその悪名が聞こえてくるほどの貴族の家。

高貴さはいつしか高すぎる矜持に変わり、威厳ある振る舞いに傲慢さが見え隠れするようになったアーレン家。

当主は、権威と金にしか目が無く、その夫人は、権力を自分の癇癪によって振りかざす。

ここ最近、ただ産まれて来ただけの娘の力によって、誰しも驚くほどの変貌を遂げたということを風の噂で聞いていた。

噂の真相も気になるし、その裏で何か大きな金が動いているんじゃないかと、期待をしていた。

そうして働いてみたものの、勤めた当初は肩透かしを食らった。

アーレン家の裏で大きな金が動いていたこともなければ、何か鉱脈を発見したというわけでもなかった。

　でも、そのあと見つけたのだ。数多ある宝石の中でも、群を抜いて神秘的な存在を。

「あの子を、よく見ていてほしいの」

「あの子は、生きているだけで、奇跡のような子だから」

　俺がお姫さんの専属医になった時、当主様と夫人にそう言われた。自分の子可愛さゆえの発言かと思いきや、疲れたように微笑む二人。

　そんな二人に、話で聞いた横暴な面影は全く見られなかった。あまりの変貌に驚きを隠せなかったが、二人はそれどころじゃないという様子で、俺に頭を下げたのだ。

　横暴な伯爵、そしてその夫人に何があったのか。

　考えながら屋敷で過ごしていれば、その答えはすぐに見つかった。

　お姫さんは、途方もなく変わっているのだ。

　まぁ、俺自身も人のことを言えた立場じゃないけど、お姫さんはとにかく変わってる。

　外にあまり出たがらないからと、当主様がお姫さんを外に出そうとすれば、人間を拾ってくるのだ。

　子供から大人まで、老若男女問わず、何かしら不幸に見舞われたりする人間を。

　どうにか出来ないかと言って。当主様や夫人が、何で屋敷に連れ帰って来たか訊ねると、「だって、宝石や指輪より、この人たちの未来の方が、大事だと思うんです」なんて、幼いながらに淡々と話す。

　馬車に轢かれそうになった子供を助けたり、自殺をしようとしていた男に話しかけてやめさせてみたり。

そんなことを玩具で遊ぶ回数より多く行う子供なんて、世界中どこを探してもいない。

「まぁ、死ななければどうということは無いですからね」

全てが終わった後、大抵けろりとした顔でそう言ってのけるお姫さん。

村で虐げられていた少年を助ける為、集団に食ってかかる。挙句の果てには自分の嫁に暴力を振う男を挑発し、自分を攻撃させることで周囲を動かそうとする。教会の地下で売られていた子供を助ける。

うまくいったから良かったものの、何か一つのボタンの掛け違いがあれば死んでいたような振舞いの数々。お姫さんを何とかしようとしても、お姫様は物腰の柔らかさのわりに頑固なところがあり、誰もお姫さんを止めることができない。

きっと、そうして止められない間に伯爵と夫人は因を絶とうと考えたのだ。

それはつまり、お姫さんが助けようとする人々を、なくすこと。

貧しさゆえに病に伏す人間がいなくなるように、貧しきものも平等に医療を受けられるようにする。

暴力を受けている近親者から逃れられるような制度を作り、保護する施設を作る。

そしてそれらを後押しするように、お姫さんは自分への誕生日の贈り物を「寄付して」「医者か薬を作る施設に寄付して」「孤児院に寄付して」と寄付を願いだす。

そして伯爵と夫人は、お姫さんが誕生日に寄付を願いださないように、普段から莫大な資金を福祉にあてていく。

けれど、お姫さんはそれでも寄付を頼むことを止めはしない。

堂々巡りだ。そうして過ごすうちに、伯爵や夫人は、娘の命の危機に晒され、ある種脅迫される形で貧しいもの、弱者の感情を学び、ある程度人としてまともになったのだろう。

自分の命を使って人のために動くその手腕は、なかなかに見どころがある。しかも自覚なしに。

いつか、年齢の成長とともにお姫さんは少なからず変わると思っていたけれど、突発的な行動もあれば、用意周到に練られていたり、博打のような賭けに出たりもする大胆さは変わらなかった。

ノクター夫人が襲われた時、お姫さんは珍しく我儘を言って無理やり馬車に同乗したらしい。自分に益のある我儘を言ったことなんて一度も無いお姫さんが、ノクターの子息と一緒に劇場に行きたいと強請るなんてありえない。

子息のことがどうしても好きだったからじゃ、なんて庭師は疑っていたけど、お姫さんは好きな相手ならなおさら相手を困らせるような言動は慎むはずだ。

おそらく、何かしら勘付いた上で行動したに違いない。

もしかしたら、夫人の危機を察した可能性だって大いにある。

けれど、いつもいつも、お姫さんは自分の身の安全を勘定に入れない。

それは絶対許せないけれど、同時に面白いなあと思う。

この面白さを、輝きを、一生手放したくはない。

ああいう人になってみたい。

だって、お姫さんは俺が出会った中で最も人間の理想らしく、それでいて最もかけ離れた存在だ。

だからこそお姫さんのそばにいれば、俺もまともでいられる気がした。他人のために、何か行動ができるような、そんな人間になれる気がした。なれる気がしたからこそ、お姫さんは好きに生きていてほしいいし、死んでほしくない。自分の命をどうでもいいもののために投げ出すことには、苛立ちすら覚えてしまう。

こんなにも、大切だから。

実際に俺はお姫さんのために、何かをすることが出来る。ノクターの子息を殺すことだって、容易いし、きっとお姫さんを攫うのだって楽にできる。

それに今日、お姫さんを遥か遠くへ連れ去ってしまおうという計画は失敗に終わったけど、今回予行練習を経たことで、想いも計画も、より強固なものになったはずだ。次に何かあれば、もうきっとお人形ちゃんがどんなに手を尽くしても、止めることは出来ない。

きっとお人形ちゃんはお姫さんを攫おうとするんだろうけど、そう簡単に抜け駆けさせるわけにはいかない。

「あんまり心配させないでよね、おじさん、もう年なんだから」

独り呟いて、誰もいない廊下を軽快に歩いていく。

まぁ、いざとなったら伯爵と夫人を、疫病にしか見えない毒でも盛って殺しちゃえば良い。

あのフィルジーン公爵家の狸爺だって、簡単にぽっくり逝っちゃったんだし。公爵の死すら誰も見抜けないんだから、伯爵やその夫人ならもっと簡単だ。

第十五章 黒幕と生徒会選挙

砂上の展望

ダンスパーティーから時が経ち、年末も見えてきたころ。生徒会選挙シーズンがやってきた。シーズンといっても、生徒会選挙が足を生やしてやってきたというわけではない。

つまるところ先週立候補者が発表され、選挙活動が始まったということである。

廊下の窓から、絶対に見つからないように校舎の入り口を眺める。レイド・ノクターが演説をしていた。その少し隣にはネイン先輩が演説をし、近くではフィーナ先輩がビラ配りをしている。

ネイン先輩はゲームだと生徒会選挙で、レイド・ノクターを陥れる。彼の凶行は、ひとえにネイン先輩の妹であるフィーナ先輩が、貴族同士の権力争いの闘争により亡くなったことで起きたものだ。

貴族学園の生徒会長であったという肩書は、貴族社会においてメリットがある。それほど支持されたという証になるのだ。

ネイン先輩は生徒会長になり、そしてゆくゆくはこの国の中枢に関わり、愚かな貴族たちを粛正してやるという意思の下、生徒会長選に立候補する。同学年に有力な候補者はいなかったが、一年生のレイド・ノクターの存在があった。

自分の勝利を不安視したネイン先輩は、レイド・ノクターの生徒会選挙贈賄疑惑をでっちあげる。

明らかに冷静な精神状態ではなく、自分が会長になれば妹は報われる。幸せになれると思い込んでいたのだろう。

しかし、この世界では今のところ、フィーナ先輩は普通に生きている。

むしろ元気なくらいだ。ネイン先輩には、贈賄疑惑をでっち上げるほど追いつめられる原因がない。

今回、私はただただ転生者探しに徹する。レイド・ノクターはとうとうアーレン家の婿入り、そしてザルドくんの将来を確立化させるために「式を挙げよう」なんてことを言い出した。速やかに犯人を見つけ、縁を切らなければ。

「ミスティアさん」

じっと選挙活動を観察していると、アリーさんがこちらに向かって歩いてきていた。今日のアリーさんは園芸道具を持って、にこにこと笑っている。

「アリーさん、こんにちは」

会釈をしながら近づくと、彼は「選挙活動を見ていたんですか?」と私と同じように下を見下ろす。

「はい。選挙活動、大変だなあと思いまして」

「確かに。それにミスティアさんの場合、婚約者の方が出馬されていますもんね。応援大変ですよね」

「でも、どちらも会長として、周りの人を引っ張っていける方たちだと思いますし、そういう理由もあって……」

「なるほど」

本当に、二人とも優秀な二人だと思う。いっそ二人で会長をすればいいのにと思うけど、そうなると「どちらに決定権があるんだ？」みたいな問題になったり、二人の意見が対立したときに困るだろう。そっと窓から視線を移すとアリーさんは「てっきり」と呟く。

「婚約者の方が会長になられることに、何か思うところがあるのかと思ってしまいました」

困ったように、アリーさんは笑う。

確かに私の態度はそんな感じに取られてもおかしくない態度だ。反省していると、何やら下で騒ぎが始まった。窓から顔を覗かせると、腕に腕章をつけた人間が、レイド・ノクターを取り囲んでいる。

「あれは、選挙管理委員会ですね。不正を取り締まるとかの……」

「え……？」

声こそ聞こえないものの委員たちは徒ならぬ雰囲気で、ネイン先輩やフィーナ先輩も険しい顔つきでレイド・ノクターたちを見ている。一方レイド・ノクターは鋭い目つきで選挙管理委員会らしき人々を見ていた。そして何やら問答を繰り返した後、選挙管理委員会に連れていかれるようにどこかへと歩いていく。

「おそらくですけど、選挙に何か不備があったんだと思います。一時間目の授業が始まる頃には、何が起きたかわかると思いますけど……」

アリーさんは、こわばった声色で話をした。なんだか、嫌な予感がする。まさか贈賄疑惑の容疑をかけられたとか？　しかしネイン先輩やフィーナ先輩の表情は、完全に戸惑いの顔だった。「何が起きたんだ？」と言わんばかりの顔だ。

なら、贈賄疑惑ではない……？

じっと考え込んでいると、アリーさんが私の肩を叩く。

「鐘が、鳴りましたよ」

どうやら教室に戻れというチャイムの音を、完全に無視してしまったようだ。慌て始めるとアリーさんは「そんなに急がなくても大丈夫ですよ」と呟く。

「さ、ミスティアさんの教室への最短の道のりは此方です。戻りましょう」

そう言って、アリーさんは私に教室へ戻るよう促す。私はそんなアリーさんの様子にどこか違和感を覚えながら教室へと戻っていった。


アリーさんの言葉は正しく、教室に戻って待ってみても、ジェシー先生は来なかった。しばらくしてからやっと教室に入ってきた先生は、ゲームで見たシナリオを模倣するように、レイド・ノクターの不正収賄について説明していた。

ホームルームのときの先生の説明では、収賄騒動はダンスパーティーからしばらくして、選挙管理委員会に送られた匿名の告発により始まったらしい。

委員会が独自に調査を進めたところ、彼の筆跡と同じ金銭の支払いを確約する念書が出てきた。その念書の紙は特殊なもので、婚約、婚姻などの誓約書を記入する紙を置くような、特別な店でしか扱われていない。

そして店の記録に、客として訪れた彼の名前もあったらしい。

よって放課後、私は早速レイド・ノクターが利用したとされている紙製品の専門店へと向かった。

なぜならレイド・ノクターの証拠は、専門店の利用履歴が残っていたことだった。一連の騒動は、乙女ゲームのシナリオを利用して、彼を陥れようとしている人物によるもののはず。

つまり、彼を陥れようとした証拠が、専門店にあるのだ。

不正をでっちあげる為には、専門店で紙を購入しなければいけない。レイド・ノクターの名前が載っている前後に、生徒や不審な利用者の名前があれば、その人物が何らかの形でかかわっている可能性が高い。

でも、お店側が一個人に対して顧客情報を見せることは、普通に法に触れる。

頼まれても見せないのが仕事だ。だから、ここはもう非人道的な手段をとるしかない。

私は車窓の景色が止まるのを見計らい、馬車を降りていく。馬車ばかりは変えられないし、念のため店の裏に停めてもらった。

私は御者のソルにお礼を言って馬車を出て、早速羊皮紙店に向かう。

お店は宝飾品や焼き菓子、花などが立ち並ぶ大通りから、やや逸れた場所にある。ちょうどメロと写真立てを買った店の近くだ。

早速店内に入ると、店主の女性はすぐにこちらへ近づいてきた。

「いらっしゃいませ。本日はどんなものをお探しですか」

「えっと、便箋を探していて……」

壁には紙製品を収納しているらしい引き出しで埋め尽くされ、奥にある長机には、オーダーで裁断された紙が並んでいる。隣には、顧客を管理するらしいリストが置かれていた。壁には「自主回収、打ち止めのお詫び」なんて、張り紙までされている。リストから、どうにかレイド・ノクター以外の学園関係者の名前を探さなければ。

「濃い桃色の色味の紙を探していて……」

「少々お待ちくださいませ」

店主は私に背を向け、紙を探していく。私はさりげなく顧客リストのほうへ近づくけれど、彼女はすぐに振り返り、私のオーダー通りの紙を出してきた。

「こちらはいかがでしょうか？」

「ありがとうございます。では、あの、半透明で、花柄で、こう、枝に咲く花が散っているようなものはありますか？　花は薔薇ではなく、春に咲くようなもので……」

「それは……確か上にご用意が……」

店の二階へと上がっていく背中を見送り、私はなるべく音を出さないようにして顧客リストを開いた。レイド・ノクターが入学してから今に至るまでだから、八か月分のデータを読み込まなくてはならない。私はあわててページをめくっていくけれど、名簿は膨大だ。

そして万が一にでも見落としがあってはならない。たまに柄や材質の切り替えをしているらしく、顧客ごとに紙質を変えることもあるらしい。そのメモがたまに走り書きされているせいで、人名を照会するのも時間がかかる。急いで手を動かしていると、店内の扉が開いた。

「アーレン嬢？」

「ロベルトさん」

店に入ってきたのはロベルト・ワイズだ。そして私は今、名簿リストを手にしてしまっている。さらに階段を降りる音が聞こえてきて、体が急速に冷えていく感覚に陥る。まだリストを読み切っていないし、ロベルト・ワイズに弁解しなければいけない。

「ロベルトさん。あの、これは……」

「すみません、ここで新しく取り扱いを開始した、金箔の便箋と、通達用紙を見せてほしいのですが……」

ロベルト・ワイズは、私を手で制して階段をのぼっていく。もしかしなくとも、今のうちにリストを見ろと言われている……？

私は、あわてて名簿から名前探しを始めた。すると、クレセンド家の名前があった。この家の令嬢は、同じクラスだ。ゲームのミスティアの取り巻きのうちの一人で、家は確か――罪人を収容する牢の管理を任されている家だ。

ミスティアの取り巻きは、別に私を好きにはならない。ゲームと今の私では隔たりがあるし、私にはカリスマ性もない。だからゲームと違って一緒にいなくても自然だと、気にならなかった。

ミスティアの取り巻きであるクレセンド嬢が転生者で、レイド・ノクターを殺そうとしている？

「では、すべて購入します」

「ありがとうございます。では、お会計は下で……」

二階から、ロベルト・ワイズと店主の女性の声が聞こえてきた。私はあわてて顧客リストを元あった通りに戻していく。すっかり忘れていた。ロベルト・ワイズが助けてくれたわけだけど、彼の話も聞かなければ。


「まさか君が店にいるなんてな」

ロベルト・ワイズとともに店を出た私は、そのまま店のすぐそばに停まっていた彼の馬車に乗り込み、話をすることにした。彼は変装を取り、顔を拭いている。

「俺はノクターがここの羊皮紙店を利用したと聞いたから調べにきた。君は？」

「私も、同じです。彼が選挙のためにお金を払うなんて、信じられないこともあって、名簿リストを見に」

「学園関係者の名前はあったか？」

「クレセンド嬢の名前がありました」

「クレセンド嬢の名前が⁉」

彼は驚いた様子で、身を乗り出してくる。驚いていると、「選挙管理委員の名前だ」と、茫然としながら座りなおした。

「手帳にも、選挙のことが書かれていたんだ。そこには、ノクターが選挙で不正をしたように見せかけることが記されていた」

「え……」

ロベルト・ワイズの言葉に、目を大きく見開く。

ゲームの知識によって、ミスティアがアリスを苛めるのに使用した場所……人気のない、人目につかない場所を通って、隠密行動を取ることは容易だ。街の動きも、デートイベントなどである程度予測は出来る。そして何しろ、登場人物の動向は、クラウス並みに豊富なはずだ。

「ノクターは、生徒会選挙ごときで人生を棒に振るようなことをする人間には思えない。だから君の投獄について調べることだけに尽力していたんだが……まさかこんなにも間接的に、君に攻撃してくるとは……すまない」

ロベルト・ワイズは、苦々しい顔つきで俯く。

「いえ、何も……なにも　気にしないでください」

ゲームでミスティアの取り巻きは、委員会に入ろうとすることなんて無かった。ミスティアが何の委員会にも所属していないから、彼女に取り入りサポートをする取り巻きたちは委員会に入ろうと思っても入れない。

ほかに、アンジー家、ムブーバ家の令嬢たちがミスティアの取り巻きメンバーではあるけれど、ゲームと異なりほかの委員会に入るという行動はしていなかった。

「クレセンド嬢についてだけは、レイド様にお伝えしようと思います」

あのノートに関して、ロベルト・ワイズは衛兵に話をしていない。話をしたことで、ノートに記された未来が変わってしまったら、対策が出来なくなるから黙っていてほしいと頼まれていた。

「ああ。何者かが狙っていることだけは伝えておいたほうがいい。そして君もどうか気をつけてくれ。おそらくノートの持ち主はノクターを狙っていると考えて間違いない。ノクターの婚約者である君も、その標的になる可能性がある」

「わかりました。では、これで……」

馬車から降りると、ワイズ家の馬車が通りから去っていく。何かあってからでは遅い。可能性だけでも伝えるために、私は行きよりも重い気持ちでアーレンの馬車へ戻った。


ノクター家の執事の後について、屋敷の客間へと歩いていく。手土産もなしに、そして約束もなしにノクター家へ訪れてしまったものの、すんなりと屋敷の中へ入れてもらうことが出来た。

婚約者といえど、こんな振る舞いは許されないはずだ。

しかしノクター家の使用人たちは皆物事が順序通りに収まっているような、当たり前であるかのように動いている。

いくら相手を失礼だと思っていても、主の息子の婚約者であるということで顔に出さないということもあるのだろうけど、それにしても違和感がある。客間のソファーに座り、出された紅茶に口をつけず見つめていると、扉が開いた。

「やあミスティア。来る頃だと思っていたよ」

レイド・ノクターは、謹慎前と変わらない顔つきで、こちらに向かって歩いて来る。その様子を見計らい、ノクター家の執事は出て行った。

部屋には、私とレイド・ノクターの二人きりだ。レイド・ノクターはソファーに座ると、私を挑発するような視線で見てきた。

「で、話は僕の選挙の不正のことかな」

まさか、直球が来るとは思っていなかった。私は、「それもあります」とだけ告げる。けれど本題は、別のところにある。転生者の――クレセンド嬢の危険についてだ。

「レイド様の不正の証拠とされている、紙の専門店の顧客名簿のことですが、その名簿からクレセンド嬢の購入記録を見つけました。おそらく、今回の件にかかわっていると思います。もしかしたら、宿泊体験のことも……なので、何か心当たりがないかをお聞き――」

「あははははははは！」

彼は、私の言葉に喉の奥で笑うような、堪えるような笑い方を始めた。

「はは、僕が襲われたと思っているの？」

レイド・ノクターはすっと身を退いた。

そして白けたように窓を見る。その態度の様子に戸惑いつつ「狙われていたわけ……ですし」と呟く。するとレイド・ノクターはただ一言、「あの時」と言って私を見た。

「あの時、僕は何をしていたか、覚えている？　宿泊体験で、君と一緒に崖の上にいるとき」

確か、レイド・ノクターはアリスが怪我をしたとかで、レイド・ノクターが私を呼びに来た。

そして私が傍に行き、彼は私の後ろに立っていた気がする。

「僕は、君の帽子を持っていた。きっと、貴族に詳しくない学外の人間を雇って、帽子を持っている人間を襲えなんて言ったんだろう。君は顔を覆うような帽子を被っていたのだから、顔なんて分からない、だからね、ミスティア。狙われていたのは、君だったんだよ」

そう言って、レイド・ノクターは私を見て、歪に笑う。

「狙われたのが、私……？」

狙われていたのが私だとすると、何故今回の選挙でレイド・ノクターを狙う必要があるのだろうか。もしかしたら、度重なる不幸で、彼は自分が狙われているわけではないと、思い込みたいのかもしれない。私は彼の言葉を否定せず、「ひとまず」と話を続ける。

「そうだとしても、選挙管理委員のクレセンド嬢について伺いたいです。何か、今まで話をしたことや、何かされたことはありませんか？」

「ないね、興味もない。話をしたこともないし、声をかけられたこともないかな」

レイド・ノクターは、入学前のパーティーでは、令嬢からの声掛けがかなりあったらしい。そんな中で、一度も話をしたことがないというのは、なかなかに不自然だ。それに、彼は学級長なわけで、事務連絡すらないのは腑に落ちない。

「何か、パーティーなどで一緒になったり、手紙が来たことは？」

「ない。学園でもパーティーでも顔を合わせるのは、君か、ルキット家の令嬢か、アンジー家、ムブーバ家だけだよ。クレセンド嬢と顔を合わせる機会はないね。そもそも彼女は、学園を挟んで僕らと正反対の位置に屋敷がある。立候補の時も自分のクラスの委員は通してないし、一度も話をしたことがないんだ」

「なるほど……」

「ミスティアは、僕が不正をしていないと思っているの？」

「はい。もちろん」

「ふぅん」

彼は私を一瞥して、紅茶を飲む。そうして私は、彼からしばらくここ最近の状況について聞いてから、ノクター家を後にしたのだった。


「というわけで、クレセンド嬢はレイド様に接触したことがないらしいです……」

翌日、私は登校して早速ロベルト・ワイズにレイド・ノクターのことを伝えた。

始業時間よりだいぶ早い時間だから、校舎は静まり返っている。その分声をひそめなければいけないけど、誰かが近づいてくる足音も聞きやすい。

「あえて一度も話しかけることをしなかったという可能性もあるな。逆に君はクレセンド嬢と関係はないのか？」

「ありません。私も話をしたことはなくて……」

クレセンド嬢とのかかわりは、ない。ミスティアの取り巻きであるアンジー嬢の家——つまるところアンジー家とアーレン家は、仕事上の関係はあるらしいけど、幼いころお父さんの仕事の会話に一回か二回出た程度。

ムブーバ家とは、学園に入学する前の説明会を聞いている最中に、くしゃみをしていた人程度の認識だ。あと、体育祭で旗づくりを手伝ってくれたこと。

そう考えると、クレセンド嬢は徹底的にゲームに出ていた人物たちを避けているようにも思えてきた。

「あえて君たちを避けていたという可能性もあるな……。俺は今日、クレセンド嬢から、ノクターについて訊ねてみる」

「では、私はクレセンド嬢の動きについて、周りに訊ねてみようと思います」

「そうだな。手分けしたほうがいい。彼女に直接会ったり、会う可能性があるようなことはすべて俺が――」

ロベルト・ワイズがそう言いかけて、ぱっと口を噤む。同時に背後から扉の開く音が聞こえた。

一瞬クラウスかと思い振り返ると、そこに居たのはジェシー先生だ。

「何してるんだお前ら、こんなところで」

ぼそりと、低いジェシー先生の声が教室に響く。私は先生に向き直った。

「ちょっと授業について話をしていて」

「それなら教室ですればいいだろ」

「あっ、ごめんなさい。今出ます」

きっと、次にこの教室を使うのだろう。ロベルト・ワイズと共に速やかに教室を退出しようとすると、先生は私の方だけを見た。

「アーレンは残れ」

先生の言葉に、ロベルト・ワイズが顔を曇らせる。

私はロベルト・ワイズに大丈夫だと念を込めて頷くと「失礼します」と言って扉を閉め彼は去っていった。

だがロベルト・ワイズは、また先生のもとへ顔を向け、しばらく扉を眺めた後、こちらに戻りその扉を開いた。

「教室に戻れワイズ。俺はアーレンと話をする。それとも俺に用があるのか」

「いえ、俺はアーレン嬢との話の続きがあって」

「なら教室に戻れ」

「でも」

「話は教室でしろ、それとも他の奴らの前では言えないようなことを言う気か」

冷たい眼指しで先生は言葉を発する。姿は見えないけれど声色的にロベルト・ワイズが空き教室の外で待ってくれていたらしい。

先生はしばらく扉を開いたまま顔を僅かに出し廊下を見つめた後、扉を閉じて心配そうな顔をこちらに向けた。

「大丈夫だったか」

不安気な先生の表情に、戸惑う。先生は一体何の心配をしているのだろうと様子を窺うと、先生は「あいつ」と扉の方を見る。

「前にお前のこと、変な目で見てただろ。睨んだりとか。なんか嫌なこと言われてないか?」

「あ……」

以前……入学して間もない頃ロベルト・ワイズは私に敵意を向けていたことがあった。要は私をアリスいじめの主犯だと誤解していた時期があったのだ。どうやら、それが長引いていないか心配をしてくれていたらしい。

「大丈夫ですよ。今は普通に話をしています」

「本当か？　俺を心配させないように嘘を吐いてるなら不要な気遣いだぞ」

「本当です。同級生として、きちんと仲良くしてます」

「そっか、なら、まぁいい」

先生は安堵したように息を吐いた。教室の細部にまで気を配っているのだろう。本当に先生はいい先生だと感じていると先生はぽんと私の肩を叩く。

「お前の婚約者も、この騒動が落ち着いて……きっちりやったってあいつが認めて、証拠の妥当性が完全に認められれば自主退学させられる。それまでの辛抱だからな。今は辛いだろうが、それまで俺も支えになるから」

「自主……退学？」

「当然だろ。学園内での金銭の授受は禁止だ。それに、委員会がらみでやったんだ。停学や留年の処分なんてできない。あいつは退学になる」

そう言って先生は「だから安心だな、ミスティア」と私に向かって笑う。私は半ば愕然としながら、先生の言葉に相槌（あいづち）をうっていた。

レイド・ノクターが、このままだと退学になってしまう。

ゲームでも起きていたことだから、その事実に直面することは別に初めてでもなんでもない。けれど、先生の口から聞くのは重みも衝撃も違う。私はぎりぎりと痛む胃をおさえ、教室へと歩いていく。

令嬢に詳しく、さらにおそらくレイド・ノクターが前に参加していたパーティーにも参加していて、なおかつゲームに登場していなかった人物……ヘレン・ルキット大女神様に、クレセンド嬢についていて聞こう。

手のひらを握りしめて廊下を進むと、ちょうどルキット様の背中を発見した。けれど彼女はすぐそばだ。今後ろから声をかけたらきっと彼女は過去のつらいことを思い出してしまう。

「ルキット様ー！」

なるべく離れて声をかけると、彼女は不機嫌そうにこちらへ振り返った。周りを見てからこちらに向かって歩いてくると、「様付けやめろって私が言ったの、これで何度目か覚えてる？」と、睨んできた。

「すみません、少しヘレンさんのお力をお借りしたく」

「どういうこと？」

「えっと、クラスの女子生徒について知りたくて」

「私、夏前に転校してきた人間なのだけれど」

「でも、馴染んでいるじゃないですか……私よりは絶対……」

ルキット様は、「そうね、貴女と比べると馴れ馴れしくはされてるわね」と、目を細める。

「で、誰のことについて知りたいの？」

「クレセンド嬢って……あの、どんな方とか、レイド様に興味があったとかって分かりますか？」

「クレセンド嬢？　私も話をしたことなんてほとんどないけれど……ああ、待って」

ルキット様はそう言って、「あの子、たしか体験学習で……」と続けた。

「そういえば彼女、貴女が落ちた後、しばらくしてから倒れたのよ」

「倒れた？」

「ええ。完全に意識がなくなるわけではなかったけれど……私が支えて、先生のところへ連れて行ったの。真っ青だったわ」

なんだか、分からないことがひとつ増えてしまった気がする。考えていると、「アッ、ミスティア様！　おはようございます！」と、それはそれは大きな声が後ろからかかった。

「だ、大丈夫ですか……、いや大丈夫じゃないですよね。婚約者の方が、あんなことを……」

アリスが目を伏せ、躊躇いがちに自分の手のひらをぎゅっと握る。アリスは優しい。

レイド・ノクターの心配じゃなく、不本意ながら婚約者になっている私の心配まで始めるとは。

でも、どこか引っかかる。

なんだか、レイド・ノクターが不正をしたことを、確定的に考えているような……。

「私、いつかそういうことするんじゃないかなって思ってたんです。レイド様のことは、尊敬しています。成績もトップですし、家柄も素晴らしいものだと聞きます。体育で走る速さも一番です。

私より速いです。認めます。でも私、なんていうかレイド様のミスティア様への振る舞いだけは、本当に良くないなと思っていて、いつか、そういうことをするんじゃないかなって思ってました」

……は？

「ああいう人の気持ちを考えない態度が、不正に手を染めることに繋がっていったんだと思うんです。ミスティア様、いくら婚約者といえど、他人は他人、悪いことをしたのはレイド様です。どうか気負わないでください……！」

彼女は、私を励ますように両腕でガッツポーズをした。ありがとうアリス、でも気負う。というかどうするんだ？　これじゃあレイド・ノクターの贈賄疑惑をアリスが晴らすことは絶望的だ。

「早く全部の行いが明らかになればいいですね、ミスティア様！」

「え……？　はい……」

ゲームでミスティアは「あなた、レイド様のことがお好きなの？　平民の分際で」なんて言っていて、こんな言葉一生口から出てこないと思っていたけれど、今まさに聞きたい。

平民の分際で、は抜いて。

「アリスさんは、曲がったことが大嫌い……なんですよね？」

レイド様のことではなく、そう付け足すか迷っている間に、彼女は何度も頷いた。

「はい！　大嫌いです！　賄賂なんて絶対あってはならないことだと思います」

なんだろう、間接的にレイド・ノクターが嫌いだと宣言されているように思う。どうしようかと思っていると、ルキット様が「あまり大声で話すなんてはしたないですわ」と、アリスをたしなめた。

「あっ、失礼しました！　えっと、では！　私は先に教室行ってきます！」

アリスはさっと教室へかけていく。ルキット様に「走らない！」と言われ、早歩きで去っていった。

「本当に、同じことを何度も言わせる二人だわ……」

ルキット様は、私とアリスを交互に見る。そして、「言い忘れてたけど」と、こちらに振り返ったかと思えば、懐から手帳を取り出し、こちらに渡してきた。

「これ、こんな内容だから家にも置いていけなくて、犯人探しはしているけれど、何の手掛かりもないから、警告として一応渡しておく」

彼女が差し出してきた手帳は、かなり高級な作りで、臙脂色(えんじいろ)の皮張りに、金字で「ミスティアさん語録」と記されている。

筆跡が、あまりにフィーナ先輩に似ている。でも先輩が私の言葉を記録して何の意味があるのだろうと思いなおした。

「なんですかこれは……」

「名前の通り。中身には、あなたがいつ、何を言ったかを記録するような内容が書かれていたわ。多分だけれどあなたの言葉全部じゃなくて、この手帳の持ち主がいいと思った言葉が書かれているみたいね」

私は、渡された手帳を開いた。他人の手帳を勝手に見るのは気がひけるけど、確認はしないと。

6月8日　晴れ　転入生に対して『私は昨日救っていただいた苺タルトです、って感じの』

6月8日　晴れ　自分の塑像に対して『パンを握りつぶしたようにしかならない』

確かに、私の発言が記されている。限りなく、フィーナ先輩と話をした時に限定されているように感じる。たしかネイン先輩がフィーナ先輩の手帳を探していたような……。この内容を読んでいるとルキット様が文化祭の時、複雑そうな表情をしていたのも頷けた。

「高そうなものだし、このつくりは間違いなく専門店のものよ。この学園に犯人がいると思うけれど……」

ルキット様は、思いつめた顔で手帳を見つめ、「せめて、時期限定であったなら、犯人も突き止めやすいのに」と続けた。

「時期限定？」

「知らないの？　こういう手帳って、季節や何かの時期を限定して、特別な柄のものを売ったりするの。たいてい持ち主は限られてくるから、あとは虱潰し(しらみつぶ)に探していけばいいってなるのだけれど……衛兵や学園の人間が出向かない限り、証拠を出さないし」

時期限定、その言葉を聞いてハッとした。

たしかお店では、自主回収やお詫びについて記されていた。一定の日数、紙の材質が変わっており、触れてかゆみが出たものがいたらしい。確かその日付は、クレセンド嬢が専用の用紙を購入した日付と、一致していた。

「ルキット様、ありがとうございます！」

「だから様付けやめてって何度言えば……」

「ヘレンさんありがとうございます」

「そうよ、それでいいの」

私はルキット様の手をつかみ、何度も握手をする。彼女は戸惑いながらも手を握り返してくれた。

そのまま急ぎ足で彼女と別れ、おそらく教室にいるであろうロベルト・ワイズのもとへ足を速めると、予想に反して彼は渡り廊下のすぐそばにいた。彼は駆けていた私に驚いた様子で、おそるおそる私や私の背後を見渡す。

「あ、えと、シーク先生、大丈夫だったか……？」

先ほどのジェシー先生の様子は、通常の状態から見れば僅かにおかしかった。ロベルト・ワイズはきっと私が怒られたのだろうと考えているに違いない。大丈夫だと頷き、本題を切り出す。

「あの、気づいたんですけど、クレセンド嬢が用紙を購入した日、あの日は普段と違う材質の用紙が売られていたみたいなんです」

「本当か？」

「はい。なので、今証拠として使われている紙の材質がわかれば……証拠とされている用紙の現物を見ることが出来れば、彼女へ学園や、衛兵調査の目を向けることができます。ただ問題は、どうやって現物を確認するか、なんですけど」

「確かに、一介の生徒の俺や、ノクターの関係者である君に証拠を見せることは、しないだろうな……」

ロベルト・ワイズは、あごに手をあて考え込んだ。ただでさえ退学が絡んでいることだ。部外者は当然証拠を見せてもらえないだろうし、さらにレイド・ノクター側とされる人間に対してなんて、証拠隠滅や何かしらの対策をされることも考え、絶対に見せることはしないだろう。

だから、この状況において見せてもらえる人間は、学園内ですべての委員会に対して影響があり、ゲームでは徹底的にレイド・ノクターを追い詰めることが許されていた、あの人しかいない。

「今日の昼休み、お時間ありますか？　一緒に行ってほしいところがあるのですが……」

「構わない、どこに行けばいい？」

「ヴィクター・ネイン先輩です」

「なっ」

ロベルト・ワイズが言葉を失った。それもそうだろう。相手はレイド・ノクターの対抗馬だ。敵である存在に力を貸すことなんてありえない。でも――、

「あの人なら、証拠を見ることも、触れることも許可されるはずです。副会長ですから」

頼んで頼んで、それこそノクター家で暴れるような勢いで頭を下げ続けるしか、ない。

二年のフロアは、一年生のフロアよりも上の階にある。

一年生、二年生、三年生と高い位置で授業を受ける。ほかの学年のフロアを出入りすることは推奨されていないどころか、下級生のフロアで上の学年が変なことをしないよう、禁止だ。

だから一年生のフロアに降り立つエリクは目立っていたし、今まさに二年のフロアを歩く私とロ

ベルト・ワイズも、注目されている。

　クレセンド嬢に不審がられないよう、時間をずらして教室を出たから一年の廊下を歩いていても視線なんて微塵も感じなかったけど、今は視線がぐさぐさと刺さる。

「一年生が何でここにいるんだ」「何事だ」と、廊下を歩く二年生全員が警戒顔だ。さらに、レイド・ノクターの不正に関しては二年生のほうへも当然広がっているらしく、「一年？」「あの、不正したやつじゃないよな？」なんて、ひそひそと話しすらされている。

　一年生はレイド・ノクターの不正に関して、ある程度距離をもって見ている。レイド・ノクターをおおっぴらに悪く言う人間もいなければ、擁護する人間も不思議といない。

　優しくみんなのまとめ役だった彼が、不正をした。そのニュースはあまりに衝撃的過ぎて、どうしていいかわからない様子だ。

　けれど、二年生は好奇の目を隠さない。

「身の潔白が証明できても、あることないこと言われたりしそうだな」

「はい……早く手を打たないといけませんね」

　ネイン先輩のクラスは、一番奥にある。足を速めていると、ふいに後ろから腕を掴まれた。

「ミスティア、なにしてんの？　こんなとこで」

　振り返ると、エリクが私の腕をつかんで、首をかしげていた。

　友人の登場だけど登場の仕方が完全に怖い話の怨霊だ。友達じゃなかったら声を出していたかもしれない。私は鼓動が跳ね上がったのを抑えながら、一歩後ずさった。

「あ、ミスティアのこと睨んでた嫌な奴じゃん」

エリクは私の隣にいたロベルト・ワイズを値踏みするように冷えた瞳で見て、不機嫌そうに「邪魔だからこんなの連れてきちゃったの？」と首を傾げる。

エリク、前までは社交的な感じが出ていたのに完全に拒絶モードだ。

友達想いなことに輪をかけるようにエリクは人への好き嫌いが激しい。ロベルト・ワイズへの当たりの強さは色んな要因が混ざってのことだろうし、好き嫌いをするなとは言えない。

想いはコントロール出来ることじゃないし。だけどせめて表には出さないように後で言っておこう。嫌いではないとはいえレイド・ノクターに対して手酷い態度をとる私が言えたことじゃないけれど。

でも言うタイミングがない……、いや今はそれどころじゃない。

「嫌な奴ではなく、同級生です。今日はちょっとネイン先輩に用事があって……」

「なんで？　生徒会誘われた？」

「いえ……」

「えー違うの？　てっきりそうだと思ったんだけどなぁ。じゃあ、自主的に会いに？」

「そういうのとも、少し違くて……」

「あー、ミスティアもしかして、婚約者名乗ってるあいつのこと、助けようなんて思っちゃったりしてるんでしょ」

エリクの言葉に、「一応」と返す。エリクはレイド・ノクターのことを確実に嫌っている。幼いころから馬が合わないとは思っていたけれど、おそらく取り返しのつかない段階にいっていることは間違いない。

恐る恐るエリクの様子を窺うと「やっぱりかぁ」と呟いて、顔をほころばせた。

「なんかあったら、俺も手を貸してあげるよ。協力してあげる。あいつのことは消しちゃいたいけどミスティアが困ってるなら助けてあげなきゃだし」

「え……」

「なんで驚いてるの？　人に親切にするの、ミスティア好きでしょ？」

「たしかに。人に親切にするのはいいことですけど……」

「じゃあ、困ったことあったら俺に頼ってね！　ネインはどうせ顔色悪くして机に伏せてるから、すぐ見つかるよ！」

エリクは私の首をすっと撫でて、くるりと身体を翻し、教室へと入っていく。早速教室に向かおうとすると、ロベルト・ワイズはぼそりと呟いた。

「ハイム先輩、ずいぶん違うな」

「え」

「いや……、ハイム先輩は、怜悧というか……あんな幼げな話の仕方をするような先輩では無かったように記憶していて……、すまない、忘れてくれ」

どことなく歯切れの悪いロベルト・ワイズに戸惑いを覚えながら、ネイン先輩の教室へ向かうと、机には伏せていないものの、先輩は死んだような目で一点を見つめていた。私は直接声をかけるか迷い、近くにいた女子生徒に声をかけた。

「あの、ネイン先輩に連絡があるのですが……お取込み中でしょうか？」

「あ、あはは、いや、彼は最近いつもあんな感じだから、大丈夫だと思うわ」

廊下側の扉に立っていた彼女は、どことなくひきつった笑いでネイン先輩を見た。「最近体調が悪いのですか？」と聞けば、「知らないの？　彼、妹さんに抜かれてからずっと調子悪いじゃない」と、彼女は目を丸くする。

「え、なにを？」

「試験も、芸術のコンクールも、体育も、何もかもよ。フィーナ様の才能が開花したなんて言われてるけど、今までずっと一番だったネインくんにとってはたまったものじゃないわよね。生徒会長だって本当はフィーナ様が相応しいんじゃないかって声も出てきてしまっているし、そんな中一年生と戦うんだもの、あんなふうにもなってしまうわ」

女子生徒は、「呼んできてあげる」と、ネイン先輩に声をかけた。お礼を言っている間にネイン先輩はこちらへ振り返り、愕然とした顔をして立ち上がる。

「ごきげんよう……アーレン嬢。僕に一体、何の用かな。ふぃ、フィーナに何か言われた……？」

「いえ、あの、選挙のことで少しお話が」

「ウっ」

選挙、と口にすると、ネイン先輩は胃のあたりをおさえた。

さすりながら、「選挙が、なに……？　僕を応援しろとかフィーナに頼まれたわけではない……よね？」と、弱弱しく震える。フィーナ先輩が襲われた翌日、私のもとへ現れた彼とは、まるで別人のようだ。

「そういうことではないのですが、この場では話しづらい内容なので、ちょっとお時間よろしいですか？」

「場所を移動した先に、フィーナがいたりしない？　場所は、こちらが選んでもいい？　ねぇ、直近にフィーナと会って、僕に会おうとかそういう発想でこの場所に来たりしてない……？　気づかないうちに、君たちが僕を教室から出そうと仕向けられてることは、絶対に絶対にない……？」

ネイン先輩の、この怯えようは一体どういうことだろう。まるで今までどこかに閉じ込められ、命すら脅かされていたような表情だ。私は何とも言えない気持ちになりながら、「大丈夫です」と付け足した。

「えっと、私とロベルトさんがいるだけですし、場所は、内密にお話が出来ればどこでも……」

「分かった……」

「あれ？　ミスティアさん？　どうしてこんなところに？」

ネイン先輩、ロベルト・ワイズ、そして私で空き教室に向かおうとしていると、物陰からフィーナ先輩が現れた。すると「ウゥ」と、隣にいたネイン先輩が呻く。

「ど、どうしてフィーナがここに？」

「お兄様、きちんとお立ちになって。ここは学園、次期生徒会長がそんな風になっては生徒に示しがつきませんわ」

フィーナ先輩がすかさずネイン先輩の腕を取りながら、こちらへ微笑みかけた。

「ミスティアさん、会えて嬉しいわ。てっきりお兄様とお話しに来てくれたのかと思ったけれど……お隣にいるのはワイズ家の……」

「ロベルト・ワイズと申します。フィーナ・ネイン先輩」

フィーナ先輩が首をかしげながらロベルト・ワイズを見ると、彼は頭を下げた。

「何か、込み入った話なのかしら。丁度いいわ、今は生徒会室が空いているから、そこでお話しましょうか？」

——何か、事情を抱えているようだし。そう付け足して、フィーナ先輩は悠然と微笑む。しかしその一方でネイン先輩は青ざめ、私は不安な気持ちで生徒会室へ向かったのだった。

「ミスティアさん、それで、私たちに一体どんなお話をしてくれるのかしら。もしかしてお兄様に興味が？」

生徒会室で、フィーナ先輩が微笑みながら紅茶をいれる。

案内された教室と同じくらいの広さで、右側におそらく会議などをしている机と椅子が、左側にはローテーブルとソファーが鎮座し、応接室にも似た空間が広がっていた。

そして私たちはソファーに座っているけれど、フィーナ先輩は紅茶を淹れ、ネイン先輩は先ほどからずっと小瓶に入れた薬を飲み続けている。

それにしても、フィーナ先輩の問いかけに首を振ろうか躊躇う。

今首を振ったら「あっネイン先輩に一切興味ないです」みたいな、微妙な空気になってしまう。

「今日は別の話で……」

言葉を濁すと、フィーナ先輩は残念そうな顔をした。

「では、何のお話が？」

「実はネイン先輩とフィーナ先輩に、どうか我がクラスの学級長、レイド・ノクターの贈賄疑惑を晴らす協力をお願いしたいのです」

二人に向かってそう言って、頭を下げる。

レイド・ノクターを救う手段。それは、ネイン先輩に頼み込むことだ。

生徒会であり、レイド・ノクターの対抗馬、さらにきゅんらぶのストーリー上あらゆる権力を駆使出来た彼ならば、証拠を手にすることもできるはず。

しかし、ネイン先輩は「む、むりだ」と、怯え顔で首を横に振った。

「あ、相手は対抗馬だよ？　敵なんだよ？　君には借りがあるけど、それは出来ない。出来るわけないよ」

「そこを何とかお願いします。彼は、無実なんです。疑わしい人物はもう見つけていて、あとはその証拠を手に入れるだけなんです。ネイン先輩には、生徒会が持っている彼の収賄の契約用紙を手に入れていただきたくて……」

「そ、そんなこと、できるわけない、僕なんかに無理だ。し、しかもそれって選挙管理委員会が学園に提出したものじゃないか。僕が見たいと言っても、見せてもらえるようなところにはもうないよ。そ、それに僕、もう、今年の選挙だけは絶対に勝たなきゃいけないんだ。そうじゃないと、僕はフィ――」

「お兄様、私が一体なんなのでしょう」

「えっと、そうだ。父に、絶対に勝てと命じられている。無理なんだ。だから、無理だ」

ネイン先輩はぶるぶると震え、「もう、スピーチなんて読みたくない。選挙なんて、嫌なんだ。解放されたい。無理なんだ」と俯く。

「お兄様、落ち着いてくださいませ」

しかしフィーナ先輩が、ネイン先輩の肩にそっと触れた。そして、「間違いは正さなければならないでしょう?」と、諭すように話す。

「え、で、でもフィーナ、お、お前は絶対会長になれと、でなければ、僕に死んでもら――」

「状況が変わりましたわ。お兄様、ミスティアさんを助けてあげて。お願いよ」

彼女はネイン先輩に限りなく優しい声掛けをしている。一方声をかけられているネイン先輩は、「いったい何をする気で……?」と震えている。

「ごめんなさい。ミスティアさん。お兄様はいま生徒会の選挙のことで、心が安定していないの。とっても不安定。それはお父様がね、選挙に勝たないと許さないなんて圧力をかけるのよ。選挙に勝っても人生で負ければ意味なんてないのにね。笑ってしまうわ。でもお兄様は責任感が強いから、そんなお父様の言葉にたいそう追い詰められてしまっていて……、食事すらままならないのよ」

先ほどネイン先輩は、フィーナ先輩に殺されると言っていた。二人のお父さんについては、一言も話をしていなかった。

疑問を隠しきれずにいれば、フィーナ先輩は「お兄様は、ネイン家を継がなければならない責任感もあるから。私が解放してあげればいいけれど、難しくてね」と、肩を落とす。

「それで、さっきの話を聞いてしまったのだけれど、ノクターくんが不正を犯してない証拠を手に入れたいと言っていたわね。大丈夫、安心して、私がきちんと話をつけるわ」

「い、いいんですか……？」

頼んでおいて、願ってもないことだけど、申し訳なさも出てきてしまう。

立ち位置だけでいえば、私たちは敵同士だ。ネイン先輩も、そう言っていた。しかしフィーナ先輩は、「任せて」と、春に見た死に近い表情を打ち消すように、微笑む。

「いいのよ。ほら、敵対する相手ですら正義をもって助けるなんて、生徒たちに最も効果的に宣伝できる方法でしょう？　役得よ」

「役得……」

「というのは、まぁお道化た言い方だけれど、それに、ノクターくんが不正疑惑を払しょく出来ても、敵を助けたってことで、お兄様が圧勝してしまうかもしれないわ。でも、ひとつだけ聞かせて？」

「はい」

「ミスティアさんは、やっぱりノクター君に会長になってもらいたい？」

「いえ」

即答すると、フィーナ先輩が嬉しそうに笑う。

「でも、ノクターくんが会長になれば、ミスティアさんは生徒会長の婚約者よ？　アーレン家だというだけでも十分だとは思うけれど、それ以上に恩恵が受けられるはずだわ。いいの？　もったいなくない？」

「確かにそうかもしれませんが、もし彼が生徒会長になったところで、彼が生徒会長なのであって私は会長じゃありませんし、会長が決まり恩恵を受けるべきはその婚約者ではなく、生徒であるべきだと思います」

「ふふ。やっぱりミスティアさんのこと、大好き。私に全部任せて、来年の人事ごと上手くやってあげるから」

フィーナ先輩は、笑みを浮かべた。最後のほうの言葉の意味が理解できずネイン先輩と顔を見合わせると、フィーナ先輩は「大丈夫」と、何故かさらに笑みを深める。

「えっと、ありがとうございます、よろしくお願いします」

「こちらこそ、ありがとう！」

彼女はそのまま、私の手をぎゅっと握る。でも、朗らかな笑みに何か得体のしれないものを感じて、私は不確かな違和感に襲われたのだった。


フィーナ先輩から原本を見る機会を得たと知らせが入ったのは、協力を要請して翌日のことだった。

「フィーナ先輩、あの、原本というのは」

「これよ？　ミスティアさんに見せてから、一度ネイン側でもう一度筆跡鑑定を行おうと思うの」

「こんなすぐに……どうやって……？」

ロベルト・ワイズが驚きながら、その用紙に触れる。

「簡単よ。ネイン家はね、人脈だけは確かなの。もうすぐ実力も追いつくはずだけれど、ね、お兄様」

「そうだね、僕の屍を超えてね……作られていくんだろうね、僕は……ただのピエロだ……ただ……死ぬのを待つだけなんだ……」

ネイン先輩は、この間よりずっと老成して見える。悟りを開いたような瞳に、もう恐怖の色は残っていない。私はそんな先輩を心配しつつ、原本に触れて、レイド・ノクターが記したとされる誓約を眺めた。

「ん……」

レイド・ノクターとは手紙のやり取りをしていたから、彼の字を見る機会が多かった。でも、なんだかこの用紙は彼の字には似ているものの、ところどころ違う気がする。

「よく選挙管理委員会が渡してきましたね……」

ロベルト・ワイズも原本に触れながら、首を傾げる。

「結局は貴族学園の生徒でしかない。教師ですらないのだから、本当に仕事として公平に代表を選ぶ組織ではないもの。適当に正論をもっともらしく言うだけで良かったわ。お兄様がね」

「あはは……」

フィーナ先輩の隣にいるネイン先輩は、床を見て愛想笑いをした。ひとまずこの用紙と、店で回収になった紙を照らし合わせなければいけない。

「お店に行って、回収になった用紙とこの紙が適合するか。今日の放課後、早速お店に行ってみようと思います」

「ええ。そのほうがいいわ。悪いけれどミスティアさんお願いできるかしら。私たち、ちょっと生徒会の準備があってね……」

「はい！　ありがとうございます」

これは、レイド・ノクターを追い詰めているであろうクレセンド嬢を止めること、そしてレイド・ノクターの破滅を阻止すること、絶対達成しなければいけない二つへの、大きな一歩だ。協力してもらえて本当に良かった。

ネイン先輩に原本を見せてもらった放課後のこと、放課後、私たちはまたレイド・ノクターが利用したとされる、用紙の専門店に向かうため、町へ出た。

回収となった用紙が残っていたらそれらを手に入れる。

レイド・ノクターの不正の用紙が、回収になった期間のものと同じであれば、ほかならぬクレセンド嬢が不正をでっちあげた証拠になる。

「自主回収となったものは、何かしらの証拠提出のためにある程度残しておく。きっと残っているはずだ」

「そう、ですよね……」

それでも、どことなくもしかしたら処分してしまっているのではないか、とか、店の人間とぐるであったらどうしようとか、不安はぬぐえない。

ひと一人の、いや、ノクター家の風評にも関わってくることだし、緊張しながら馬車に乗っていると、やがて店の前で停車した。

私とロベルト・ワイズは店へと入り、女性の店主さんに声をかける。

「あの、すみません。実は貴族学園の生徒会選挙の関係で、こちらで自主回収になった紙を一部いただきたいのですが……」

「え……？　またですか？」

また？　不思議に思っていると、店主の女性は後ろの棚を指さしながら、私たちにきょとんとした顔で振り返る。

「先ほど、クレセンド家のお嬢様がいらっしゃって、選挙で迷惑をかけたから、良ければ今まで回収となった用紙を買い取りたいと、在庫を購入いただいたのですが……なにか不備がございましたか？」

「そんな……」

それはつまり、完全なる証拠隠滅だ。

レイド・ノクターの身の潔白を証明する証拠がなくなってしまう。

私はぞっとしながら、「すみません、もう、その紙は一枚ものこっていませんか？」と問いかけると、店主の女性はやや困り顔で、「あるにはありますが……」と、後ろの階段を振り返った。

「実は、過去のものと混ざった箱たちがあるんです。そこには二枚ずつくらいあるんですけど、あの、夜に店に立つ父が雑に管理していて、おそらく日付だけ書いて、色々な在庫とともに、その……とりあえずでとっているというか。お探しするには時間がかかるかと……」

「そ、それ、私たちが探すというのは、ダメですか？」

おそるおそるお願いすると、店主さんは小刻みにうなずく。

けれど、どこかその視線は不安げだ。

「それは問題ございませんし、こちらもそうしていただけるなら大助かりなのですが……な、なにぶん量が多いので、ご、五百枚くらいの紙はごちゃごちゃしており……だ、大丈夫でしょうか？」

「はい！　無理を言っているのはこちらのほうなので、本当に、ありがとうございます！」

「ありがとうございます」

私はロベルト・ワイズとともに、頭を下げた。

そのまま二階に上がるよう促されると、「待ってください！」と、後ろから声がかかった。

「ミスティア様!!」

揺れる桃髪、潤んだ空色の瞳。感極まったようなアリスが背後に立っていた。

彼女の隣には、顔をひきつらせアリスを見るルキット様もいる。もしかして、レイド・ノクターを助けに？

期待をしている間にアリスは時速三桁にも届く勢いで私の足元に飛んできた。

「ミスティア様、ミスティア様、私が間違っていました。クソヤッカーガイアクゴミタクレイド様なんかいなくなればいいと思っていたのですが！　ミスティア様のどんなファンでも大切にするその精神！　感動しました！　すごく、すごくです！　わ、私もお手伝いさせてください！　ミスティア様のお力に、なりたいです！」

「え……」

私の力に……？　レイド・ノクターの力になりたいのではなく？

「この子、ワイズさんに貴女の馬車にワイズさんが乗り込んだって騒ぎだしてね、ミスティア様がひどい目に遭わされてしまう！　なんて馬車相手に自分の足を使って追いかけようとしていたから、私が乗せたの。今まで足にすることはあっても、足にされたのは生まれて初めてだわ。最悪な気持ちよ」

ルキット様は疲れ気味なのか、普段の華やかアイドルの話し方ではなく、素に近い状態だ。

そして、「私も手伝うわ。一人で帰るのも癪だしね」と、ため息を吐く。

「ありがとうございます……」

「別に、逆の立場なら貴女もしていたことでしょ」

「ミスティア様！　一生オサセテイタダキマスノデ！」

アリスが何度もガッツポーズを繰り返す。

五百枚の量をさばききれるかという不安が軽くなったのと同時に、心強さも感じた。ゲームシナリオが終わったら、アリスやルキット様、ロベルト・ワイズにたくさんお礼がしたいと強く思う。

フィーナ先輩にも、ネイン先輩にも……上げだしたらきりがないほど、私は助けてもらっている。

恩返しがしたいし、もっとちゃんと付き合いたい。

「こんなに紙って種類があるのね……」

ルキット様が、ため息がちに紙片を一枚拾い上げる。

あれから皆で膨大な紙束を確認しているけれど、目的の自主回収用紙は見つかっていない。

それどころか、徐々に日も暮れ始めているというのに、まだまだ調べもしていない紙の山だ。

アーレンの家に持ち運んで、泊りの連絡をしたほうがいいかもしれない。

でも後になって、証拠に対する信用を損なう原因になるのも避けたい。

どうしようか悩んでいると、コツコツとこちらに登ってくる足音が聞こえてきた。

「ミスティアさん、ずいぶん大変そうだけれど、大丈夫……？」

「フィーナ先輩……」

「生徒会の仕事、ちょっと人に任せられそうだったから、来ちゃった。手伝うわ」

こんなにも、頼もしい来ちゃったが今まであっただろうか。

今までこの単語には苦しみしか覚えなかったけれど、今は救いだ。

「ありがとうございます、フィーナ先輩……！」

「ううん。ミスティアさん、いつもお礼を言ってくれるけど、気にしなくていいのよ。全然気にしないで」

フィーナ先輩は満面の笑みだ。そしてルキット様やアリスに目を向け、「あなたたちがルキットさんとハーツパールさんね、ずっとお話ししてみたかったの、よろしく」と、選挙活動のように二人の手をとっていく。

「あの、生徒会の仕事、大丈夫ですか？」

「大丈夫よ？　所詮私は補助だしね。生徒会に本格的に関わることは来年だし、今は事業も落ち着いているから」

「事業？」

「ええ。少しお父様が任せてくださったの。この夏、お父様のお仕事を見ていたのだけれど、もう少し、こうした方が良くなるんじゃないかと思うことが増えてきてね。お父様の事業に協力している方に私の話をして、私に協力してもらえるよう頼んでいたら、私に家のことを任せるようになって」

それは……いわゆる、家庭内乗っ取りというやつでは……？

しかし、フィーナ先輩の瞳はあまりに無邪気に澄んでいる。野心は見えないし、心からの善意に思えてくる。

「だから、自分であれこれ動かずに済むようになったから、時間は余っているのよ。安心して？

それに私うれしいの。私にはあまり知り合いがいないから、ミスティアさんがお話ししている方と仲良くなれたらなって」

「フィーナ先輩……」

「だから、さっさと終わらせて、お茶でもしましょうよ、ね？　みなさん」

「はい！」

フィーナ先輩の言葉に、アリスが手を挙げて返事をする。

一方ロベルト・ワイズやルキット様は、やや緊張気味だ。私は「よろしくお願いします」と頭を下げ、紙束あさりを再開したのだった。


「あ、あ、あああ！」

フィーナ先輩も加わり、回収用紙探しを再開して、約二時間。アリスが突然声を荒げた。

私が慌ててそばに近づくと、彼女の手にはクレセンド嬢だけが来店した日付が記された紙が握られていた。

「これ！　これですよね？　ミスティア様が探されていた用紙って！」

「はい！　これです！」

「やった、やったあ！　やった！」

アリスはまるで、自分のことのように喜んでいる。ルキット様やロベルト・ワイズは「終わった……」と安堵した様子で、フィーナ先輩は微笑みながら拍手を始めた。

そして、「早速確認しなくちゃね」と、自分の懐からレイド・ノクターの契約用紙を取り出そうとする。けれど、それと同時に小ぶりの赤い手帳が現れた。

「あっ！　私の推し手帳！」

さきほどまで「やったあ」と喜んでいたアリスが、目を丸くした。

手帳を落としたほうのフィーナ先輩も、アリスと同じようにはっとして「もしかしてあなたがこの手帳を……？」と驚いた様子だ。

「はい、そうです！　これは私の手帳です！　無くしたと思っていたのですが、ずっと持っていてくださったんですね！　ありがとうございます！」

フィーナ先輩に差し出された手帳を受け取り、アリスは満面の笑みを浮かべた。表紙には「ミスティア様との思い出」と書かれている。

なんで、私の思い出を書いているんだ？　のちの裁判の証拠ともなり得そうな手帳に、戦慄が走るものの、今までのアリスの行動に、ぼんやりとした疑惑がわいた。

本当に、間違っていたら自意識過剰も甚だしいし、恥ずかしい。でも、もしかしてもしかすると、アリスは私を、友達だと思って、好いてくれている？

今までデコレーションのクッキーをくれたり、応援したいとか、言ってくれていたけど、もしかして、かなり友好的に接してくれているのでは……？

「私も実は手帳を失くしていて、その時に見つけたのだけれど、そうね、あなたがこれを……」

そして聞こえてきたフィーナ先輩の言葉に、私は確信した。私はおそるおそるルキット様から受け取った手帳を取り出す。やはりと言うべきか、フィーナ先輩は「あぁっ、私のミスティアさん語録が！」と私の出した手帳を見てうろたえた。

今まで、こんなにもフィーナ先輩が大きい声を出したことはない。私は驚きつつも「どうぞ」と、彼女に手帳を返す。

「ありがとう、ミスティアさんが拾ってくれていたなんて」

「いえ、それを拾ったのは、ヘレンさんです」

「えっと、ありがとう。ルキットさん」

フィーナ先輩は気まずそうにうつむき、アリスも何故か顔面蒼白と化し、震えだした。

緊迫した空気があたりを包み、ロベルト・ワイズも気まずそうに眼鏡のブリッジをいじっている。

ルキット様はといえば、壁沿いに移動してしまった。

私は空気を変えるように、そして本題にはいるため、「照合をしましょう」と、皆に声をかける。

「そうね、これでノクターくんの疑惑が晴れるかもしれないわけだし」

そういって、フィーナ先輩はレイド・ノクターの書類と、さっき見つけたばかりの用紙を照らし合わせた。色も、材質も何もかもが一致している。

「やっぱり、ノクターくんの不正疑惑は、ねつ造されたものみたいね」

「はい。でも、これで不正をしていないと証明することが出来ますね」

そう、周囲を見渡すけれど、全員どことなく浮かない顔だ。

特に私の発言が書き込まれた手帳についてロベルト・ワイズは知らないから、彼は状況を把握できず、じっとこちらの様子をうかがっている。

私は意を決して、フィーナ先輩に声をかけた。

「あの、どうして私の発言なんて、記録していたんですか？」

このまま何も見なかったことにしたいけど、やっぱり気になる。なぜフィーナ先輩は、私の発言を記録していたんだろう。友人同士、交換日記を記念にすることはわかるけど、記念に発言を記録することは聞かない。どちらかというと議事録とか、裁判とか政治のにおいがする。

答えを待っていると、先輩は「気持ち悪いわよね……」と力なく声を発した。

「いえ、私の発言が精神的に苦痛で、記入をすることで心の負担を和らげているのであれば、改善しなければいけないですし」

「ちっ、違うのミスティアさん、ミスティアさんの発言は不愉快ではないわ！　あの、私……お友達がいないでしょう？」

フィーナ先輩は私を窺うように見た。いや同意しかねる。

というか私より百倍フィーナ先輩は友達が多いように思える。

それに出会って間もないころ、知り合いの公爵家や侯爵家の令嬢のお茶会に一緒に行こうとか、色々誘いをもらった。さらに、学園でよく女子生徒の中心にいて、リーダーとしてみんなを仕切る様子だって、日常的に見ていた。

けれどフィーナ先輩は私の心を察したように「いないの。ミスティアさんがいないと孤独なの、独りぼっち」と念を押した。

「え、い、いますよ。フィーナ先輩、休み時間とか、お話を――」

「単刀直入に言うとね、私の性格のよくないところが出てしまうけれど、付き合いよ。あれは」

きっぱりとした口調で否定され、私は口をつぐんだ。

「今まで私は、家の為にと、家に益があるかどうかで付き合う人を決めてきたわ。でもミスティアさんは違うの。確かにアーレン家と親交を深めることはネイン家に益があるけれど、でもミスティアさんとはそんなことを関係なしに仲良くなりたいと初めて思ったの……それでミスティアさんとお話をすることは、新鮮で、楽しくて……日記のつもりでミスティアさんとの会話を手帳に認めていたの」

「ワカリミガフカイ……！」

フィーナ先輩の言葉に唸るようにぼそっとアリスが何かを言った。けれど通じなかった。分かりみとは一体……分かり身？　なんだろう。

「でも段々、私自身忙しくなってきて、それで何とか時間を作って書いていたら、ミスティアさんの言葉だけ記録するようになったの……」

フィーナ先輩は俯き声を震わせた。なるほど、元は日記だったのか。確かにフィーナ先輩は生徒会副会長であるネイン先輩の手伝いをしているし、忙しい立場にいるように思う。日記を書く時間が減っていき、私の発言だけを濃縮したような手帳に不可抗力でなってしまったということか。

何だかはじめ見たとき、フィーナ先輩の手帳を変だなと思ってしまったことを申し訳なく思う。人の日記に対して酷い感想を抱いてしまった。

「ごめんなさいフィーナ先輩、あれはフィーナ先輩の大切な日記だったんですね。今のお話でよく分かりました」

「本当？　これからも私と友達でいてくれる……？」

フィーナ先輩は、俯きながら弱弱しく問いかける。私は先輩に手を差し伸べた。

「はい。ぜひこれからもよろしくお願いします」

「なら、これからも記録していいのかしら」

先輩は私の手を握り返すと、即答した。どことなく違和感を覚えながら頷くと、フィーナ先輩はぱっと顔を明るくして顔を輝かせる。

「ふふ、良かったわ！　私これからもミスティアさんのお友達でいられるのね！　ミスティアさん、これからもよろしくね」

なんだろう、さっきまでの弱々しいフィーナ先輩はどこへ行ったんだろう。戸惑っていると、私の横に誰かが……アリスが立った。

「あの、ミスティア様」

「はい」

アリスは、フィーナ先輩から受け取っていたノートを抱え、真っすぐ私を見る。きっと傍から見ればヒロインが悪役に立ち向かっている構図になるのだろうが、なぜかヒロインは「ミスティア様オシ手帳」と記されたノート持っている。オシってどういう意味だろう。全然わからない。アリスはノートを広げ、私に差し出した。

「私、推しとの接触はなるべくしないほうがいいって、決めてたんですけど、でもこう、日々のうれしい気持ちって、どうしても薄れていくじゃないですか。私は今こうして生きていて、いろんな人と話をして、勉強して、出来事を脳に記録して永久保存したいという気持ちはあっても、実際はどうかわからないじゃないですか。でも私は毎朝ミスティア様とお話をして、貴重な経験を頂いて、そんな機会をただ徒然（つれづれ）とレポートとして書いて、残して、読み返しては生きていたり、勉強するやる気につなげていたりしていて、決してこういったものを書いて送りつけようとか、これだけ書いたからすごいファンですとミスティア様に認知してもらおうとは思っていませんでしたが、やっぱり過剰なことって駄目だと思うんですよね」

「はい……えっと」

「不快感を覚えたのなら、この手帳はすぐに燃やします。なので、誠に申し訳ございませんがミスティア様の意見を聞かせてください」

アリスは体を折り曲げるように私に頭を下げた。

いや私を応援することが生きる支えというのは意味が分からないけれど、別に記録されてるのは不快じゃないし、手帳を見る分にはかなり凝った作りで、相当時間をかけているように思う。

これを燃やすのは、なんだかアリスの時間を無駄にしてしまっているみたいだし、燃やすべきものではない。

「えっと、不快じゃないです。なので別に燃やさないでいいですし、今まで通りで、大丈夫……ですけど。その、何で私を、応援したいと思うんですか……」

「ミスティア様はオシだからです」

「なるほど……。えっと、これからもよろしくお願いします……」

先程フィーナ先輩と握手をした手前、アリスと握手しないのはなんだかアリスだけ暗に許していないような気がする。アリスに手を差し伸べると彼女は大きく目を見開き、「握手会……？　券ないのに？」と私を信じられないものを見るように見た。

なんだろう、アリスはどこか異国の文化に精通している、とか？　そんな設定があったかゲームの記憶を思い返しつつ、シナリオ強制力が働きアリスの手を握りつぶさず済むように気をつけようとアリスが手を握るのを待っていると、アリスはそっと私の手を握り、なぜかぼそっとカウントをして手を放した。

「ありがとうございます、生きてくださってありがとうございます！　応援してます！　失礼します！」

アリスはまるで進行方向を定められているかのように下がって私から離れる。その様子をルキット様が驚愕の眼指しで見ていた。フィーナ先輩はなぜか満足げに頷いて、ロベルト・ワイズはただただ戸惑うばかりだ。私も同じ気持ちである。

アリスから好かれていることはわかった。ありがたいと思う。でもなんでこんなに好かれているんだろう。じつはミスティアの容姿が、とんでもなく好みだったとか……？

「えっと、では、あとはこれを選挙管理委員会の二年生や三年生に提出して、レイド様の不正はなかったと、お伝えすれば……」

「そのことなんだけど、私、選挙管理委員会は信用できないと思うの。上層部も含めて」

「え……？」

選挙管理委員会に在籍しているクレセンド嬢といえど、さすがに二年生三年生に働きかけをして、出された証拠をなかったことにしてくださいなんて言えるはずがない。

しかし、フィーナ先輩は「生徒会といえど、私にあっさり証拠を渡すような組織よ」と、厳しい顔つきで話す。

「ねつ造された証拠で動く軽率さもあることだし、それに、ノクターくんの悪評も広まっている。皆に不正がなかったと伝えることが大事だと思うの」

「えっと、それは紙に書いて、張り出すとか……ですか？」

「ううん。お兄様に協力してもらって、投票前のリハーサルでノクターくんの不正について、暴くの。ごめんね、お兄様にかなり分がある形になってしまうけれど、そうじゃないと中々お兄様の協力を得ることが出来なくて……」

「いえ、それは……こちらも無理を承知でお願いしていたことなので」

ネイン先輩は、フィーナ先輩が死んでいないにもかかわらず、追い詰められている様子だった。

お父さんに責められているけれど、もしかしたらシナリオの強制力により、実の妹が死んでしまうほど詰問をされているのかもしれない。

「えっと、今から話す作戦は、ぜひこの場にいるワイズくん、ハーツパールさんやルキットさんにもお願いしたいんだけど、いいかしら？」

フィーナ先輩の呼びかけに、皆は「もちろん」と、快諾してくれている。

なんだか大事になってしまっているけれど、ありがたい。きっと不正のでっちあげが知れれば、人を突き落とそうとするクレセンド嬢に調査の目が向くだろう。

このことでフィーナ先輩たちやロベルト・ワイズ、アリスやルキット様の身に危険が迫る可能性もあるけど、すでに彼女はレイド・ノクターの人生を破壊しようとしている。

このまま野放しにしてしまうほうが危険だ。

「私も、出来ることならなんでも協力します」

人を突き落とす、陥れる。そんな凶行は、早く止めなければいけない。何があっても。

そうしてフィーナ先輩に頼まれた私の仕事は、投票日、クレセンド嬢に不正の証拠をつきつけることだった。

成功率を考えればアリスに出てもらうのが一番だけど、万が一、クレセンド嬢への処分が軽かった場合、罪を暴いた者……表舞台に立つ人間が逆恨みされる可能性がある。だから、願ってもないことだった。

フィーナ先輩によると、私がまず決選投票日、投票会場のリハーサルの段階に選挙管理委員会、そしてクレセンド嬢に証拠を突きつけ、罪を暴く作戦だ。

段階的にフィーナ先輩、ネイン先輩と姿を現し、まるで演劇の最終演目のようにドラマチックに、相手を追い詰めることで、こちらのペースに巻き込む作戦だそうだ。

そして、時間を空けずに決選投票の場で、選挙管理委員会からレイド・ノクターの不正がなかったことを伝えさせれば、効率よく全校生徒の誤解を解くことができて、悪い噂も払しょくできるらしい。

フィーナ先輩もネイン先輩も、頭がいいと思う。敵じゃなくて良かった。

だから現状、決選投票日前日にして、私のすることといえば明日に備え、ネイン先輩に渡された証拠、そして台本を完璧に覚えることである。

その為に朝、私は空き教室で台本を読み込んでいた。屋敷でも練習はしたけれど、万が一噛んだりして台無しにしてしまってはいけない。

明日はレイド・ノクターの運命がかかった大事な日だ。

一つ一つ書かれた言葉を頭の中にしまい込むようにしていると、扉ががしゃん、と音を立てた。

朝アリーさんに会って鍵を借り、しっかりと閉じてクラウスも入ってこられないようにしてあったが、絶対クラウスだろうと確信しながら顔を上げると、扉の窓から見えたのはクラウスではなくジェシー先生だった。

「あ、すみません」

鞄の中に台本を慌ててしまい込み、鍵を開く。

すると先生は「どうしたんだ、鍵なんか閉めて」と言いながら教室に入ってきた。そして私の鞄を見ると「何やってた？」と私に疑いの目を向ける。

「勉強です」

「本当か？　嫌がらせじゃなく？　噂は変な風向きになってきたが、ノクターの件で何か言われてんじゃねえだろうな」

そう言って先生は私を見た。初めのうちは不正を働いたレイド・ノクターの婚約者として、どことなく警戒するような目で見られていたけれど、それは基本的に他の学年や他のクラスでの話で、私のクラスでは同情的な目や、「どう扱っていいか分からない奴が更にどう扱っていいか分からない奴になってしまった」という腫物に触わるような目で見られていた。

だからゲームのミスティアがしていたような嫌がらせというか、嫌がらせという柔らかなクッションを置いた犯罪行為は行われてないし、言われてもない。

「大丈夫ですよ」

「ならその紙俺に見せられるよな?」

先生は私を真っすぐ見た。

しまい込む様子がいけなかったのだろう。完全に、見られちゃ不味いものを隠したように隠してしまった。実際に見られては不味いものだけど、疑惑を持たれるような隠し方をするべきではなかった。

「いや、これはちょっと」

「出せ、脅迫だったらすぐに対処する。絶対お前を危険な目には遭わせない。信じろ」

そう言いながら先生は、強引に私の鞄から台本を引き抜いた。

私の抵抗も虚しく先生は台本に目を通す。あまりのことに血の気が引いていると、先生は後ろを見やり、扉に向かって廊下を確認して鍵を閉めてから、またこちらに向き直る。

「お前、どうしたんだこれは」

「……それは」

「言わなきゃ分からないだろ。俺はお前を信じる。他の奴になんて言いふらしたりなんかしない。だから全部言え」

「……でも」

「ミスティア」

諭すように先生は私に声をかける。このままではいられない。拳を握りしめながら、口を開く。

「レイド様、不正をしていなくて、その証拠も見つかって、それを、明日発表しようと」

「お前ひとりでするのか？」

「いいえ、協力してくださった方がいて……」

名前だけは言わないほうがいいかもしれない。先生は大丈夫だと思うけど……。

「お前がそこまでしてやらなくてもいいのに」

「え……」

「あいつは、ただの名前だけの婚約者だろ？　それなのに、お前がこんな……協力者募って疑惑晴らしてやってって……」

先生は悲痛そうな顔で台本を見つめる。あれこれ追及してこない……？

疑問に思っていると、「安心しろ、誰にも言ったりしねえよ」と言って私に台本を差し出してきた。しかし私が受け取る前に「でもな」と何らかの前置きをする。

「お前、しっかり線引きはしておけよ？」

「え？」

「お前が、目の前の奴が困ってるの放っておけないってのは知ってる。普段はじっとしてるのに、いざとなると行動的で。でもな、自分のことを身を挺してかばったり、自分が疑われるときに、やってないって信じてくれて、証拠持ってくるとかそれじゃあ、お前はあいつのことが好きだと思われるだろ？　俺はお前がどんな奴か、はっきりわかる。でも世の中には全部自分に都合のいいように解釈する奴が大勢いんだよ。目が合っただけで自分のこと好きなんじゃないかとか、たまたま帰る道が同じだからって運命だとか、そういう変な奴がいるってことだけはお前も覚えておけよ？　俺も守るけど、自衛もちゃんとしてくれ」

「えっと、はい……」

私は頷くと、先生は「ならいいけど」と言って、教室の鍵を開いたのだ。

気がつけば、あっという間に投票日当日を迎えた。

今日、私はレイド・ノクターの潔白を、証明する。

深呼吸をしてから、そっと、講堂の扉を開く。そして壇上に上がり、仕切られた幕の中へと入ると、そこには選挙管理委員会の面々、その隣にはフィーナ先輩が立っていた。ネイン先輩は、暗がりで待機中だ。

レイド・ノクターの潔白を暴く場として用意したのは講堂の舞台上だ。別に全校生徒に伝えるわけではないし、委員会全員に伝えられたらそれでいい。

もっと閉鎖的な場所を探したけれど、フィーナ先輩いわく借りられて、なおかつ怪しまれない場所は他になかったらしい。

そしてエリクが音を防ぐ仕切りを取り付けることを提案してくれて、結果的に閉鎖空間が出来上がった。

「本日は、お集まりいただきありがとうございました」

そう言って、頭を下げる。選挙管理委員会の委員長が静かに私を見据えた後、フィーナ先輩の方に顔を向けた。

「ネイン嬢、選挙管理委員会全員に話があると聞いたのですが、一体どういうことでしょうか。現在贈賄容疑で謹慎中の人間の婚約者まで呼び出すとは、どういうおつもりで?」

「……いえ、実は興味深い話を彼女から聞き、調べたところ、委員長にもお伝えすべきだと思いまして」

まるで声を潜めるようにして、フィーナ先輩は私を見る。そして合図を送るように大きく頷いた。

「レイド様は、潔白です。不正なんてしていないのです」

きっぱりと、大きな声でそう宣言する。すると選挙管理委員会の面々は、私の言葉を戯言だとあざ笑うように白けた態度を取り始めた。しかしその中でただ一人、不安に揺れる瞳がある。

「何を言うかと思ったら……証拠はきちんと揃った、学園にも提出済み、もう不正か不正じゃないかの討論をする時間はとうに過ぎている。婚約者が贈賄によって退学をするという立場には同情するが、これは決定事項。そんな話がしたいなら、家族か友人を相手にしてくれないか?」

そう言って委員長は溜息を吐いた。

私は一歩前に出て、懐からある書類を取り出した。委員長は私の行動に眉を顰め「何だそれは?」と問いかけてくる。

今のところ、全て用意された台本通りだ。

フィーナ先輩の用意した台本には、きちんとここでおそらく委員長が馬鹿にしてくる、反論をするといったことが書かれてあった。そのタイミングと、ばっちり合っている。

最早攻略本に近い精度だと思いつつ、私は念書を掲げた。

「これは、レイド様が不正を行っていない証拠……いえ、選挙管理委員会の委員が、レイド様の贈賄疑惑を無理やり作り出した証拠です」

一際大きい声で話す。これも、フィーナ先輩の指示だ。そして台本通り、私は話を続ける。

「レイド様が不正をした証拠として提出された誓約用紙は、専門店のものです。さらにこの用紙は、特定の人間の皮膚に悪影響を及ぼす可能性がある材料が混入していたと外国で話題になり、それを知った店主が販売してから一日で販売停止にした、特別なものでもあります」

「それがなんだ。紙が悪いものだから、不正などないと？」

「いえ、そういうことが言いたいわけではないのです。問題は、その日、たった一人しかいなかった購入者なのです。購入者に、選挙管理委員会の人間がいたのです」

ミスティアの話し方を意識して伝えると、委員長が、目を見開いた。

「なん、だと？」

「該当の紙を購入した人間は、ある選挙管理委員……一人だけなのです。ネイン先輩が、確認してくれました」

私が名前を出すと、ネイン先輩が暗がりから現れた。

台本を読んだとき、ネイン先輩が逆恨みされる可能性があることを伝えてはいたものの、「表に立つ以上、逆恨みも処理できなきゃ当主になれない」と、フィーナ先輩が言い、ネイン先輩が震えながら同意していた。

「本当か、副会長」

「ああ、彼女の言っていることは間違いないよ」

委員長の問いかけに、ネイン先輩は頷く。一度選挙管理委員会が提出した証拠品を持ち出せたのは、他ならぬネイン先輩のおかげだ。

するとネイン先輩の肯定を得た委員長は、唖然として私のほうを見る。

「そんなこと、一体誰が……」

「クレセンド嬢です」

先程から、焦りを浮かべるクレセンド嬢の方へ顔を向ける。

委員長が、クレセンド嬢を見た。

クレセンド嬢は首を横に振るばかりで、言葉を紡がない。フィーナ先輩は、私に目配せをした。

その合図に小さく頷き、台本通り大きく声を出そうとした。

しかし、それを遮るように、横目に見えていた幕がばさりと音を立て一気に上がった。

突然眩い光がこちらに射し込む。呆然としていると、先程まで驚いた表情を作っていたフィーナ先輩が「お分かりいただけましたか？　皆様！」とまるで観衆を前にするかのような大きな声を発した。

まったく、お分かりいただけてない。

お分かりいただけていないです。先輩。

そう言いたい気持ちで後ろを振り返ると、まるでさっきからずっといたかのように、ほぼほぼ全校生徒と言わんばかりの大観衆がこちらを見て、驚いたように立ち尽くしていた。

「は……？」

声にならない声が口から漏れると、ネイン先輩が「ごめんね」と心から申し訳なさそうに謝る。

その姿に、私は今謝られるような状況にいるのかとさらに混乱した。

訳も分からず立ち尽くしているとフィーナ先輩が嬉々としてこちらに歩み寄ってくる。そして「ほらミスティアさん、だから、レイド様は無実なのですって、言って？」と私に続行を促した。

「だっ、だから、レイド様は無実なのです！」

そう言うと、こちらを見ていた人々がざわめいた。何一つ、状況が理解できない。

選挙管理委員会の面々も同じらしく、戸惑ったような顔をして顔を見合わせている。

しかしクレセンド嬢だけは膝を地面に突き、絶望的な目でどことも言えない方向を見つめていた。

フィーナ先輩は、また大きく声を発して「では、ここで、副会長であるヴィクター・ネインから、皆様にお話があります」と周りを見た。

ネイン先輩は咳ばらいをしてから口を開く。

「全校生徒諸君、今日は副会長である僕の突然のお願いに協力してくれて、ありがとう」

隣にネイン先輩が立った。先程の謝罪の雰囲気とは全く異なり、堂々と、まるで統率者のような顔をしている。

「今回の、レイド・ノクターくんの贈賄容疑の噂は、驚くほど爆発的に全校生徒に広まってしまった。だからその容疑を晴らすために、こうして皆に集まってもらった。今皆が聞いた通り、ノクターくんは不正を行っていなかった。僕が現副会長として宣言しよう！　レイド・ノクターの自宅謹慎及び出馬停止の解除を正式に学園、そして選挙管理委員会に要請をすると！」

ネイン先輩の宣言だ。ここは台本通り、ここは知っている。

けれどこの宣言は選挙管理委員会に対して行うもので、大観衆を目前にするなんて書かれていない。目の前の観衆については全く聞かされていない。

壇上の下にはエリクやアリス、ロベルト・ワイズ、ルキット様がいる。アリスは驚いたような、それでいてどこか感動しているように見えるし、ロベルト・ワイズとルキット様はただただ驚いていて、私と同じ気持ちだということがすぐに分かった。私も、この状況が理解できない。

「ありがとう。でも待ってくれ皆、拍手を浴びるべきは僕じゃない。ここにいる令嬢、ミスティア・アーレンだ！　僕は、彼女に頼まれてこの場を設けたに過ぎない。フィーナも同じだ。今日、僕は準備をしただけに過ぎないんだ！」

そう言って、さっきからずっと壇上の下の大観衆に向かって演説のように話をしていたネイン先輩が、ぐるりとこちらを向いた。

そして私を見てから、また観衆に顔を向ける。

「彼女はノクターくんの容疑を晴らすことに協力してほしいと僕に頼んできたんだ。対抗馬である僕にだ。僕はそう聞いたとき、そこまで自分の婚約者を会長にしたいのかと思った。でも彼女の意見は違った。彼が生徒会長になったところで自分が生徒会長になったわけじゃない。それに会長が決まり恩恵を受けるべきは、その婚約者ではなく、生徒であるべきだと！　そして僕が協力をすれば、対抗馬に協力した候補として今の地位を強固に出来るとまで言ってのけた」

確かに私はレイド・ノクターの潔白であることを証明したいのであって、会長にさせたいわけではない。

でも何だろう、ネイン先輩の言葉は壮大だ。この言い方だと私がとてつもなくすごいことをしたように聞こえてしまう。誇大広告という言葉が頭をよぎった。

不安を抱えネイン先輩を見ても先輩はこちらを向かず、ただ前を見据えている。一方フィーナ先輩は堂々と私を見て、力強く頷いた。

分からない。先輩、分からないです今の状況。

「彼女は、妹と仲が良く、その評判は聞いていた。皆も聞いたことがあるだろう。貧しい者、力なきものに手を差し伸べるアーレン家の評判を！　そんなアーレン家の娘だからと言って、正しいとは限らない。しかし婚約者の潔白を信じ、今その潔白を証明しきったミスティア・アーレンはまさしく力なきものに手を差し伸べる、高貴な貴族としての器を持っていると、そうは思わないか！」

思わない。思わないです先輩。

あと、力なきものに手を差し伸べるアーレン家の評判なんて知らない。アーレン家は大きいけれど、ネイン先輩の言い方はあまりにも大げさだ。

伝統があり、権力が大きい家。それがアーレン家だけど、その家の娘はド平凡、この講堂の中で最も高貴な貴族としての器が備わっていない者だ。

　壊れた機械のように首を横に振っていると、ネイン先輩は観衆の声援に対して応えるように強い目で前を見据え勝利を確信したかのように笑う。

「だから僕は、今宣言する。僕が会長になった暁には、ミスティア・アーレンを生徒会の役員として、生徒会に迎え入れると！」

　ネイン先輩が、高らかに宣言をした。

　こちらを見守っていた観衆たちは一斉に拍手喝采を上げる。

　意味が分からない。本当に、意味が分からない。唖然としていると、舞台のすぐ下に立つアリスが、感激したようにこちらに拍手を送っている。これは、見たことがある。この光景は、レイド・ノクターが生徒会選挙で会長となり、どんな人間でも平等に幸せな学園を作りたいと言ったときにアリスに目配せをして、アリスが静かに感激しているという、シーンのはずだ。

　でも、今日は選挙の結果発表日じゃないし、舞台上にレイド・ノクターはいない……自宅謹慎してるし、アリスはバチバチと、見ているこちらが痛くなるくらい拍手している。

　というか私が生徒会に入るって、何だ？

　眩暈がしてきた。私は目の前の光景が理解できず、止まない拍手を前にただただ茫然としていると、そんな私の肩にぽんと手が置かれた。振り返るとフィーナ先輩が嬉しそうに笑っている。

「ようこそミスティアさん、生徒会へ！」

「え？」

意味が分からない。

いや貴族学園に入学して、意味が分かる状況に遭遇したことのほうが圧倒的に少なかったけれど何だこれは。私が何をしたというんだ。「どういうことですか」と聞き返すと、先輩は「これもノクターくんの疑惑の払しょくの為だから」と答える。

「あれだけ大きく悪い噂が立ってしまったでしょう？　こうして大きな出来事を作り出したとしても、しつこく……しつこく噂にしたり話題に出したりする方がいるかもしれない。だからミスティアさん……、副会長であるお兄様の直接の指名で一年生である貴女が前例なしの生徒会入りを果たした、という言葉だけこうして流れれば、もう話題は全てミスティアさんに集中すると思ったの、駄目だったかしら……？」

フィーナ先輩は申し訳なさそうにこちらの様子を窺っている。

確かにレイド・ノクターの悪評は瞬く間に広まり大規模なものとなっていた。だから選挙管理委員会全員を前にこうして芝居がかったこと……いや論点がすり替わってないだろうか？

なんで選挙管理委員会だけではなく、全校生徒が舞台下に、まるで朝会を聞くように並んでいるんだ？

「せ、先輩、何で生徒がこんな、委員会じゃない生徒が集まっているんですか？」

「それもね、ノクターくんの為なの、なるべく早く生徒達に身の潔白を証明したほうがいいと思って」

なるほど……？　段々納得できそうな。でも、フィーナ先輩を信用していないわけではないのに、そこはかとなく丸め込まれているような気がしてならない。

　不安な気持ちで頷いていると、フィーナ先輩は肩を落とした。

「ごめんなさいね、ミスティアさん。何とか貴女のためにと思っていたのだけれど、計画の全てをお話出来ないままに物事を進めてしまって……。早く早く、と焦ってしまったみたいだわ」

「いえ、それはこちらこそすみません……協力していただきありがとうございます。でも、私の生徒会入りって……」

「安心して頂戴。何も貴女を無理やり入れるつもりはないわ。生徒たちが反対を唱えれば当然ミスティアさんの生徒会入りは無くなってしまうから。安心して。ね？　ほら、生徒たちがミスティアさんにどうしても生徒会に入ってほしいと思わない限り、大丈夫よ」

　あまり納得は出来ないけれど、ぽっと出の一年生の生徒会を許すほど貴族学園の生徒会やその生徒たちの目は甘くないはずだ。

　それにレイド・ノクターの万能性、カリスマ性を買って彼は生徒会長の選挙出馬が許されたわけで、そもそも私は許されないはずだ。

　特に功績もないし。その事実に安堵していると「違う……こんなのおかしい」と声を震わせる声が聞こえてきた。

「こんなの、違う、私の家が没落してしまう……私が、バッドエンドになっちゃう……」

　レイド・ノクターを陥れたであろうクレセンド嬢は、何度も顔を横に振りながら、全校生徒の目から後ずさるようにしている。やがて選挙管理委員会の委員長が彼女に厳しい目を向けた。

「……クレセンド嬢、詳しく話を聞かせてもらうよ、教師陣と共に」

「ちゃんと鍵を開いたのに、フラグだって立てたわ！　解放したはずなのに、どうして？」

委員長とクレセンド嬢の言葉が、全く噛み合わない。

それどころかクレセンド嬢は「殺される！」と叫びだした。

「嫌！　私投獄されて死刑台に送られるなんて絶対嫌！　私は学園に火なんて放ったりしないわ！」

学園に火を放って、投獄されて、死刑台に送られる？

クレセンド嬢は間違いなくきゅんらぶについて話をしている。でもそれはミスティアの末路だ。何も関係ないクレセンド嬢が何故そんな末路を辿る心配をしているんだ？

もしかして、クレセンド嬢は、自分がゲームのミスティアのようになってしまうと、レイド・ノクターを破滅させようとしていた……？

彼女はミスティアの取り巻きのひとりだった。当然、ミスティアがゲームのように破滅をたどれば、彼女も同じように破滅してしまう。でも、今のクレセンド嬢は私に関わりがない。

私と関わらないようにすれば、破滅なんてしないのに。

ただただ見つめていると、彼女は闇雲に暴れ始める。委員長は他の委員に対し彼女を押さえるように命じた。

「クレセンド嬢、君がどんな目的でこんな事をしたのか、言い訳も含めてひとまず話を聞かせてもらうから」

「離して！　どうして私なのよ！　ちゃんと言うことを聞いたのに！　ノクターさえいなくなれ

ば！　私は大丈夫なはずなのに！」

「彼女を舞台袖に」

クレセンド嬢以外の全員が戸惑った表情をしていた中で、はっとした様子でネイン先輩が指示をだした。

先輩の言葉にまた選挙管理委員たちがさっと動き、クレセンド嬢を舞台袖へと連れていく。

「静かに、僕の話を聞いてくれ」

ネイン先輩は舞台下でざわめく生徒たちを前に凛とした表情で振り向いた。

「レイド・ノクターくんの潔白は、これで証明されたと僕は考えている。しかし今この場で決選投票を行うことはフェアではない。人はすぐに自分の決めたことを変えられないからね。必然的に自分の考えを放棄し、結果僕への票が集まってしまうだろう。だから決選投票は三日後に行い、選挙管理委員会の集計ではなくその場で集計をして発表をする」

ネイン先輩の言葉に混乱していた生徒たちが静まり返った。みんな先輩の言葉に耳をすませているようで、しっかりと話を聞いている。

「生徒会からの発表は以上だ。そして選挙管理委員会の処遇は、追って連絡する」

先輩は舞台袖を見やると、舞台を仕切る幕が閉じられていく。

状況が何一つ読めないままでいるとフィーナ先輩が私の顔を覗き込んだ。

「大丈夫？　ミスティアさん。混乱しているかもしれないけれど、きちんとお話するから大丈夫よ。それにもうノクターくんの潔白は証明できたし、安心して？」

「はい……」

フィーナ先輩は私を気遣ってくれている。でも私は、今もなお、この状況が理解できていない。ノクター家を、レイド・ノクターを狙っていたクレセンド嬢は、去った。おそらく処分が下されるだろう。でもこの胸騒ぎはいったい何だろう。私は不安を覚えたまま、フィーナ先輩に促されるように舞台袖へとはけていった。


「ミスティア!」

舞台袖へとはけていき、フィーナ先輩に促されるまま辿り着いたのは生徒会室だった。

外側から入るのは初めてで緊張していると、中にいたのは見慣れた人……もといエリクだ。

彼は大きく私に向かって手を振っている。本当に今日は理解ができないことばかりだと考えていると、ネイン先輩が「彼は来季の生徒会に、会計として入る予定なんだ」とエリクを示した。

「え……エリク先輩が、ですか?」

「そうよ? 私が生徒会の仕事は別の人にお願いしているって言ったでしょう? お兄様や私の抜けを補ってくれていたのは、彼なの」

そんなこと、一度も聞いていない。

呆然としているとエリクは「あのね、ミスティアを生徒会に入れるの協力したら、俺も入れてくれるって言うからね、入ったの!」と笑う。

「いや入ったのって、せ、選挙は……? っていうか私が生徒会に入る協力って、どういうことですか？」

「あのね、ミスティアが俺にノクターのやつ助けてって頼んできたときあったでしょ？　その時にね、俺的にはあいつなんてやられちゃえばいいと思ったんだけど、でもミスティアのお願いは聞いてあげたいなーって、でもあいつが生徒会長になったらぜーったいミスティアのことも生徒会に入れたりしそうだから、あいつと戦うネイン……っていうかネイン嬢に、選挙お手伝いするから生徒会入れてってお願いしたんだー！」

「えぇ……」

「ネイン嬢もさあ、ノクターだけがいい思いするの嫌だから、利害の一致ってやつ！　そうだよね？」

エリクの問いかけにフィーナ先輩は考え込んだそぶりを見せる。そして大きく頷いた。

「私はミスティアさんのことが好きだけれど……好意の他にその能力も買っているの。貴女の力はきっと生徒会運営の助けになるわ。だから、貴女の考えを聞く前に進めてしまったの。ノクターくんの悪評を一気に消す為と、ミスティアさんを生徒会に入れる二つが叶う、それが一番いい方法だと思って……」

フィーナ先輩は申し訳なさそうに言い淀んだ。そして今度ははっきりとこちらを見る。

「ミスティアさん。私のこと、嫌いになった……？」

「そんなことないですよ。それは絶対にないです」

先輩はまるでこの世の終わりのように暗い顔をした。大丈夫だということを示すように肩に触れると「本当に……？」と声を震わせる。

「はい、私がフィーナ先輩を嫌うなんてありません。むしろこんなにも協力していただきありがとうございました！　本当に、本当にありがとうございます」

レイド・ノクターを、全校生徒の前で庇うような動きをしてしまったことについては、苦しみがある。婚約破棄に遠ざかってしまった。

でもフィーナ先輩たちのおかげでノクター家は滅びずに済みそうだ。お礼を伝えていると、先輩は「なら生徒会に入ってくれる？」と先程の弱々しさから打って変わって念を押すような瞳で私を見る。

「え……、それは、え……？　でもさっき、生徒の反対がって……？」

「そうよ？　けれど今回の選挙からお兄様が校則を変更して、会長、副会長二名、書記、会計の他に生徒会一般役員という枠を新たに設けて、役職名のない生徒会役員の制度を設けたの。選挙の負担をなくすために一般役員は会長の指名で選ばれる決まりで……、だから大丈夫よ！　あなたさえ頷けばあなたは生徒会一般役員になれるの！」

いや、全然大丈夫じゃない。大丈夫じゃない。生徒会一般役員ってなに？　そんなのゲームになかったはずだ。

それに、先ほど聞いていた話とは違う。

先ほどまで、フィーナ先輩は「みんなが入れたいと思わなきゃ生徒会に入らない」と言ってくれていた。要するに、私が生徒会に入ることは確定事項ではなかったはずだ。

ネイン先輩のほうを見ると「僕が変更したといえど、提言したのはフィーナなんだけどね……」

と酷く疲れた顔をしていた。

そうか。ゲームでは亡くなっていたフィーナ先輩が生きていたからこそ出来た制度……。いやいやそんな役員に入ったら留学なんて出来なくなる。

「いや、私は……そんな生徒会に入るような器じゃありませんし……」

「そんなことないわ！　それに辛くなったらいつでも抜けられるのよ！　大丈夫。初めのうちは何でも怖いものだけれど、慣れてしまえば簡単よ！　それに皆ミスティアさんが一年生ってこともわかっているし、初めてだということも知ってるわ！　雰囲気もいいのよ！　それに生徒会の役員として動くのは来季からだから、大丈夫！　ね？」

「いやいや……」

「それにね、ノクターくんの悪い噂を完全に打ち消すためには、やっぱり入るべきよ。……ああ！　そうだ！　ミスティアさん、今日の放課後ノクターのお屋敷に報告に行ってはどうかしら？　婚約者のあなたがどれだけ頑張ったかを、未来の夫……になるかもしれない、いえ、ならないかもしれないけれど、彼に伝えたほうがいいわ！」

「でも」

「それにほら、生徒会の決選投票日が変わったことで、結果発表の日取りも変わったでしょう？　生徒会選挙に立候補した生徒の保護者はその日学園に来なければいけないから、彼の両親にもお伝えしないと」

フィーナ先輩はそう言って生徒会室の机からプリントを数枚とり、こちらに渡す。

そこには確かに結果発表の日取りが変更になったことを知らせる文言が記されていた。

「えっと、それは放課後に……、ということで?」

「ええ! 放課後すぐよ! もしよければネイン家の馬車を出すわ」

「馬車は……自分のがあるので……フィーナ先輩たちが帰れなくなってしまいますし」

「そう? 分かったわ。では申し訳ないけれど、今日の放課後すぐにノクター家の屋敷に向かって頂戴ね!」

「はい……」

フィーナ先輩は目をきらきら輝かせながら、さっと場を仕切って話をしている。なんだろう。無理やり物事を押し切られているような気もしてきた。

でも、今まで先輩にそんなことをされた覚えもないし……。

「では、授業が始まるから、解散にしましょうか!」

時計を見ると、フィーナ先輩の言う通り確かに授業の始まる時間帯となっていた。

おそるおそる生徒会室を出ようとすると、ネイン先輩が「……ごめんね」と、心底疲れ切った顔で肩を落とした。

「いえ、あの、本当にありがとうございました。協力していただいて……」

「ううん。君にはフィーナを助けてもらった恩があるのに、本当にごめんね……」

ネイン先輩は痛ましいものを見るような目でこちらを見ている。

そんなに謝られるようなことを私はされたのだろうか。

というかさっきも、舞台に上がっているときもこんな風に謝られたけど、思い当たる節がない分不安感が募る。

「ほら行こ、ミスティア」

生徒会室から出れないでいるとエリクが私の肩を押した。私は混乱したまま自分の教室へと戻ることにしたのだった。


エリクと別れ、自分の教室へと戻っていく。それにしてもさっきから生徒たちの視線がきつい。先ほど私は全校生徒の前でレイド・ノクターというある種著名人に対して色々話をした。ということでこの注目は無理もないというか、私が逆の立場であったなら見てしまう。見てしまうけれどどこの視線は中々に辛いものがある。一週間くらいすれば収まるだろうかと考えながら歩いていると、ふいに後ろから何かが駆けてくる音がした。

振り返ると息を切らしながらロベルト・ワイズがこちらに駆けてきた。

「アーレン嬢っ！」

「どうも」

彼は私に用があったらしい。

私も彼にお礼を伝えなければと思っていたところだ。でもまずは彼の話から聞くのが筋だろう。呼吸が整うのを待っていると、彼は徐に口を開いた。

「さっきのは、あれは、君の知っていたことか？」

「えっ……」

「生徒会、役員に入るというのは……」

「いいえ、違いますよ。フィーナ先輩が前から考えていたらしくて……」

どうやらロベルト・ワイズは私が役員入りすることについて訊ねたかったらしい。

私の言葉に彼は考えるようなそぶりを見せながらも納得をした。

「……あの、突然なんですけど、ありがとうございました。協力していただいて……」

「いや、礼なんて言わないでくれ」

彼はそう言って俯く。重ねてお礼を言おうとも思ったけれど顔色は悪そうだ。

保健室へ行くことを勧めようと思ったものの、口に出す前に彼は「もうじき鐘がなる。戻ろう」と何かを隠すように教室へと歩いて行った。


決選投票を終え、めまぐるしく状況が変わった放課後のこと。私は早速レイド・ノクターに会いに行くことにした。

「狙われていたのは君だ」と、やや錯乱していたのを最後に見て以降、会ってないからか、いつにも増して緊張してしまう。

レイド・ノクターの脅威が減り、ほっとした気持ちも、もちろんあるけれど……。

「ただいまレイド様をお呼びいたしますので、お待ちを」

怜悧(れいり)な面立ちの執事に広間へ通され、座るよう促された。

いつ来ても緊張する場所。そっと広間を見渡しながら、私はソファーに座る。

一番最初にここへ来たとき、部屋にある大きな空白のスペースが気になっていた。今、その場所はレイド・ノクター、彼の弟のザルドくん、そしてノクター夫妻の肖像画が飾られている。

ここ数年、何度か見てきたものだけど、不思議な感じだ。

レイド・ノクターと出会った頃は写真が出たてで、先の需要を見越して写真立てをたくさん売る雑貨屋などがあった。

今ではカメラも写真立ても定番商品となり、持ち歩き用のカメラなんてものも出ている。しかしながら、肖像画の需要も当然あって、たしか先日には、学園の生徒がコンクールで入賞し、公爵の肖像画を任された……という知らせを見た。

写真の保存期間がどれほどのものか、まだ計算でしか把握できない以上、家族の肖像画は絵画でなんて宣伝も見たことがあるし、きっとこの肖像画も代々ノクター家に伝わっていくのだろう。

「あーみすてあおねーさまだ！　こんにちは！　なにしにきたの？　遊ぶ？」

肖像画を見てしんみりしていると、ばん！　と扉を開く音とともにザルドくんが入ってきた。

「ザルドくんこんにちは。今日はお兄さんに学園のことでお話ししにきました」

「じゃあ、おにーさまが来るまで遊んでほしい！」

「うーん……」

「ちょっとだけ、お店屋さんごっこしたいなぁ。おにーさまとすると、おにーさま同じお花しか欲しいってしてくれないから」

レイド・ノクターは屋敷にいる間、ザルドくんと遊んでいたのだろうか。

「来るまでね」と付け足すと、彼はポケットからいくつもお花を取り出して、「僕がお客さんね！」と、嬉しそうに笑う。お店屋さんごっこということは、私が店員だ。

「いらっしゃいませ。本日はどんなお花をお探しですか？」

ザルドくんが出してきた花は、多様な薔薇の花だった。

赤に、黒に、青、白、黄色と様々な色が机に並べられていく。早速お客さんが陳列してしまった。店員失格だ。

「このお金で、みすてあおねーさまください」

「ああーお姉ちゃんは売ってないかなー」

ザルドくんは、早速というように人身の売買を要求してきた。てっきりお花が商品だと思っていたけれど、資金だったらしい。

「店員さんはねー、売ってないんだよ、商品じゃないからねー」

「じゃあなんでおみせにいるの」

「お姉ちゃんはねー、お客さんからーお金を受け取って、おつりを返すためにいるんだよ」

「じゃあ、みんなおつりいらなかったら、おねーさまもいらない？　おみせ、かえば、おねーさまもらえる？」

「うーん、お店には、袋につめたりする人は必要だからねー、あはは」

「ふくろいらないから、おねーさまほしい、ください」

なんだか、ザルドくんとするこのやり取りは懐かしい。

春にも同じように、そしてレイド・ノクターを交えて遊んでいた。そしてそのあと、結婚式ごっこや入籍ごっこをした。

思えばディリアともごっこ遊びをしていた気がする。魔王と勇者の戦いについて、最も血を流さない方法はないかと話をしたことがあった。懐かしい。

ディリアとは、よくごっこあそびの後に、反省会やごっこあそびのその後の延長を想像して、披露しあうことが多かった。

勇者と魔王が両方とも生きている話を考えようとか、買い物ごっこの後、お客さんが悪い人で、復讐に来ていたらどうしようとか。たいてい、争いのある話をどうやって平和的に終わらすかというもので、私はなるべく人が死なないように、ディリアは平和のためならある程度人間を減らすべきという考え方だった。

「ミスティアお姉様は、ザルドの歳では買えないんだよ」

ザルドくんとごっこ遊びをしていると、すっと、レイド・ノクターが横から入ってきた。

「え」

「ミスティア、会えてうれしいよ。今日はなんの話に来たの？　もしかして、僕の自宅謹慎が解除された報告？」

すべてを見透かすようなレイド・ノクターの瞳に、肝が冷えた。

どうしてそこまでわかるのか疑問を抱く間もなく、「へぇ、解除されたんだ」と、鼻で笑う。

「明日から、学園に通っても大丈夫なので……」

「えー、じゃあもうザルド、お兄様とお昼遊びできないの？」

その一方、最も反応を示したのはザルドくんだ。

以前、私が屋敷で暴れた時のような大声で、嫌そうな顔をする。レイド・ノクターは嬉しそうにするでもなく、淡々と頷いた。

「そうだよ」

「えー！　やだあああああ！」

「いつまでもお兄様にべったりは恥ずかしいよ、ザルド。しゃんとしなさい」

その言葉に、目を見開く。レイド・ノクターはてっきり、弟が自分に依存していれば依存しているほど安心するのだと思っていた。

けれど、今の彼は完全にいいお兄さん……それどころか、弟と距離が開いたように思う。

もしかして、文化祭のアリスの劇が、遅効性でその心に訴えかけた……？

それとも、謹慎という形で家にいる時間が増え、弟と向き合う時間が増えたから……？

この距離は、とても健全に見える。

私がザルドくんと話すと、殺しかねない視線をこちらに送ってきていたのに、今はひどく穏やかな顔をしているし。

「お兄様、ザルドのこと嫌い？」

「わがままばかり言うザルドとは、お話ししたくないよ」

「うえええええ！」

「泣いて要求を通そうとするのはやめなさい」

いや、むしろ厳しい気がする。

でも、怒ったり怒鳴ったりじゃないから、いいのだろうか。あまりに淡々としすぎている気もするけど、現状彼の発言は本当に波もなく、静かだ。

ザルドくんもそんな彼を見てなのか、「はーい……」とふてくされ顔で唇を尖らせる。

「じゃあザルド、僕とミスティアは学園のお話をするから、ちゃんと家庭教師のところに戻りなさい。剣術の先生を撒いたんだろう？　探してたよ」

「むー」

ザルドくんは頬を膨らませたあと、ぺこりとお辞儀をして部屋を後にしていく。以前なら私が彼に接すると絶対にその殺意を隠さなかったのに、笑顔が優しい。

「ごめんね、君が来たことがうれしくて、子供返りを起こしたみたいだ。それか、君に好かれたくてわざと幼く振る舞っているのも、あると思うけどね」

レイド・ノクターの柔らかな表情は、おおよそここ半年見られなかったものだ。怒っていたり、かと思えば笑いだしたり、最近は特に情緒不安定だった。

静かな人間が騒ぎ出す恐怖は、五年前彼に与えてしまったけど、それを再現されているのではなんて思うほど、彼の様子は異質だった。

それが今は、まるで今までの彼に戻ったとしか思えないほど落ち着いている。

「ザルドも、あと五年経てば誰かと婚約する。ああいう狡猾さも必要だと思うけど、あれはやりすぎだ。目先の欲求に囚われて、未来を見失うのは愚かなことなのに」

彼の言葉に、直感した。今彼は、弟離れをしているのだ。いや、したのかもしれない。

……もしかして、もう私が学園にとどまる必要は、ないのでは？

エリクの主従ごっこ狂いも完治したし、レイド・ノクターの弟狂いも治ったのだ。

今からミスティアの放火まで自主休学か留学をすれば、もう、誰も犯罪者にせず、不幸にさせず、地獄に落とさずに済むのでは……？

「で、ほかに僕へ伝えたいことはある？」

投げかけられた言葉にハッとして、私はカバンをあさり、プリントを取り出していく。

「それと選挙の決選投票日が変わって、それに伴い結果発表の日取りも変更になったので、その書面です」

「ありがとう。それで、ミスティアは生徒会役員にでもさせられた？」

「……え？」

「ミスティアが生徒会に欲しい、そして君が入れば僕も入るだろう、ヴィクター先輩も人が悪いな」

おそらく計画を主導したのは、今日の話だとフィーナ先輩っぽい雰囲気があった。でもそれを今伝えるべきか迷う。

「君も、僕のことなんて助けなければ良かったのに」

「え……」

レイド・ノクターはそう言って、ゆっくりとこちらへ近づいてくる。

彼の真意を測りかねていると、部屋の扉がノックされた。

「ミスティア様、アーレン家の御者が、そろそろ帰りの時間のはずだとミスティア様にお伝えするよう、申しているのですが」

「は、はいっ!」

「アーレン家の使用人は、変わらず優秀だね。ミスティア、学園で、ゆっくり話そう」

「わかりました……失礼します」

私は慌てて立ち上がり、レイド・ノクターにお別れの挨拶をする。

彼はこちらに手を振っていて、私は会釈をして足早にノクター家を後にしたのだった。


「それでは、これより新生徒会、会長そして副会長の就任式を行います」

現生徒会の役員たちが、講堂の舞台上で声を張る。

レイド・ノクターの身の潔白が証明され、一週間。新生徒会長であるヴィクター先輩と、レイド・ノクターの就任式が行われている。

ということで彼らは今、舞台上で双方前を見据えていた。ゲームでも、他の役員の紹介は端折られていたけれど、ここでも同じらしい。

ヴィクター先輩は浮かない顔で、レイド・ノクターの目の険しさも気になるけれど、ひとまずレイド・ノクターは学園に復帰したし、これで一安心だ。

まわりに目を向けると、他の生徒たちは新しい生徒会へ期待する眼指しを向けていた。レイド・ノクターの復帰当初、クラスの雰囲気はどこか彼を腫れ物扱いするような、どうしていいかわからない態度だったけれど、最近では落ち着いてきている。

けれど、問題がないわけではない。私が本来の決選投票日に行った行動、発言によって私がレイド・ノクターの婚約者であることがほぼ校内全域に知れ渡り、挙句の果てに私が献身的に彼を支えただとか、ずっと身の潔白を信じ続けたなどという美談……、要するにあたかも私が彼を想っているかのような作り話が広まり始めたのだ。本当にきつい。

ふいに講堂の隅を見ると、ノクター夫妻が視界に入った。二人はまっすぐレイド・ノクターを見つめている。

先日二人から、感謝の手紙が送られた。息子を信じてくれてありがとうと、感謝の想いとともにお礼がさせてほしい旨が書かれていた。

本当に、本当に申し訳ないけれど、これ以上私がレイド・ノクターを想っているように見られてしまう行動はとりたくない。

というか身の潔白を信じ続けるということは何も恋愛感情を抱いていなくとも出来ることだ。それなのにどうして皆恋愛に関連づけてしまうんだ。

「何してるんですか？　アーレン嬢」

後ろから肘を軽くつつかれる。今日は本当に嫌だ。会いたくない。

しぶしぶ振り返るとそこにいたのはまぎれもなく、声を作り一般生徒に擬態しているクラウスだった。

「何にもしてないです……」

「ええ？　愛している婚約者が会長になれず悲しくないんですかあ？」

クラウスは心底驚いたような顔で私を見る。なるべく相手にしないよう前を見ていると、彼は周りを見渡し、声をひそめた。

「まぁ、どんなに祈ってもお前の婚約者様は会長になれなかったけどな」

「……え」

「新生徒会長様の妹がハイム家の子息使って相当票囲い込んだらしいからなあ。ノクターに票入れんのはせいぜい一年だけ、二年と三年は新生徒会長様の御心のままに……っつうことで、一対二、どっちが強いかなんて馬鹿のお前でも分かんだろ？」

確かにクラウスの言葉通り、得票数を示す票はネイン先輩が三分の二を独占していた。

クラウスが「ネインを会長にして、ノクターを副会長にするのが新生徒会長様の妹の考えだろうからな」と冷えた声で笑う。

「どういうことですか？」

「ネイン家は、もう完全にあの妹のもんなんだよ。知らないのか？　この夏あそこの妹は、自分の家が一年かけて手に入れる資産を夏の一瞬で稼いでみせたんだよ」

「それは、いいことじゃないですか。フィーナ先輩が頑張った結果が出たということなんですから」

「馬鹿じゃねえの？　ネインはな、ずっと何年も前から兄が優秀で、光で、一番だって決まってた家だったんだよ。当主が馬鹿だったからな。凶暴な毒蛇を、お前はただの客寄せ花飾りだって錯覚させてたのに、今年、お前は毒蛇だって教えちまった馬鹿が一匹出てきたせいで、めちゃくちゃだぞ」

「毒蛇？」

「お前今までないがしろにしてたものが、毒もって自分よりもでかくなってきたら怖いだろ。ネイン家の当主、相当追い詰められてるみてえでな、穏やかな老後を送るために必死らしいぜ、今まで適当に扱ってたものに、ぺこぺこ頭下げて」

クラウスはおそらく、家で立場が弱かったフィーナ先輩が、富を築き始めたことで彼女をないがしろにしていた家族がおびえ始めたといいたいのだろう。でも、どことなく自業自得ではと思ってしまう。

「お前、どうすんだよ。毒蛇ちゃんと扱えるのか？　調教師でもないくせに。猛獣珍獣毒物ばっか扱いやがって、屍まき散らして」

「屍まきちらしてなんかいません」

「いーや、まき散らすね、お前は。そしてまき散らさせることにおいてはお前は天才的だ。俺がこの国の王で、万が一頭をうって平和を心から望んでるとしたら、まず最初にお前の首を切ってるずばーってな。そう続けながらクラウスは私の首をチョップしてきた。「私もそうなったら同じことしますよ」と言い返すと、彼は鼻で笑う。

「つうかよ、お前クレセンドがどんな家か知っててこの間の楽しい断罪劇繰り広げたのか？　ぜーんぶ仕組まれた脚本で」

全部、仕組まれた脚本……？

真意を探ろうとその表情を見ると、クラウスはへらへらした調子で「永久に囚人を監視する牢の番人だぞ？　あの家は」と言って、徐に講堂の後ろを指で示した。何の気なしにその方向を見て、唖然とする。

生徒会長が壇上に立ったことであがる歓声の隙間に紛れ込むように、講堂の後ろ、生徒や教師、そして生徒会選挙に出馬した生徒の身内に混ざる、男。

もう五年も経っているはずなのに、その瞳も容姿も、まるで時が止められていたかのように、何もかわらない。

ノクター夫人の、甥だ。

男は私を見て、にやりと笑った。

そして誰にも不審がられないような駆け足でノクター夫妻の、夫人のもとへと向かっていく。

危ない。絶対に。どうして甥が今出てきたんだ？

クラウスの言ったことは、これか？

疑問を抱えたまま、ノクター夫人のもとへ駆けていく。夫人は甥を見つける前に、講堂の生徒たちとぶつかりながら夫人のもとへ向かう私を見つけた。

「危ない！　逃げて！」

大きな声で発するけれど、その声は会長がヴィクター先輩に決定した歓声でかき消されてしまう。

「逃げろ！　刃物を持ってる！」

何度繰り返しても、歓声に消されてしまう。だめだ。ノクター夫人が殺されてしまう。

私の言葉に夫人も、その隣に立つ伯爵も気づく気配がない。甥のほうを見ると、もう夫人まで三メートルのところまで迫っていた。

周りの生徒たちを無理やり押して分け入るように進んでいくと、ぱっと道が開け、そのまま夫人へと駆けだす。

甥が夫人へ向かうまで、私が夫人へ辿り着くまで、ほぼ、同時だ。いや私の方が速い。これなら。

夫人を庇うように手を差し出すと、とうとう夫人が甥の存在に気付いた。そして恐怖に顔を歪めた。甥は笑う。

あと少し、あと一歩だ。

夫人の前に立って彼女の肩を掴み、そのまま押すようにして、伯爵に押し付ける。

間に合ったことを確信し、同時に痛みを覚悟した瞬間、背中に強い衝撃がぶつかった。

とたん周りから悲鳴が沸く。私の前に立つノクター夫人は怯え、伯爵はただ呆然としている。

でも、おかしい、あるはずの痛み、そして熱がない。

状況を確認しようと振り返ると、視界に入ったのは真っ黒なブレザーとそして、栗色の髪。

「ワイズさん……っ！」

ロベルト・ワイズが、私を庇うようにして立っていた。

その腹には、深々とナイフが突き刺さっている。甥は「違う！　お前じゃない！」と絶叫した。

すぐに周りにいた守衛が甥を取り抑え始める。ロベルト・ワイズはふらりとこちらに倒れ掛かりそのまま崩れ落ちた。

「ワイズさんっ、ワイズさんっ」

すぐにブレザーを脱いで、ロベルト・ワイズの腹部にあてる。ナイフは抜いてはいけない。血を早く止めないと、早く医者に見せなければ。

「医者を呼んでください！　人が！　腹部を刺されました」

怒鳴りつけるように周りに声をかける。呆然と立っていた生徒たちや教師は慌てて動き出した。

「どうして……、なんであなたが」

「君なら、こうすると思った……」

「そんな……っ」

どうして、どうしてロベルト・ワイズが刺されるんだ。

私を庇うんだ。

意味が分からない。なんで、どうして。どうすれば防げたんだ。

押さえても押さえても、血は溢れるように流れてきて止まらない。ロベルト・ワイズは、腹部に深々とナイフが刺さっているのに、この上なく幸せそうに笑った。

「中々、いい死に目だな」

「やめてください。あなたは死にません。死なせません、大丈夫です。助かります」

「違うんだ、これでいい。これでいいんだ。君を守ることで……俺は……、やっと……」

ロベルト・ワイズはその紫の瞳を徐々に閉じていく。

声をかけても、何一つ届いていないかのように呼吸も弱く、溢れる血からも熱が引いていく。

私はただただブレザーを押さえ、ひたすらに医者の到着を待っていた。

異録　英雄志願

SIDE：Robert

永遠に消えない、声がある。こんなの、自分じゃない。こんな醜い存在なんて、自分じゃない。

そう撥ね除けて思うことすら、罪であり、俺がどれだけ醜い存在であるかの証明なのに。

「お前は、やっぱり最悪な人間だ！　信じた俺が馬鹿だった！」

暗闇の中、目の前にあるのは体育祭での光景だ。

俺と、アーレン嬢が相対している瞬間。

過去のことだ。ただ、現実じゃない。なぜなら過去の俺の手には、ナイフが握られている。鈍い光を帯びて輝く刃物を刺せば、人の命なんて簡単に失われてしまう。

にもかかわらず、そのナイフを彼女に突き刺しながら、過去の俺は怒り続けている。罵声を浴びせ、自分が正義だと信じてやまない瞳で、まったく正しくない言葉を正論として吐く。

やがてアーレン嬢の身体から、どんどん血が出て、彼女はゆっくりと崩れ落ちた。

「なんてことを言うんですか⁉　ミスティア様はいつだって私を助けてくれました！　本当に心優しく清らかな方なんです‼　ミスティア様は、そんなこと絶対しません‼」

暗闇の中から、アリス・ハーツパールが現れた。

倒れて血を流すミスティア・アーレンに駆け寄り、過去の俺を睨みつける。何度も、何度も見た光景だ。

嘘を言っているようには思えない。けれど、認められない。だって、もしそうなら、俺は。

「ミスティア様、傷だらけじゃないですか！　こんなになるまで、一方的に、どうして‼」

血だまりの中にいるミスティア・アーレンは、俺が刺した胸だけではなく、腕や、足や、顔からどんどん血が溢れてくる。

真っ白な肌は、血の気が失せ、青く見えるほどだ。

「俺は、俺は、俺は、そんなつもりじゃ……」

「傷つけたいわけじゃなかった、なんて言わないよね？」

過去の俺が、狼狽えながらアーレン嬢に駆け寄ろうとするのを、レイド・ノクターが止める。

「最低なのは、いつだって君の方だったろう」

「そうです、最低なのはいつだって貴方のほう」

レイド・ノクターと、アリス・ハーツパールが、淡々と口にする。

血だまりに、ミスティア・アーレンが飲み込まれるように沈んでいく。

過去の俺は、ナイフを手放すことすらできず、ただミスティア・アーレンが血だまりの中へ沈んでいくのを眺めることしか出来ない。

手を伸ばすと、同時に、ミスティア・アーレンは血の海に沈む。

もう、何度も、何度も、何度も見た夢だ。

今では、この世界が夢の中だと認識することすらできてしまう。それでも、決して途中で目覚めることはなかった。

俺はミスティア・アーレンを殺しきってから必ず目覚め、準備をして、学園に向かっている。

ありったけの言葉を、ミスティア・アーレンにぶつけ、そして彼女こそが正しく、俺が醜く歪んだ化け物だと証明されたあの日から、ずっとだ。

俺のした仕打ちは、到底許されることじゃない。許されていいはずがない。俺は、ずっと間違っていた。

何処からではない。すべて間違っていた。無実の、いや、それどころか正しい人間である彼女を、罵倒し蔑み続けた。

かけた言葉を、ひとつひとつ思い返す。

醜い言葉を止める瞬間も、訊ねる瞬間もいくらでもあったのに、それをしなかった愚者。浅はかさを呪う。呪って、苦しんで死ねればいいのに。

無知は間違いなく罪だ。何が最低だ。何が劣悪だ。それらは全て、俺だった。

彼女はずっと正しい行いをしていた。間違えていたのは、俺だ。いつだって、貴族としても、人としても間違っていたのは、俺の方だった。

なんてことを、してしまったのだろう。謝罪なんかでは許されない、取り返しがつかないことをした。

だから、俺は、何よりも誰よりも不幸になって、惨めに苦しんで、痛みを受けながら死ぬことにした。苦しみながら死ぬことが罪を償う唯一の手段だ。謝るなんて、形だけ、一瞬のことだ。永遠じゃない。

しかし俺の贖罪を止めたのは、外でもないアーレン嬢だった。彼女は俺を赦すと言った。俺は罰せられるべき醜い獣なのに、そんな俺が人間として学園に通うことはおかしいことなのに、退学なんてするなと言う。

いつだってアーレン嬢は、強引とはかけ離れた行動をしていた。人のためだけに、その積極性は現れる。そして、彼女は俺の退学届を勝手に破くという、かなり行動的なふるまいをした。

俺のような世界で一番醜い獣のためにだ。

それほどまでに、彼女は優しいだけだ。何の価値もない、一方的に傷つける俺のようなものにも、優しく人として扱う。わかっている。十分にわかっていた。

なのに、俺はミスティア・アーレンにどうでもいいと言われたとき、胸が張り裂けそうになってしまった。

俺には傷つく資格なんてないのに。俺の目から流れる涙は、世界で一番醜く、汚いものなのに、涙を押さえることが出来なかった。

アーレン嬢に償いたい。

アーレン嬢に謝りたい。

この世界からいなくなりたい。

罰せられたい。もう、これ以上醜くなりたくない。

彼女に尊敬と、そしてそれ以上の感情を抱いていることに気付いて、自分のあまりの浅ましさに吐くとき、このまま身体が空っぽになって消えてしまいたいと願った。

全部、内臓も何もかも吐いて、流してしまって、ロベルト・ワイズという存在が、この世界から、自分以外の人間全員から消えてくれればと。

そう願いながら俺は学園に通うまでの間、ミスティア・アーレンの前に姿を見せている間は、生きていようと、彼女を守るために命を使おうと決めた。

だって、死ぬことも学園をやめることも、赦されない。俺を赦してくれるのに、それだけは赦してもらえない。

その矢先のことだ。あの、「ミスティア・アーレンが投獄される日」と、祝うように記された手帳を見たのは。

一瞬、自分がミスティア・アーレンを守ることを正当化するために、都合よく見た幻覚だと思った。けれど、記された手帳に似たことが、現実で起こった。

手帳に記されていたのは、アリス・ハーツパールがアーレン嬢に突き飛ばされ、落下する内容だ。実際に起きたのはレイド・ノクターが突き落とされ、アーレン嬢が庇った形になる。

　そのあと、文化祭ではシャンデリアが落下し、けが人が二人出るとあった。

　ミスティア・アーレンが舞台の装置に足を取られそうになったものの、シャンデリアは落ちていない。

　あの手帳に記された内容が、絶対に起きるわけではない。だからもしかしたら、俺の行動なんて意味がないのかもしれない。

　でも、アーレン嬢に万が一にでも、死んでほしくない。その可能性があってほしくない。生きていてほしい。

　別に俺は、自分の未来を望んでいるわけではない。生きていていい資格は、自分から捨てた。今生きているのは、彼女を守るためだけだ。俺が未来を考えるのは、アーレン嬢のためにだけだ。

「君に、危険が迫っているかもしれない」

　いつの間にか、俺を責めるレイド・ノクターとアリス・ハーツパールの姿は消えていた。そして、俺を真正面から見る、過去の俺がいる。

「俺は君が投獄される未来を、変えたい。いや、変えなければならないと考えている」

　そう真摯に訴える俺は、間違いなく正義を気取った愚か者の顔をしていた。

　見ていられなくて振り払おうとすると、今度は後ろから、あざ笑うような俺の声が聞こえる。

「本当に、彼女の未来を変えたいと思っていたなら、どうして誰にも言わなかったんだ？」

　問いかけられた言葉に、頭が真っ白になった。過去の俺はそのままこちらを嘲るように笑う。

「お前は彼女の身が心配だと考えながら、手帳のことを誰にも話さなかった」

「違う、それはきっとまともに取り合ってもらえないからで……」

「本当か？　英雄になりたかったんじゃないのか？　彼女を危機から救えば、お前はお前を赦すことができる。なし崩し的に、彼女に近づきたいと、微塵も考えていなかったのか？」

「あたりまえだろう！」

怒鳴りつけると、過去の俺は「あはははは！」と狂ったように笑い出した。腹を抱え、「ふざけるなよ」と俺の首を絞める。

「現に、お前は彼女を庇い刺されたじゃないか。あの日、刺殺と手帳に記されていたのを、お前はしっかりと覚えていた。俺が知ってることが、何よりの証拠だ」

「違う」

「何かしら学園側に伝えていたら、そもそもお前は刺されなかった。刃物を持った人間が、学園に入ることもなかった。手帳のことを口止めしたのは、本当に彼女のためか？」

ぎりぎりと首を締めあげられ、苦しさに意識が遠のきそうになる。しかし視界がかすむ前に、思い切り突き飛ばされた。目を開くと過去の俺の姿はどこにもない。

「もう、嘘をついて偽るのはよせ、お前は獣になったんじゃない。最初からろくでなしの血を引く、醜い化け物なんだよ」

振り返ると、口角を上げるもう一人の俺の姿があった。目の前にいた過去の俺の姿はいつの間にか消えている。

一歩ずつ後ずさっても、もう一人の俺との距離は全く変わる気がしない。

「でも、これでお前は幸せだな。きっとお前を庇ったことで、優しいアーレン嬢はお前をもっと気に掛ける。お前が申し訳なさそうに、すまなそうに、いつも通り接していれば、自然にお前は幸せになれる」

「違う。違う」

「じゃあ、あれか？　お前は、彼女の前で死んで、彼女に看取られながら苦しみから解放されたかったのか？」

「そんなこと、望んでない……」

「そうだよな。お前の望みは、たった一つ……」

過去の俺が、静かにほほ笑む。そして俺を指差した。

「ミスティア・アーレンの唯一になること、なんだからな」

「やめろ！」

叫ぶようにして飛び起きると、視界は先ほどのような真っ黒な世界ではなく、自分の部屋だった。

傍らには不安そうに妹のロシェが立っていて、おびえた顔で俺を見下ろしている。

「大変……お母様、お父様を呼んでくるわ！」

ロシェはすぐさま部屋を出ていく。状況を理解する為に周りを見渡すと、今の時間は昼のようで、窓からは明るい光が射し込んでいた。

刺された腹部を服の上からなぞるとどうやらきつく包帯が巻かれている。

机の傍に立てかけてあった暦を見ると、俺が刺された日付から半月が経過していた。

「俺は、ずっと眠っていたのか……」

頭部にも、内臓にも漠然とした気持ち悪さが残る。

あの日の記憶を思い起こす。アーレン嬢が無事だったことに安堵していると足音がして、ロシェが母を伴いやってきた。

「ああ、目覚めたのね、良かった！」

母は安堵した様子で寝台の隣の椅子に腰かける。そして俺の手を取ると「やったわね！　よくやったわ！」と笑う。

「……え」

「あなたがアーレン家の娘を庇って刺されたおかげで、アーレンとノクターの婚約が白紙になったの！　あなたにも好機が巡ってきたのよ！　ううん！　あなたはアーレン家の娘を庇って刺されたのだから、アーレン家には責任を取ってもらわなくちゃ！　婚約を結ぶのよ！　ああ、アーレン家の潤沢な資産にあやかれるなんて夢みたいだわ……！　本当によくやったわ、ロベルト！」

母の言葉に、ロシェは困惑した表情を見せている。俺も、母の言っている言葉が何一つ理解できない。

俺が、ミスティア・アーレンを守ろうとしたのは、彼女と結ばれたかったからか？

違う。

俺は、ミスティア・アーレンを尊敬していた。そんな邪な感情は抱いていない。彼女の隣に立つ資格なんてない。

その資格を得るために、ミスティア・アーレンを守ろうとしていた？

違う、俺はワイズ家の当主として、恥じるふるまいをしたから、その償いのために……。

「ワイズ家に嫁入りに来てもらうのがいいかしら、それとも貴方が婿入りするのがいいのかしら
……ああ！　二人の子供がそれぞれの家を継げばいいわね！　そうすれば、ワイズもアーレンも、全てがうちのものよ！　夢みたい！」

そうだ。ワイズ家なんて、醜い血じゃないか。

何がワイズ家の当主だ。この家はとっくに腐りきっているじゃないか。とっくに手遅れだった。

俺が見て見ぬふりを、していただけで。

「ねぇ、ロベルト！　ちゃんと聞いているの？　アーレン家の娘をしっかり捕まえ――」

「黙れ」

そう呟くと、かつて母だった存在は、歪に顔を歪めた。

両親の存在が、以前は恐ろしかったように思う。醜くて、感情的で、意思疎通を諦めた対象。その視線が自分に向けられていればロシェは無事だから、優れていれば攻撃されることはないから、ただ自分が受け入れ続ければいいと、どんな言葉も頷き続けた存在だった。

なのに、今は不思議と恐怖も諦めもわかなかった。

途方もなく激しい憎悪と怒りで、すぐさまこの世界からなくなりたいのではなく、なくしたいと思う。

「俺は、ミスティア・アーレンと結婚しない。俺も、ワイズ家の何もかもが、彼女にふさわしくない」

「なんですって……？　誰がここまで育てたと思っているの？　貴方いい加減にしなさい、その口のきき方はいったい何？」

「財産に目がくらんで、相手の令嬢すら道具のように見て……、貴族のあるべき姿じゃない。この家は、醜い、腐りきっている。そんなふざけた縁談、全部絶対に壊してやる。もし、無理にでも進めようとするなら――」

俺は、部屋に飾られていた短剣を手にした。

いつの間にか父も部屋の扉の前に立ち、他の使用人もおびえた様子でこちらを見ている。俺はためらいもなく、一人一人に短剣を向けた。

「この屋敷の人間、全員を殺して、火を放って、屋敷ごとワイズの血を絶やす」

俺は、ミスティア・アーレンにふさわしくない、醜い人でなしだ。だから、彼女にふさわしい人間が現れるまで、彼女の周りの醜いものたちを排除しなければいけない。

手帳を見せなかったのは、英雄になりたいからじゃない。

排除がし辛くなるからだ。

その存在を明るみにしてしまえば、排除しづらくなる。だから、俺はミスティア・アーレンを手に入れたいなんて、思っていない。

ただ俺は、ミスティア・アーレンのために。償いのために彼女を狙い、近づき、利用する人間を排除するために、命を使うだけだ。

第十六章　ヒロインと悪役令嬢

終焉への案内人

「お加減は、いかがですか」

無機質とも言える室内で、ベッドのヘッドボードに腰掛けるロベルト・ワイズに声をかける。彼は私を見て「問題ない」と、少し困ったように笑った。

「どうして君はそんな不安そうにするんだ？　心配しすぎだ」

「な、ナイフで刺されたんですよ……」

あの日、私はすぐ専属医のランズデーさんを呼び、治療にあたってもらった。私はその時ずっとロベルト・ワイズについていたけれど、その間にノクター夫人を襲おうとしたレイド・ノクターの従兄は衛兵に捕まったらしい。

何故捕まり、もう牢から出てくることが叶わないはずの彼が五年ぶりに夫人の前へと現れたか。それはクレセンド嬢の手引きによるものであった。

彼女の家は、元々罪人を捕らえる牢の管理をしている家であり、彼女の父の仕事上、牢を管理する鍵というものを手に入れることは容易だったらしい。

しかし本来、いくら酒浸りの父の部屋にある、管理が杜撰（ずさん）な鍵を手に入れたところで、然う然う脱獄の手引きは出来ない。

まず牢のある場所へ向かわなければいけないし、そして牢からレイド・ノクターの従兄を出さなければならないからだ。

十五歳の人間が犯罪者一人を脱獄させ、貴族学園内に入れる。そんなこと、ふつうは出来ない。

よって衛兵たちの捜査は現在難航し、本来ならすぐさま牢に入れられるはずのクレセンド嬢は、衛兵の監視下で事情聴取をされているらしい。

普通なら、不可能な犯行。誰しもがそう思い、さらに動機すら理解することも出来ぬまま、時間だけが過ぎている。

まさか、クレセンド嬢が転生者だったなんて。

証拠は確かに彼女がレイド・ノクターを追い詰めていたことを示していたけど、実感がわかない、きゅんらぶの記憶があるということは、同じように現代の、日本で生きていたということだ。年齢だって近かったかもしれない。

身近、とはいえないけれど、彼女がこんな凶行を始める前に知ることができていたら、何かできたかもしれない。

けれどクレセンド家は没落し、爵位を取り上げられた。破滅を回避しようとして、破滅してしまった形となる。

また、従兄は死罪という判決が下った。執行は春……ゲームのエンディング後と聞く。

そしてロベルト・ワイズは目を覚まし、事件は終わりに近づこうとしているけれど、今いち不安が拭えない。

どうして、クレセンド嬢はミスティアに巻き込まれると考え、レイド・ノクターの破滅を願い、そして実行するほどに追い詰められていたのだろう。

両親や、自分、そして周りの人のことを考えれば、なにをしてでもという気持ちは理解できる。ならば、レイド・ノクターではなく、私を殺すほうが、選択としては正しいのではないだろうか。

それに、私がゲームのミスティアとしての行動をとっていないことは、クレセンド嬢は転生者であるのだから、すぐにわかるはず。

従兄を脱獄させたのも彼女の手引きらしいが、脱獄させるくらいなら、それこそ教会の神父のように、誰か人を雇って殺させるほうが良い気がする。

不可解な点が多い。

「なにを、考えているんだ?」

ベッドサイドの椅子に腰掛けていると、ロベルト・ワイズは眼鏡をかけ、こちらに顔を向けた。

ランズデー先生の治療は完璧で、命に別状はなく後遺症もないといわれた。しかし、ロベルト・ワイズは私を庇い、刺されてしまったのだ。

彼に対する心配や、罪悪感ももちろんある。命を救ってもらった感謝もある。しかし、彼は目を覚まして以降、どこか決定的に何かが違ってしまったような、変わってしまったような気がしてならない。

「……手帳の持ち主が、クレセンド嬢だったことについて、です」

誤魔化すように口にすると、彼は「ああ……」と目を伏せた。

ロベルト・ワイズが目を覚ました知らせを聞き、私はすぐ彼に会いに行った。彼は私を見て、自分が刺されたというのに私に「無事か」と訊ねてきた。

そしてロベルト・ワイズは、「なら全て、終わったのだろうか」と、柔らかく微笑んだのだ。安らかな、何かの呪縛から解き放たれたような笑みだった。

「犯人は、捕まったんだ。明日の始業式も、安心して学園に行けるだろう。いいことだ」

「……はい」

刺傷事件が発生したことにより、事件から二週間の間、学園は休校となった。そのまま冬期休暇へ入って一か月ほど過ぎ、今は年が明けた月半ば、そして明日が始業式だ。

なんだか目まぐるしく物事が移り変わって、実感がわかない。

「俺も、あと三日ほどで学園に通える」

「その時は、お手伝いを……」

「やめろ」

私の言葉に、途端にロベルト・ワイズが鋭い目つきに変わった。ぞっとするほど低い声を発した彼は、まっすぐ私を見ている。

「君が俺に償う必要は、ない」

初めてロベルト・ワイズが目を覚ました時、私は庇ってくれたことへの感謝をした。

すると彼は、それまで穏やかで、どこか儚さすら感じさせる状態から一変して、冷ややかにそれを制したのだ。

その後、彼の妹から事情を聞くと、どうやら彼は謝罪をされる、感謝をされることに、強い反応をしてしまうらしかった。

原因を問えば、家の事情……との一点張りで答えはもらえなかった。

きちんとそう聞いていたのに、自然と手伝いについて彼に問いかけてしまった。庇って、命を助けてもらったのに。

「そんな顔をしないでくれ、俺は君に笑ってほしくて庇ったんだ。別に、君の献身を期待した、あさましい感情からではない」

「はい……」

それから、どこかぎこちない空気のまま、私はロベルト・ワイズと学園の話をして、私は彼の屋敷を後にしたのだった。


「おじょーさま、ついたよー」

ワイズ家の屋敷を出て、しばらく馬車に揺られていると、御者のソルさんの声にふと目を開ける。眠ってしまっていたようで、車窓から射し込むのは夕焼けではなく街灯のランプの光だ。

目をこすりながら馬車を出る。門番のトーマスさんとブラムさんの下へ向かおうとした。

しかしその瞬間、街灯が照らすことで濃くなった暗がりから、ぬっと人影が現れる。突如現れた人物に、門番の二人とソルさんが警戒態勢に入った。私はあわてて「大丈夫です」と止めに入る。

でも、大丈夫と言ったけれど、大丈夫ではない。何故なら暗闇から現れた人物は、屋敷について言及したことはあっても、一度だってここに来たことはない。

にもかかわらず、急に現れたのだ。大丈夫なはずがない。

「なんの御用ですか」

「はい。是非ミスティアさんにお話ししたいことができまして」

金の瞳は、夜の暗闇に妖しく光り輝いている。

その瞳の主――クラウスは、優しく、心清らかな人間であるかのように笑い、こちらへ歩いてきた。

クラウスと話をすることは全く気が進まないけれど、わざわざ伝えに来るようなことを聞き洩らして、後で地獄を見る可能性も見過ごせない。

屋敷の中に案内すべきか、外で会話をすべきか悩んでいると「実は込み入った話なんです」と善良性を全面的に押し出した声で言われ、私は意を決した。

「では、クラウス様、良ければ屋敷でお茶を飲みながらお話ししましょう」

そう言って、彼を門の中へ促す。私の言葉に門番の二人は戸惑いがちに門を開いた。と、同時に物凄い風の音がして、かと思えば何かが上から降ってきて、私とクラウスの間に着地して――、いや、何かじゃない。メロだ。

「御嬢様、お怪我はありませんか」

「私は大丈夫だけど、メロは」

「特に」

メロは短く答えて、クラウスのほうへ振り返る。彼は鼻で笑った後、「おや、君は夏に会ったミスティアさんの侍女ですねえ。あの時はどうも」なんて会釈してみせた。

「本日は御嬢様にどのようなご用件でしょうか」

「いやだな。そんなに睨まないでくださいよ。そういえば夏あの後は風邪を引いたりしませんでしたか？」

クラウスの言葉に、いつもメロから感じられるふわふわした雰囲気が、ひりつくほど冷たいものに変わった気がした。彼女は私へ振り返ると「どうされるのですか？　衛兵に引き渡しますか？」なんて問いかけてきて、私は慌てて首を振った。

「駄目だよ。話があるらしいから、屋敷に入ってもらおうと思って」

「承知しました」

メロは一歩下がり、攻撃の構えを解除した。メロは強いし、多分クラウスに勝つことは出来ると思う。でもクラウスのことだから上手いこと何か陥れるような罠を仕掛けてきそうだし、そもそも彼はまだ屋敷の前で待ち伏せしただけだから、何かしてはいけない。

「ふふ、アーレン家の料理人はとっても優秀と聞きますから、お菓子が楽しみですねぇ」

そして、そのことをクラウスはよく理解しているのだろう。

再度門の中へ促すと、彼は今空に浮かぶ月のように唇を弧に描き、軽やかな足取りでアーレン家の屋敷に踏み入れたのだった。

「それで、何の御用ですか」

ソファーに座り、シュガーポットの角砂糖を何個も何個も紅茶に入れていくクラウスに問いかける。

ここは、アーレン家の客間だ。込み入った話をするということで私の部屋というのも考えたけれど、念の為にと客間に通した。

メロは客間の外で待っているけれど、彼女は耳がいい。きっと話は聞こえているだろう。クラウスはおおよそカップ半分にもなる角砂糖を紅茶に投入し、こちらを見据えるようにして顔を向けた。

「まずは、お前の話を聞かせろよ。眼鏡陰気お坊ちゃんの様子はどうだった？　今日会いに行ってきたんだろ？　腕の一本でも取られたか？」

眼鏡陰気お坊ちゃん……。きゅんらぶには――いや、学園の生徒に眼鏡の生徒は、ロベルト・ワイズしかいない。しかし腕の一本でも取るとはどういう意味か。怪訝な目でクラウスを見ると彼はけらけら笑って紅茶を飲んだ。

「まぁ、あいつに至っては前触れなんてねえだろうからな。今日が大丈夫でも次は分からねえ。気を付けろよ。お前が気づいた時には足でも腕でも食いちぎられててもおかしくねえからなあ……あ、どういう意味かなんてつまんねえこと聞いてきたら肥溜めに放り投げるからな」

訊ねようとしていたことを封じられ、口を噤む。するとクラウスが「眼鏡の婆はどうした？　まだ生きてんのか？」と問いかけてきた。

「ワイズ夫人でしたら何もないですけど……」

「本当か？　アーレン家の財産が手に入るなんて暴れた日には馬車ごと谷底におっことされそうなもんだが、まだ生きてんのか。結構しぶといな」

アーレン家の、財産。私がロベルト・ワイズに庇ってもらったことで、彼は傷を負った。その為、アーレン家がワイズ家に対価を払うという話になっている。

助けてもらったのだから、お金は幾らでも払うと父は夫人に言ったらしいけど、返ってきた言葉はお金ではなく、ロベルト・ワイズをアーレン家に迎え入れること、つまりは婚約らしいのだ。

ロベルト・ワイズが刺傷するに至った原因はノクターの血を引くものであることで、ノクター家には代償として私とレイド・ノクターの婚約を解消するよう、ワイズ夫人は求めたそうだ。

婚約解消に、ノクター家は合意した。アーレン家も頷いたけれど、ただ一点、ロベルト・ワイズと私の結婚に関してだけは、首を縦に振らなかった。

だから現状、ふわりとした形で、あっけなくレイド・ノクターと私の婚約は解消された形になった。ずっと私は彼との婚約解消を願っていたわけだけど、人の命にかかわったことで手放しには喜べないし、不安はぬぐえない。

「今日はワイズ家との話をしに来たんですか？」

「いや、アリス・ハーツパールが、いなくなった話をしにな」

なんてことないように言われて、流れで頷きそうになった。しかし聞こえてきた言葉の意味を徐々に理解しはじめ、ゆっくりと目を見開いていく。

「ど、どう、えっ、も、もう一度お願いします」

「はっ、何度でも言ってやるよ。アリス・ハーツパールが、いなくなった」

ふん、とクラウスは鼻を鳴らす。

「休校になって一週間経った頃からだな。休校中も生徒の管理はしておきたいなんて学園側の考えで、屋敷にいるから僕は大丈夫でーすみたいな手紙を送るのが義務とされてただろ？」

「ええ……」

確かに休校中、体調不良がないか、きちんと屋敷で過ごしているかなどを学園側に文書で伝えなければいけなかった。

正直必要ではないのではなんて思ったけれど、学園に脱獄犯が入ったことで学園はその責任に追われており、生徒に目を向けているアピールがしたいというのが私の両親の見解だった。

「その手紙が、アリスだけ提出されてないんだよ。で、今日も学園には来てねぇ」

「何故知ってるんですか？」

「あいつの地域のお手紙を届けんの管理してるんだよ、俺の家は。そんぐらい知っとけ」

セントリック家は、郵便物を配達する人間の管理――前世的に言えば郵便配達の事業を管理している家だ。

秘匿性の高いものは使いを雇うけれど、他はみな郵便頼みだ。

かといって、あえて大々的な知らせでも使者を用いて特別性をアピールなんてこともあり、基本的に場合による。

でも、いくら管理している家といっても、アリスの家だけピンポイントに配送が行われていないか知るなんてことは――、

「……まさか、アリスさんの家に関わる文書、全部把握してたんですか」

「それだと俺が付き纏(まと)いみてえじゃねえか。やめろ。俺はほかにもノクター、ハイム、ワイズ、ク

レセンド、アンジー、ハーツパール……」

「それ、私のクラスの全員ってことですか？」

「はっ、どうだか。まぁ、お前らがこっちの配達使うことなんてほとんどないから、お前らに届くやつだけ……って感じだけどな」

「と、とんでもないことしてる自覚あります？」

「平民と一緒に働いてみろ、多様な価値観を知れ——ってお父様に言われてんだから仕方ねぇよなあ？　仕分けしてる間に目に入っちまうし」

平民とともに働く。確かにそういう教育方針はわりとあるらしいし、実際学園の奉仕活動でもあった。

けれどクラウスが郵便物の仕分け事業に関わっていると思うとかなりの不安だ。

「でも……、手紙の送付が行われていないからといって、アリスさんの行方が知れないと決まったわけでは……、えっ、まさかアリスさんの家に」

「見に行くだろ普通。人間一人消えた楽しい劇の始まりなんだから」

クラウスの言葉に愕然としつつも、慌てて思考を切り替える。今はアリスの所在が不明なことについて考えることが先決だ。

クラウスがわざわざ知らせにきたということは、彼ですらアリスの所在が分からないということだ。

この時期のイベントといえば、アリスの友人達……といっても特定の誰かではなく、ダイジェスト的に名もわからぬ友人たちが、どんどんミスティアの手で学園を去るよう追い込まれていった。

そしてアリスは友人達のために屋敷へ訪れ、学園に来るよう説得したり、ミスティアにより事業停止に追い込まれた家に経済的なアドバイス……例えば商家だったら、自分で物を仕入れるのではなく自分で物を作って売ればいいんじゃないかというアドバイスをしたり、平民ネットワークを通じて新たな事業拡大案を示すなど、かなり大胆なことをして友人を連れ戻していた。

さらにレイド・ノクターに手伝ってもらい行商……なんてこともしていた。一方ミスティアは、そんなアリスの邪魔をしていったり、レイド・ノクターを睡眠薬で眠らせ放置した末に、その現場をアリスに見せて「愛し合っていた！」と嘘をついたり、本人には子供ができたと脅すなど、徹底的に二人の仲を引き裂こうとしていた。

エリクのルートでは、女性不信が少しずつ治ってきていたエリクが、アリスがほかの男子生徒と話をしているところを発見、嫉妬して、アリスにそっけなくしてすれ違う……というもの。

ジェシー先生はちょうど今頃、先生の元同級生と先生が親しくしているところをアリスが見て、嫉妬をし、嫉妬という感情がまったくわからない先生が何故自分を避けるのかアリスに訊ね、アリスが告白するイベントだ。

ロベルト・ワイズは、ちょうど家が揉めだして、アリスのもとにワイズ夫人が訪れ「うちの子に近づかないで」と、お願いされていた気がする。

その間、学園に通っている雰囲気はなかったけれど、今アリスに友人と呼べる存在はゲームと異なりかなり多い。

特に仲がいいのがルキット様という感じだ。そもそも私はアリスの友人達を学園から追い出すなどはしていない。

「どこかで……私のクラスで困窮しはじめた家はご存じないですか？」

「逆に成長していっている家は知ってるけどなあ……つうかどうしたお前急にそんなこと聞いて」

クラウスが顔をしかめ、私に探るような目を向ける。「いや……」と誤魔化すと、彼は私を鼻で笑った。

「まぁいい。想像はつくしな。で、だ。ミスティア、取引をしようじゃねえか」

「取引……？」

「ああ。俺はアリス・ハーツパールが今どこにいるか、なんとなく見当はついてんだよ。だが、俺は真っ当にはそこに行けねえ。それでだミスティア。お前は明日、俺と一緒にアリスの家族に会え」

「……は？」

「突然他のクラスの男が来てもまともに相手なんかしねえだろ。どうせお前の話を奴は自分の大事な大事なお母さんとお父さんにしてる。お前なら絶対にすぐ取り入ることができるだろ。そして……」

クラウスは、にいっと音が出そうなほどに口角を上げると、真っすぐに私の目を見た。

「公爵領に行くぞ」

アリスが、公爵領にいる……？

どうしてと考えて、一つだけ思い当たる節があった。

彼女は、平民という身分でありながら前校長の推薦により貴族学園への入学が許可された。それどころか呼び出されたに近い形だ。

もしかして、彼女を呼び出した理由が関係しているのでは……。シナリオで深くは明かされていなかったけれど、可能性は高い。

「俺は、真実が知りたいんだよ。だから手伝えミスティア」

クラウスが立ち上がりこちらを見据える。私は暫く考えた末に、彼の言葉に深くうなずいたのだった。

翌日、私は学園に行くことなく、早朝屋敷にやってきたクラウスとともにアリスの家へと発った。学園を休むことに両親は一切の反対をしなかったけれど、「友達のお見舞いね！」と嬉しそうにしていた。

そうして今現在、クラウスとともに馬車に乗っている。隣には私の護衛としてメロがついてきていて、彼女は私の隣に、クラウスは向かいに座っている形だ。

「でもまさか、バグラ教会の生き残りがのうのうとアーレン家の屋敷で働いているとはなあ。知っているか？　神父の末路は」

クラウスの言葉に、メロは一切の反応を示さない。止めるよう促すと、彼は私を鼻で笑った。

「お前も本当にお人よしだよなあ。そんなんだから地獄に落ちんだよばーか」

「……それより、アリスさんが公爵領にいると何故思うのか、理由を教えていただけませんか」

「ああ。ずーっと調べてたんだけどよ。あいつのいなくなった時期に辻馬車がアリスの家の前に停まったんだよ」

クラウスの言葉にひっかかるものを感じた。以前、ちょうどルキット様が転校してきた頃、勉強会をした際アリスを送ることになったけれど、馬車は入れないからと皆で途中まで歩きで帰るという話になった。

普通の馬車では、あの場所は通れない。

ということは目撃者が嘘をついているか、それとも本当に馬車が停まっていたかだ。クラウスが嘘をついていないとすると――、

「道幅に合わせ馬車を作った……？」

「その通りだ。かしこくなったじゃねえか。で、馬車を作る職人を調べたら、記録上残されてない。すぐ出来るもんでもねえし、侯爵家くらいの爵位ならあっさり足がつく。だが公爵家にもなれば調べても調べても出てこねえ。それに」

クラウスは懐からごそごそと何かを取り出し、そして私に一枚の紙を差し出した。

「あいつは公爵領の近くに住んでた。疫病が流行る前にな。状況だけ見てりゃどっかの公爵が絡んでるに違いねえ」

差し出された紙は、アリスの家周辺の地図で、アリスの住んでいた家を示す赤い丸。そしてその周りに印をつけた家が、四箇所あった。

「この家のどこかに、アリスさんがいるんですか」

「ああ。貴族学園の前校長の関係者の家だ。案外前校長さんは敵が多くてな。敵対していない家を調べ上げた結果、四つにまで絞れた」

「イヴァライト、アビスピア、オルフオーグ、フィルジーン……まあここはねえだろ」

クラウスがフィルジーンの欄を指でつつく。その家名に聞き覚えがある。そして、なんとなくだけど、ふつふつと浮かぶ想像が頭の中に広がり始める。

「お、ついたようだな」

口を開く前に、馬車が停まった。馬車を出て、アリスの店に目を向ける。ピンクの屋根はアリスの髪を彷彿とさせるし、パステルカラーに近い水色の外観は、概ね茶色ベースの街並みの中でひと際異彩を放っていた。

そして、その前には見慣れた背中がある。

「先生……？」

私の言葉に、店の前に立っていた人物——ジェシー先生がこちらに振り向いた。

私を見て驚いた顔をした後、私やメロに続いて降りてきたクラウスを見てさらに目を見開いている。

「お前……こんなとこで何してるんだ？　つうか何でそんな引き連れて……」

「えっと、昨日セントリックさんと……」

「僕、アーレン嬢にアリスさんへ生徒会選挙のお礼がしたいから、アリスさんの家を教えてほしいと頼まれてしまったんです」

クラウスが私の言葉を遮り、ジェシー先生へと歩み寄る。そして後ろ手に払う素振りをして、こちらに黙っていろとの意を示してきた。

「けど先生がいるということは……もしかして、今から面談とかですか？」

それなら出直したほうが……、なんて言いながらクラウスが私に振り返る。しかしジェシー先生が間髪を容れず首を横に振った。

「いや、面談じゃない。ハーツパールと連絡が取れないから、今日は始業式で時間に空きもあって家に確認に来たんだ。俺は確認が取れ次第学園に戻る」

ということは、やはりアリスと連絡が取れていないということだろう。

先生がアリスの家を訪ねるのならば、私たちは店の前にいた方がいいのかもしれない。

しかしクラウスは、店の扉へ手をかける先生の後ろに平然とついていった。

先生が丸い窓のついた扉を開く、続くようにクラウス、私、メロと店内に入っていくと、すぐに
「いらっしゃいませ」と優しい声がかかった。声の方向に目を向けると、私の両親と同い年くらい
の二人が立っていた。

「ああ、シーク先生。お久しぶりです」

「お久しぶりです」

「えっと、そちらの方達は……」

「クラウス・セントリックと申します。初めまして、アリスさんのお母様、お父様」

クラウスが穏やかな好青年の笑みを浮かべた。アリスの両親は「まぁ、セントリック家の」と驚
いた顔を見せる。そして私へと目を向けた。

「初めまして。ミスティア・アーレンと申します。そして彼女は私の護衛です」

メロを紹介すると、アリスの両親たちが何やらクラウスに対してとはまた違った反応を示した。

そして「もしかして……」とこちらに一歩近づいてくる。

「あの、アリスと隣の席で、夏前にお手紙をくれた……？」

「はい」

「まぁ、あなたが……！」

どこか二人は感激した様子だ。双方落ち着いた色合いの髪と瞳の色で、アリスの髪と瞳の色とは異なっている。

「あの、学園にきちんと家にいることの証明書が提出されていませんでしたが、今アリスさんはどこに……」

先生の言葉に、二人の様子がこわばった。しかし何かまずいことを指摘されたというよりは、ひどく困ったような、傷を抉(えぐ)られたような表情だ。

「……」

「ここにはいない、ということですか？」

二人は静かに頷いた。そしてアリスのお母さんが暫し考え込んだ後、口を開いた。

「実は今……あの子は御爺様の下へお勉強をしに行っているのです」

「どうぞ」

アリスのお母さんから紅茶を出され、会釈をする。あれから長い話になるからと、先生、私、メロ、クラウスと並んだ席で、私たちは両親と向かい合って座っていた。

外には閉店の看板がかけられ、お客さんたちは入ってこられない。

「それで、御爺様の下、というのは？」

どこかうつむきがちなアリスの両親に、先生が切り出した。すると二人は顔を見合わせ、おずおずとアリスのお父さんが口を開いた。

「実は、私たちとアリスは、血が繋がってはいないのです。あの子には、ずっと黙っていましたが」

アリスと、両親が血が繋がっていない……？　そんなこと、ゲームでは書かれていなかった。

そもそも彼女は恐ろしいくらい両親の描写がされていない。「お父さんに楽をさせなきゃ」「お母さんはとっても優しいから」なんて台詞やそれに伴う回想はままあるけれど、立ち絵も出なければ話すシーンもない。

だからアリスの両親は実はいないのでは、なんて言われていたこともあったくらいだ。

だとすると、両親の描写が抑えられていたのは、血の繋がりがないからという裏設定があったとか、そういう理由なのだろうか。

確かアリスの父の古い友人が、推薦人としてアリスの学園行きを決定したけれど、もしかしたらその友人こそが――。

「では、今アリスさんは血縁者のもとに？」

「ええ。あの子の母親は、公爵家の御嬢様なんです。けれど、私達の幼馴染と――同じ平民と結婚しようとして、駆け落ちして、あの子が産まれて、でも疫病に罹患（りかん）して、二人共……私達は、あの子を頼まれていて、赤子だったあの子を引き取ったんです」

アリスの両親は目を伏せた。彼女が、公爵家の令嬢の血を引いている。

確かにそれならば、突然平民の身分で学園に編入という数奇な運命の巡り合わせが発生したことも頷ける。

アリスのお母さんは手のひらをぎゅっと握りしめた。

「そして私達は、あの子を育てました。けれどあの子が十四歳の時、あの子の母のいた公爵家の当主から、あの子を返してほしいと連絡がきたのです。私達は、貧しい場所で暮らすより、御嬢様として大切にされる方がいい、そう思いました、でも……」

「公爵が、信用できなかった？」

「……はい。だから、条件を出させてもらったんです。学園に入学して、三年間。貴族として暮らすことをアリスが辛く感じることがなかったら、娘を引き渡す。でも、もしついていけなかったり、アリスが辛く感じた場合、あの子を平民として生きさせてほしい、そう言ったのです」

「そんな約束を……」

ジェシー先生が唖然とした顔で二人を見た。するとアリスのお母さんが、やるせない様子で私たちに目を向けた。

「私たちの、狡さです。アリスは貴族の御嬢様として、育ててもらった方がきっと幸せだ。食べることに困ることなんて一生ないのだから。でも、私達は、娘を手放すことが耐えられなかった。平民として育てたのだから、貴族学園に通って辛くないわけがない。それに、授業についていけない様子を見れば、きっと公爵はあきらめる。そう思ったのです」

「でも、アリスさんは成績が良かった。初回の試験はともかく、二回目の試験は学年の順位でも高い位置に入った」

「はい。あの子、授業についていけないと言っていたのに、段々勉強が楽しいって言い始めて、あの子の辛い顔なんて、見たくない。喜んで笑う姿が一番いいはずなのに、私は……」

アリスのお父さんがぼろぼろと泣き始めた。けれどその涙ぐむ声が、ぼんやりとしか聞こえない。

私は、取り返しのつかないことをしてしまったのかもしれない。

テスト前。私は度々アリスの質問に答えていたし、教科書を見せていた。

思い返せばゲームでのアリスは序盤、まったくと言っていいほど友達がいなかったし、作る暇もなかっただろう。話しかけても、ミスティアが恐ろしくてみんな彼女をいないもののように扱っていた。

そして、レイド・ノクターだけは彼女を哀れみ、親切にし、つらい立場にいるからと優しくした結果ミスティアがそれに怒って暴れだすという、最悪な循環が起きていた。

よって、ゲームのアリスは、恐らく教科書を忘れた際見せてくれる相手も、授業でわからないところについて聞く相手もいない。

勿論先生に聞くだろうけど、授業中リアルタイムで訊ねたほうがいいに決まっているし、その分理解力も深まる。

……今、アリスが公爵家の下にいることが不幸なことであるならば、その不幸は、私に責任があるのでは。

自分のしてきた行動を思い出し、絶句する。私のせいだ。完璧に。アリスのお母さんに目を向けると、涙を流す夫を支えながら願うように私達を見た。

「そして、徐々に公爵からの連絡が増えてきました。いつ出自を孫に明かすのかと。こんなにも成績がいいのだから、卒業を待たずして公爵家の屋敷に住まわせ、家庭教師をつけた方がいいと……

そして、学園で刃物騒ぎが起きて、生徒さんが刺されたことで公爵は平民の住む家に置くわけにはいかないと、朝突然あの子を引っ張って、無理やり……」

事件が起きた危険な場所へ孫を通わせたくない、そんな親として当然の気持ちによって、アリスを屋敷に連れ去った……ということになるのだろうか。

確かにアリスは馬車で通学しているわけでもないし、その道中は町中を歩くことになる。馬車で通学するより、危険かもしれない。

それに、公爵家ならば護衛がつく。公爵の考えは間違っていない、と思う。でも手段が強引だった気がしてならない。話を聞く限り、アリスにすら手荒い行動をとったようだし。

「それで、アリスさんは今どこにいるんですか」

「イヴァライト家です」

アリスのお母さんの言葉に、ジェシー先生も私も大きく目を見開いた。何故ならその家は、公爵家でも名門中の名門。今の貴族学園の、理事代行を務めている家だからだ。

アリスの屋敷に訪問した翌日、私は平常通り学園に登校していた。

さすがに昨日の今日で、イヴァライト家にアリスを家に帰してもらえないか頼みに行く、なんてことはできない。

そもそも個人の問題で、両親はアリスを家に帰してもらいたいと思っているけれど、彼女が同じ思いであるとは限らない。

それに、同じ想いを抱いていたとしても、イヴァライト家を相手にするのはとても難しいことだ。

「ミスティア様、ですか？」

どうしたものかと廊下を歩いていくと、視界の隅から女子生徒が近づいてきた。

切りそろえられた水色の前髪からは、さらに色素の薄い桃の瞳が覗いている。

見覚えがある。

確か体育祭前に、美術室で絵を描いていた生徒だと気づいた。

「はい……。そうですが……」

「少しお時間よろしいでしょうか」

女子生徒は同じクラスではないけれど、おそらく同学年だ。

頷きながら「あなたは、美術室で絵を描かれていた方、ですよね」と問いかけると、彼女は驚いた顔をする。

「確かに私は美術部ですけれど、生徒の部活所属状況を覚えておられるのですか？」

「いえ、そういうわけでは……ただ、絵を描いているところを、見たことがあったので」

私の返答に、女子生徒は困惑の色を浮かべた。

咳ばらいをしながらも彼女は、「申し遅れました」と礼をする。

「Eクラスのシャニィ・ヴィオスペードと申します。実は、折り入ってご相談がありまして」

「相談？」

「はい。実は、一緒にイヴァライト家へ向かっていただきたく……」

そう、目の前の少女は、私がどうにかして行きたいと思っていた家の名前を、当然のように口にしたのであった。


「こちらです」

ヴィオスペードさんに導かれるまま訪れた美術室は、閑散としていた。

授業中はクラスみんながいるからかもしれないけど、彼女と二人きりだからか、酷く広く見える。

もうすぐ学年が変わるからか、きちんと額が並べられていた壁はパズルのピースが欠けたように取り去られ、五年前、ノクターの屋敷に向かい肖像画がなかったときに似た違和感を覚えた。

それにしても、イヴァライト家に一緒に行ってほしいとはどういうことだろう。

今まで彼女と接点があったわけでもないし、そもそも彼女は私の目的なんて知らないはずだ。

不思議に思っていると、ヴィオスペードさんが「コンクールで、大賞をとったんです」と、黒板の隅にはられたプリントを指した。

そこには国で行われた入賞結果が記されていて、優勝した者は公爵家に招かれ、絵を描く旨が記されていた。

「私は、イヴァライト公爵家の庭を描いて、絵をお贈りすることになっているのですが、その、モデルになっていただきたくて……」

「え……」

人の家の庭に、他人の私が描かれた絵を？

「大丈夫なのですか？　その家の方ではなく……？」と問いかけてみれば、彼女はうなずいた。

「イヴァライト公爵家は、今は当主である公爵様のみいらっしゃいます。そして、私が描きたいのは人物が向こうを向いている様子ですので、問題ございません。公爵から、令嬢が庭園を歩く姿を描いてほしいと申しつけられていて……」

「なるほど……？」

　ということはイヴァライト公爵は、もしかしたら亡き娘さんを描いてほしいとリクエストしたのかもしれない。

　ただ、アリスを彼女に紹介していないということは、彼女を公爵令嬢としてまだ紹介はしていないと……？

「お話、お引き受けしていただけますか……？」

　ほかにイヴァライト家へ向かう手立てがない以上、私にモデルが務まるかは微妙なところだけど、受けるしかない。

「もちろんです」

「ありがとうございます。ミスティア様。早速、今週中にイヴァライト家に一度お伺いすることになっているのですが、何かご予定はありますか」

「いえ、ありません。えっと、馬車で一度ヴィオスペード様の御屋敷にお伺いすればよろしいですか？」

　私の言葉に、ヴィオスペードさんは少し驚いた顔をした。

　そしてすぐに「私のことは呼び捨てにしてくださって構いません」と、やや口を引き結んだ表情に変わる。なんだか、メロに似た人だ。雰囲気も、しぐさもメロに似ている。

「私の家はしがない男爵家。伯爵家の御令嬢に様付けなんてしていただく必要はございません」

「でも……」

「アーレン家にとって私のような家は使用人も同然です。様付けなんてされてしまえば、学園の序列が乱れてしまいますシャニィで構いません」

「……では、えっと、シャニィさんで……」

流石に初対面で名前の呼び捨ては気が引ける。恐る恐る呼ぶと、彼女は目を伏せ、「ミスティア様がそうおっしゃるのなら」と頷いた。

「その日の昼に、公爵家の馬車がミスティア様のもとへと向かわれると思います」

「わかりました。ありがとうございます」

「では、これからイヴァライト家から送られた書面の写しを差し上げますので、お持ち帰りください」

シャニィさんはそう言って、美術室の奥、準備室へと入っていった。

なんとなく周りの作品を見て回っていると、棚に名前が書かれ、画材が無造作に置かれていた。油絵の筆や、彫刻刀、他の用途か分からない画材たちが入っている。

ヴィオスペードさんの名前もあり、まっすぐ並べられた筆のそばには、油絵の具が並んでいた。

「お待たせしました」

声をかけられはっとして振り返ると、すぐ後ろにヴィオスペードさんが立っている。私が慌てて向き直り書面を受け取ると、彼女は棚に目を向け「この棚は」と呟く。

「美術部の部員の画材を置く場所になっているんですよ。部員たちは皆放課後、ここで作品作りをしますから、その時までここにしまっておくんです」

確かに画材を持ち歩くのは大変だろうし、美術室で絵を描くには画材を置いていたほうがいいかもしれない。

「そこの空いている棚は、去年退部した男子生徒のものです」

ヴィオスペードさんの指すほうへ目を向けると、確かにその部分には何の画材も置かれていなかった。

あれ、その退部した男子生徒って、もしかして……。

「それって、あの、刃物を持ち出した……？」

「はい。校内で刃物を持ち、暴れた男子生徒のものです。ですから、ミスティア様は私の願いを断るとばかり思っていました」

ヴィオスペードさんは、平然と話をしている。どう返事をしていいか分からず黙っていると、彼女はこちらに振り返った。

「だって、死んだといえど、校内で暴れた人間が入っていたような部活に貢献するのは、気が引けるものでしょう？」

「死んだ……？　死んだって、どういうことですか？」

私の返答に、ヴィオスペードさんはまた驚いた顔をした。そんな風に答えるなんて、予想もしていなかったとでも言うように戸惑っている。

「知らないのですか？　本当に？」

「はい……何も……」

「彼は死んだんですよ。衛兵によって運ばれる少し前に、屋敷に火を放って」

その言葉に、愕然とした。そんなこと、私は知らない。誰からも聞いていない。

「どうしてそんな悲しげな顔をされるのですか？」

人が死んだというのに、平淡な声で問いかけられ、戸惑う。

「だって、人が死んだんですよ？　それも、自分から命を絶つなんて……」

「貴女は襲われたのに、悲しいなんて思うんですね」

人の命だ。替えなんてない。死んだらすべて終わってしまう。それも火に焼かれるなんて苦しくて絶対に辛いことだ。

それでもなお死を選ばなければいけないほど追い詰められた人がいたということが、悲しい。

しかしシャニィさんはただただ私を見て、不思議そうにしている。あまりにもその目が率直で、私は自分の抱いた感情が正しいものか、不安すら覚えたのだった。

異録　毒の檻々（おりおり）

SIDE：Melo

「もう無理じゃない？」

後ろからかけられた声に、返事をすることなく、私は御嬢様に頼まれていた書類の整理を続ける。

「料理長や掃除婦長だけじゃないよ。庭師も、執事も、執事長も、門番だって、御者だって、みんな、みーんな同じ気持ちだよ」

「私は、御嬢様の望むままに動くだけです」

「もう無理なんだって、御嬢様を優先させてたら、御嬢様死んじゃうよ。病気なら、寿命ならまだ許せるよ、あの人は人間だから」

――でも、殺されるじゃない。

続けられた言葉に、正気を吸われそうになる。そこでようやく振り返ると、料理長が雇用した幼子――調理助手のキーナとキーノが立っていた。姿形はそっくりで、透けるような紫水晶にも似た髪色をして、瞳は雷鳴が轟く空模様のようにどす黒い。

御嬢様の髪色である黒は好きだ。けれど、この二人の色はなんとなく好きにはなれなかった。声もそっくりで、どちらと話をしていたのかはわからない。呼吸の仕方も、何もかも同じな二人は、その志も同じだ。

「みんな言ってるよ、そのうち誰かが、御嬢様のお父さんとお母さんを殺しちゃうよ。あの二人が死ねば、御嬢様が学園に行かなくて済むんじゃないかって」

御嬢様は、私に前世の記憶があると話をした。その内容は、荒唐無稽としか言いようがないもので、彼女の口から発せられたものでなければ、信じられないものだ。

しかし御嬢様がそう言ったのだから、嘘偽りのない真実だと思う。

だから今、御嬢様は記憶を辿り、万人が幸せでいられるよう、尽力をしている。そのためには、彼女の思い描く物語に沿う必要があるようだった。

本来私は、その物語に登場しない。だから今日、御嬢様がひとり公爵家へと発つのを見送ることにした。

「させませんよ」

決意を確かめるように、私は双子を見据える。

「使用人は代えがききます。しかし、当主様と夫人は、ずっと御嬢様の両親です。代えがない」

「僕たちで慰めてあげればいいよ。時間はかかるかもしれないけど、きっと前を向くよ」

「そのまま、その言葉をあなたたちにお返しすることもできますが」

「そうやって、全部守ろうとしてる段階じゃないんだってば」

堂々巡り。個々最近はずっとこうだ。誰かが御嬢様を守ろうと、彼女を屋敷から連れ出そうとして、それを誰かがひっそり止める。

今、当主様と夫人は、ワイズ家からの婚約打診をおさえるために、奔走している。

以前だったら、鼻で笑い捨ててしまう縁談だという。私は詳しく知らないが、はたから見ると愚かな当主と夫人は、さらに愚かだった頃があるらしい。

そして悲しいことに、今の夫妻は愚かでないがゆえ、無視ではなく話し合いでの解決を望んでいるようだった。

そして御嬢様も、本来であれば、我儘で、傲慢で、自分の願いの為には、手段を選ばない性格の役割を持つらしい。そんな令嬢であったなら、私は何の躊躇いも無く、殺すことが出来たのだろう。

しかし、御嬢様が今の御嬢様ではなかったのなら、そもそも私は彼女と出会っていなかった。

御嬢様は、私を許し、生きることを願ってくださった。

だから、私は、御嬢様が私を許し、願い続けるまで、生きて、傍に在る。幸せを感じることは、罪なのかもしれない。一生、御嬢様を殺そうとした罪は消えない。罪に、罪を重ねる。何と業の深いことか。

それでも私は、御嬢様の傍に在りたい。御嬢様の幸福を、お守りしたい。

……何をしてでも。

「御嬢様が次に自分の身を危険に晒したときのことを、決めておきましょう」

そう考えているのは、私だけではない。

御嬢様は、使用人について、御嬢様が見て来た物語には存在しない人間がいるかもしれないと話していた。

皆、御嬢様に救われ、この屋敷に仕えているのだから。領民だって、御嬢様の為に働き、恩が返せるならばと、研究をし、税を納め、生きている。

「何、そうしたら御嬢様のこと、屋敷から出さないようにしていいわけ？　それとも、婚約者殺せる？　それとも、事故に見せかけて無理にでも出られないようにする？　別に僕らで養えばよくない？　専属医も、執事長もお金はあるじゃん。庭師だって、あいつこそこそ隣の国で爵位とってたよ」

「いいえ、正攻法でいいでしょう」

私の言葉に、キーナもキーノも顔を見合わせた。

「なにそれ」

「意味わかんない」

「御嬢様を傷つけるのではなく、自分を傷つければ良いのです。誰かが怪我を続ければ流石に婦人も当主様も怪しがりますが、ゆっくりと人が変わっていけば、怪我が多いで済みます。一人一ヶ月としても、十分でしょう」

「あー」

「たしかに、御嬢様、いま一番弱ってる人が最優先だもんね」

二人は納得して、まるで呼吸を合わせるようにうなずいている。

「本当に、大丈夫でしょうか？」

「うん。僕も不安だよ。お前、僕たちのこと出し抜こうとしてない？」

不揃いな足音に、ため息を吐く。近づいていたことも、話を聞かれることも予想していたものの、疲労を覚えた。

「私は、あなたのその案が優れていると思えません」

「僕もブラムに同意する。それにおまえ嫌いだし」

廊下の反対側から歩いてくるのは、門番のブラムとトーマスだ。恰幅のいいブラムは、物腰が穏やかで動作がゆっくりしているが、華奢なトーマスのほうが足音が大きく、やかましい。

「絶対抜け駆けする気だよ。っていうか、料理長とかどうすんの？　あの人怪我したら料理作れないじゃん！」

「料理長は、たとえ足がなくなろうとも御嬢様に作る料理を欠かすことはないと思いますよ」

トーマスに答えると、「そんな案じゃ掃除が出来ないわ」と、涼やかな声が届いた。調理助手の二人に挟まるように立ったのは掃除婦長だ。

「あなたは専属侍女なんて自由のきく仕事だけれど、こっちは掃除だけを専門としているの。それに、限りある仕事の時間に御嬢様と会って、お疲れ様ですを聞くために生きているの。お大事にじゃないのよ」

御嬢様は今、屋敷の使用人たちのことまで心配をして、物語の改変に着手している。

けっしてあり得てはならない、死の未来に怯えている。

にもかかわらず、私達のために逃げることなく動いているのだ。

相手の望む答えを選び、恋愛をする、物語。

それならば、婚約者を陥落させ、思い通りにしてしまえばいいのに。

それだけではない。彼女がとった行動により、少なからず不都合に改変されてしまった事象を、御嬢様は最初からそのつもりがなく、関係を断ち、距離を取って対処しようとしている。

ひとりひとりの人生を考えて、変えようとしていた。そんな者たちのことは放って置いて、私達の未来なんて捨ててしまって、あなただけが生きてくれたら良いのに。そう思うけれど、彼女はそれを望んでくれない。

だというのに。

「もう、御嬢様の両親を殺してさ、盗賊とかにやられたことにして、隠居しよう」

「それか、少しずつ薬を盛って、ちょっとだけ弱ってもらって療養しよう」

「最悪、部屋から出られないようにしよう」

「それはいけない。誠心誠意事情を説明して、我々の想いを理解して、我々以外知らない別荘で暮らしてもらいましょう」

「そうよ。暴力で解決するなんて最低だわ。御嬢様に誠意を伝えればいいの。例えば、御嬢様を危険に晒す学園の誰かを殺して」

自由に飛び交う議論にうんざりとした気持ちになった。

御嬢様に、好意を向ける。御嬢様と共に在れば、当然だと思う。

ふとした瞬間に気遣いの言葉を投げかけ、体調の変化に気付き、相手へ思いやる行動を取る。真面目でありながら、気を抜く時は抜く。努力はするけれど、人に強制をしない。たまにふざけたことを言う。そして何より、人の為に動ける人だ。

にもかかわらず、御嬢様は、婚約者の好意に気付いていない。御嬢様は、人の好意に関心が無い。体調を気遣ったり、身体的な変化や怪我にいち早く気付くことは出来るのに、人の好意だけは、「相手が優しいから」「忠誠心が高いから」「社交能力の高さ故」などと残酷で的外れな判断を下していく。

以前それとなく指摘したけれど、「いや、体調が悪いのを気遣って好かれるなら、お医者さんはもうめちゃくちゃ好かれてるよ」と全く以て分かってもらえない返答が来た。

誰にでも愛想を振りまいたりしない分、まだいい。しかしそのせいで、「自分だけに心を開いている」なんて勘違いをする者が出てこないか心配ではある。

誰にでも、惜しみなく与えようとする優しさ。

心配だけれど、御嬢様に変わってほしいとは思わない。

けれど、こうした惨状を目の当たりにすると、後悔を覚えた。もう少し、御嬢様が人間を拾うのを、強く止めていれば。それか、気が逸れるよう仕向けるべきだった。

もういっそ、全員殺してしまうほうが早いのではと、思ってしまうことが無いわけじゃない。

でも、あの人はそれを望まない。皆が楽しく暮らすことを、いつだって望むから。

私はそれに応えよう。その為ならば、どんなものだって利用しよう。

これから先、ずっと、ずっと傍で。

ミスティア様が、私を許す限り。

傍に在って、ミスティア様と、ミスティア様の望む幸せを守り続けるために。

自由ありて

シャニィさんに屋敷への同行をお願いされ、二週間経ち、とうとうシャニィさんと共にイヴァライト公爵家へ向かう日となった。

屋敷を出て、門の外で待つ。

しばらく二人で会話をしていると、薄い水色の、灰かぶりの馬車を模したような馬車が屋敷へ向かってきて、私たちの前で停止した。

やはり、アリスの瞳の色と親和性が高いつくりになっているのだろうか。そう思いつつ乗り込むと、中にはすでにシャニィさんが乗っていた。

「おはようございます、シャニィさん」

「おはようございます」

車内の床は、鼠の刺繍がされた絨毯がしかれ、中戸の手すりは硝子細工で出来ていた。

観察しているとやがて馬車はゆっくりと走り出し、シャニィさんは静かに車窓へ視線を向けた。

私も同じように窓へと視線を向け、昨日立てたアリスを探す計画について思い返していく。

公爵は、アリスを屋敷に連れて行っているものの、アリスを孫が見つかったと発表しているそぶりがない。

本来アリスを公爵家の者として扱い、絶対に義両親の下に帰したくないのであれば、早々に彼女を公爵家の人間だと発表し、披露してしまうはずなのに。アリスを描かせるなんて絶好の機会だけど、それをしなかった。

早急にアリスを公爵家へ連れ去るような形を取りながら、アリスを強引に囲い込むことはしない。

この行動の矛盾はおそらく、アリスを公爵家の人間だと発表することに、何らかの問題があるということだ。

よって誰かが屋敷に向かいアリスが公爵家にいることが広まってしまったら、おそらく公爵としてもまずい状況にある。

だからこそ、イヴァライト家に客人が現れるのは良くないことのはず。

それでもなおシャニィさんを招いたのは国の選評会が絡んでいるからで、本来ならば断わりたいことだろう。

よって私は、その無理で生じてできた穴を利用していこうと思っている。

人を屋敷の中に隠すというのは簡単だ。どこか一室に閉じ込めておけばいい。相手は公爵家、部屋数も膨大で、アリスが隠されているかもしれない部屋を見つけ出すのは至難の業——ではない。

隠そうとすることで、物事はより目立ってしまうものだ。外観を観察して、公爵家に窓のない地下室があるならば、そこに彼女はいるし、屋根裏部屋があるなら、きっとアリスはそこにいるだろう。

そしてそれ以外の窓のある部屋に閉じ込めるのであれば、絶対にカーテンは閉じておくはず。

二階でも三階でも、相手は公爵家、万全を期すはずだし、逆に隠し扉があるのならば、構造上窓がない空間にあり、そこからも消去法でどんどん絞れていくはずだ。

つまるところ、アリスがいる部屋を見つけようとするのではなく、アリスがいない部屋をどんどん潰していけばいい。

部屋を見つけたら、あとはアリスとコンタクトを取るだけだ。

彼女が公爵をどう思っているか、将来的にどうありたいかを訊ねる。本当は彼女と話をしたくないけれど、事態が事態だから仕方がない。

そして、アリスが公爵家で過ごしたいといった場合は、両親に手紙を書いてもらって渡すしかないだろう。

もし、アリスが帰りたいというのであれば、各所にかけあって、尽力する。

幸い、手はいくつかある。ランズデー先生は知り合いも多く、公爵家に治療薬を売ったこともあると話をしていたし、それにアリスは世界のヒロインで、彼女を助ける存在は、きっと沢山現れるに違いない。

「ああ、あちらに見えるのがイヴァライト家です。もうすぐ着きますよ」

声をかけられ慌ててシャニィさんのほうに視線を戻し、促されるままに車窓を見て絶句した。アリスを屋敷に戻すことは最早不可能ではないかと思えてくる。

イヴァライト家の屋敷は、完全にアリスの屋敷だ。景観が物語っている。屋根はアリスの瞳の色で、壁はアリスの髪を淡くした色だ。

造りも、一般的な屋敷とずいぶん異なり、童話的で窓枠もハートの形だ。

唖然としている間に馬車は門でのチェックを終え、屋敷の敷地内へと入っていく。

イヴァライト家は公爵家だから、関わりもなくその屋敷がどんな形状をしているかは知らなかった。というか、敷地内の地図を入手できていたとしても、何らかの補正が利いて、ほぼアリスに対してヒール同然のミスティアの立場では、この屋敷でアリスの居場所を知ることは、不可能だったのでは……。

いや、弱気になっている場合ではない。

今日はアリスをこの屋敷から探してコンタクトを取るか、それが駄目でもなんとか彼女と会えるような手がかりを見つけなくてはいけない。

気を取り直して窓に目を向け、カーテンが閉じた部屋や構造上仕掛けがありそうな部分を観察し、その外観をしっかり記憶しようと屋敷に視線を戻して――、思考が止まった。

「なんで」

馬車はゆっくりとその動きを止め、やがて停まった。

ヴィオスペード家の御者が扉を開き、降りるよう促されていると、「ミスティア様！」と、はつらつと明るい太陽のような声に、止まっていた思考が動き出した。

「来てくださったんですね！　ようこそ！　このお屋敷へ！」

馬車を降りてすぐ、屋敷の扉の前、アリスははつらつとした笑みを浮かべ、大きく手を振っていたのだった。


「ようこそいらっしゃいました、ミスティア様！　シャニィ様！」

こちらを嬉々として迎え入れるアリスに、私は絶句してしまった。

一方の彼女は「客間にご案内しますね！」と屋敷の中に招き入れる気満々だ。

どうしよう。こんな風にアリスと出会えるなんて、全く想像していなかった。

少なくともイヴァライト公爵と先に会うものだとばかり思っていたし、アリスの姿が見えず探すことを前提としていたし、アリスに対して苦しんでほしいという気持ちもなければ人の感じ方はそれぞれだとも思っているけど、もっとこう、なんていうか、閉じ込められイヴァライト家から出ることを望んでいるんだろうな、と思っていた。

こんなも貴族に染まりきっているとは思わなかった。

アリスは白のドレスを揺らしながら、嬉しそうに招いてくる。逆にシャニィさんのほうがそんな彼女に対して戸惑い気味だ。

私はどちらかといえばシャニィさんのような反応を予想していたし、なんかもう、どうしてこうなったという気持ちが抜けない。

「えっと、私たちは今日遊びに来たわけではなく、公爵に贈る絵を描きに来たのですが」

「あっ……申し訳ございません。えっと、お庭ですよね……、私が案内したいのですが……駄目、ですよね。あの、お願いします」

アリスは近くの侍女に声をかけた。

公爵家の令嬢ということで、伯爵家を相手に直々に案内する、というのは許されていないのだろう。護衛の観点もあるし、仕方ないことだと思うけれどアリスは肩を落とした。

「あの、あとでお茶をするのは大丈夫ですか？」

彼女と侍女の関わり方は、どことなくぎこちない。

アリスのほうが仕えられる立場だけど、これでは新人として働きにきたばかりに見える。やはり、自由に伸び伸び暮らしていたアリスにとって、公爵家での暮らしは窮屈なのかもしれない——と思うけれど、私がアリスが学園に戻ってこないとシナリオがめちゃくちゃになるからそう思いたいだけなのか、いまいち判断がつかない。

「ではミスティア様、シャニィ様、こちらが庭園になります」

侍女に促され、私たちは屋敷の奥へと入っていく。アリスは玄関ホールで、さみし気に私たちを見送っていた。

いくつもの赤い薔薇が咲き誇る庭園で、風を受けながら立つ。

庭園に通された私は、早速シャニィさんの絵のモデルを務めるべく、動かず喋らず、そして瞬きすらなるべくしないようにしていた。

目の前ではシャニィさんがイーゼルにキャンバスを構え、油絵の具を筆で混ぜながら私を注視している。周りには油を入れる壺があり、使い古された木のパレットは絵の具が幾層にも重ねられ、沢山絵を描いてきたことがはっきりと分かった。

油絵の独特なツンとする臭いは感じられるけど、屋外であるからかそこまできつくも思わない。

「瞬きは別にしていて大丈夫です」

「え」

「それと、会話と呼吸も。先ほどから、思い出したように呼吸を止めてますよね？」

若干こちらに引いたような調子でシャニィさんが私を見た。でも、意識して瞬きも出来ず戸惑うと、「自然でいいので」と彼女はキャンバスに向かう。

「あまり、肩が強張ってしまうと、絵に影響が出てしまうので、楽になさってください」

「すみません……」

動かないことは得意だけど、緊張する。でもその緊張を出してしまうと、絵のモデルには失格なわけで。

どうしようか考えていると、「お友達がいらっしゃったのですね」と、シャニィさんが筆を動かしながら問いかけてきた。

「えっあ、いや……」

そもそもイヴァライト家はアリスのことを公表していない。

しかしこうして彼女の出迎えは許可したわけで……そしてシャニィさんは他のクラス。アリスを知っているか微妙にわからない。

彼女が平民だということは一度クラスの黒板に書かれたけれど、他のクラスも同じようにされていたかといえば、違うようだったし。

「シャニィさんは、彼女と面識が」

「知っていますよ。彼女は有名ですから。ただでさえ、目を引く髪色をされてますし」

キャンバスに目を向けながらシャニィさんが答える。

確かにアリスの髪は桃色で、主人公であることもありこの国では特に珍しい色だし、私は十五年生きててその髪に似た色をした人物を見たことがない。

瞳の色は……、アリスは空色で、レイド・ノクターと近い色をしている。メロも同じ青い寒色系だけど彼女はどちらかといえば藍色だ。

ミスティアの赤色も珍しい扱いを受けていたけど、シャニィさんは桃色を薄くしたような瞳の色だし、やはり悪役の令嬢といっても主人公ではないということで、一般的にいる色ではあるのだろう。

黒髪だって、目を凝らしてみれば黒に近い髪色の人間は沢山いるし。

「見聞を広めるために平民として学園に入学するなんて、高位の方の教育は、厳しいものなのですね」

「そ、そういうわけではないと思いますよ」

「……では、ミスティア様は平民と知りながら彼女と親しくしていた、ということですか？」

「え、親しく？」

「ミスティア・アーレン様は身分の差を物ともしない、誰とでも分け隔てなく接すると、こちらのクラスでも有名な話ですよ。平民の娘とも、仲がいいと」

それは、語弊がある気がする。

私は、出来ることならアリスと仲良くしたいけど、ゲームのことを考えなるべく話さないよう、会わないようにはしている。とても失礼なことだ。

「間違いですか？」

肯定も、否定もできない。言葉を選んでいると、「身分に差がありますからね」と彼女は続けた。

「彼女が公爵家の令嬢であっても、平民であっても、私たちとは世界が違いますから、交わってはいけない」

「そういうわけでは、ないんです」

「では、どういうことですか？」

「身分といっても、選んで産まれることができるわけじゃない。誰と付き合うかは、個人が選ぶべき、というのが、私の考え方です。ただ、実行できてはいませんが……」

「身分の差を越えて交流することが、本当に正しいことでしょうか？」

シャニィさんは、私を真っすぐに見る。先ほどまで動いていた手は完全に止まり、その視線はこちらを射貫くようだ。

「ものごとには分別が必要です。手の届かない人間に手を伸ばすことは——かなわない夢を見続けることは、罪です」

「詭弁(きべん)になってしまいそうですが、どうしても、私は、世界が違うかたと接することが、罪とは思えません。人と人との交流は、どんなことであっても妨げられるべきではないと思います……すみません、上手く考えがまとまらなくて」

アリスと私は、身分が違う。

入学時は平民と伯爵家、今はおそらく——公爵家と伯爵家だ。

身分に差があるけれど、いつも思うのは家の状況ではなくて、もし乙女ゲームがなくて、ただのクラスメートであったなら、もっと色々話ができたなという、後悔にも似た何かに苛まれることがある。

「あの！　休憩にしませんか？」

どことなく気まずくなっていると、アリスがやってくる。彼女はティーセットを持った侍女を控えさせ、淑女らしく微笑んでいた。

「とっても美味しいケーキがあるんです。どうぞ食べてください」

私たちを客室に通したアリスは、とても楽しそうに笑う。そんな彼女を前にして、私はシャニィさんの隣に座っていた。

机の上に並んだケーキは、トランプの形や、薔薇を模した飾りや、水色の色味はおそらくゲームで彼女の名前の由来となったモチーフが起因しているのだろう。

「では……」

シャニィさんはケーキを口にした。中々手を付けない私を見て、アリスは不安そうにする。私も慌てて後に続いた。

先ほどシャニィさんが言った公爵が十歳のころに娘を集めていたという話から考えれば、公爵は五年前から探していて、探していた孫が四歳になる前、アリスを発見。貴族学園に入学させたが、私が色々勉強を教えてしまったことや、物騒な事件が起きたことで、今はアリスを学園に通わせず、家庭教師とのマンツーマンレッスンをさせ始めたということだ。

だとするともし、アリスを学園に連れ戻すならば、学園の安全性を公爵にアピールしなければならない。

しかしそれ以前にアリスは公爵家の暮らしを満喫しているように思う。

「……アリスさんは、どうですか。最近の調子は」

「ええ。快適ですよ。皆さん良くしてくれて。でも、ピアノやバイオリンのレッスンは大変ですね。私は音楽を自分で弾くよりも、歌を歌っている様子を見ているほうが好きなので……」

「なるほど……」

「でもでも、ここに来て私、ちゃんとして、誰が見ても立派な淑女になれるよう頑張りたいと思ってます」

「慣れ親しんだものより、新しいもののほうが、惹かれるのですか？」

隣から聞こえてきた声にぎょっとして振り返ると、シャニィさんがアリスを見ていた。

アリスの表情が、少しだけ歪む。シャニィさん自身無意識に出た言葉らしく、「すみません」と首を横に振った。

どうにかして、この空気を変えなければ。私はとっさに辺りを見渡し、クッキーに目を付けた。

「このクッキー、本当に美味しいです」

「あ、それは私が焼いたものです。ケーキは、公爵家でご用意していただいたものですが……」

アリスは嬉しそうに微笑む。けれど、すぐに視線を落とした。

シャニィさんは焦ったように、「友人の友人は、甘いものが好きです」と、付け足した。

「友人の友人」

「はい。甘みのないパイが許せず、見たら捨てるくらいの方なので、菓子にはかなり精通しているようです。今度お伺いするとき、連れてきます」

もしかして、それってクラウスでは……？　そう考えて、彼女のクラスを思い出した。

「その方って、セントリックさんですか」

「はい。ご存じでしたか？」

シャニィさんが私を窺うように見る。一方アリスは「よくうちのクラスに来て、女子生徒と話をしていますよね」と相槌をうった。

「甘みのないパイ……そういえば、宿泊体験学習の時に、うちのクラスで誰かが作っていたような……」

そういえば、ゲームの宿泊体験学習の時は、みんな失敗作を作っていたけれど、今年は特にそんなこともなかった。

レイド・ノクターはもちろんのこと、ロベルト・ワイズも成功していた気がする。ルキット様もちゃんと食事を作っていたし……。

大失敗していた生徒も勿論いたけど、失敗した生徒向けにジェシー先生が炊き出しをしていた。

「懐かしいな……」

アリスは、静かに窓を眺める。彼女に声をかけようとすると同時に、「お時間です」と、イヴァライト家の侍女の声がかかったのだった。


イヴァライト家へ向かうことが許されているのは、週に一回の休日のみらしい。

公爵家へ行かずとも描けるところはすすめておきたいからと、平日の放課後は美術室に残っていてほしいとも頼まれている。

来週も公爵家へ行けるけれど、アリスにどうアプローチしていいか判断がつかない。彼女は公爵家の令嬢として頑張ろうという気持ちも見えるけれど、それと同時に今の状況をよく思っていないように感じた。

「あ、ミスティアだ！　何しているの？」

悩みながら週明けの廊下を歩いていると、エリクがとことこ歩いてきた。

「えっと、考え事をするために散歩ですね……ハイム先輩は？」

「一人になりたいっていうかさぁ、群がられんの嫌いだからさー、あ、ミスティアは美術室に用事？」

そういってエリクは私の髪をくるくる弄ぶ。人の髪の毛であやとりをするんじゃないと止めに入ると、彼は「あ、そういえば美術室の怖い話知ってる?」と無邪気に美術室を指した。

「おばけ?」

「おばけ、出るらしいよ!」

「うん。キャンバスをいっぱい置いてる作品だなの隙間から、すすり泣く声が聞こえるんだって! 怖いよねぇ!」

エリクは私の肩を脅かすように撫でる。美術部の部員だろうか。シャニィさんに聞けば誰かわかるかもしれない。

そして群がられることを好まない、というのは彼はコミュ障から解放されたと思っていたけれど、心理的な負担は未だあるということだ。

もしかしたら今までご主人、と呼んでいたのも、ストレスからくる発作だったのかもしれない。

「あっそうだ。俺ミスティアに聞きたいことがあったんだよね」

「なんですか?」

「ミスティアが死ぬまでにしたいこと、教えて!」

「死ぬまでにやりたい事? 何かの授業の課題ですか?」

「課題っちゃ課題かなぁ。教えて教えて?」

エリクはまくしたてる様に私の肩をぽんぽんたたいてくる。

死ぬまでにやりたい事……? 投獄死罪の回避を抜きにして、将来的な話……。前にアリーさんと話をして、投獄死罪を免れた後のこれからを考えていたけれど、フィーナ先輩と仲良くしたいなどと目先の目標といった感じで、さらに将来的なことは考えていなかった。

家族や使用人のみんなが楽しく暮らせればいいな、ということくらいか。

「怪我や病気もなく暮らす？」

「そういうのはだーめ」

却下されてしまった。じゃあなんだろう。

思えば前世時代も進路希望調査票でどうするか考えていた。普通の平凡な暮らしが送れればいいといったくらいで、特にない。

「無いですね……」

「なら今死んじゃってもいいってこと？」

いや、それは飛躍が過ぎる。でも夢がないということは、そういう考えにもなるのだろうか。

ぼんやり考えていると、かしゃん、と扉のほうから音がした。振り返るとレイド・ノクターが、笑みを浮かべて歩いてきた。

「ミスティアどうしたの？　何の話をしているの？　ハイム先輩、僕も混ぜてください」

「嫌だよ」

レイド・ノクターは、今までエリクに対してのあたりがかなり強かった。同じようにエリクもレイド・ノクターに対しては、敵対心をむき出しにする。けれど今日は、一方的にエリクが拒絶している形だ。

「嫌なんですか、なら、残念です」

そう言ってレイド・ノクターが、すっと不自然に道を空けた。どうしたのかと目を丸くすれば、

「僕が嫌なら、エリク先輩はどこかへ行くのかと思って」ときょとんとしている。

「は？　なんで俺がいなくならなきゃいけないわけ？」

「いなくされるほうがいいんですか？　最低限の矜持はお守りしようかと思ったのですが」

駄目だ、物腰が奇跡的に柔らかくなっただけで、本質は変わらない。

「お前ら、男二人で女子生徒を部屋に引きずり込んで何してんだ」

エリクとレイド・ノクターが睨み合う中、ジェシー先生がやってきた。先生の後ろにはロベルト・ワイズもいて、ノートを抱えている。

「はは。違うよ先生。俺とミスティアが一緒にお話ししてたらこいつが勝手に入ってきたんだよ。つうか先生の言い方だと、俺とノクターが生徒じゃないみたいだ」

ジェシー先生の言葉にエリクが即座に言い返した。

先生は真意を問うようにこちらを見る。私は誤解はさせてはいけないとしっかり頷いた。そもそもここは、廊下だし。

「引きずり込まれてはないです。廊下で話をしていただけです」

「そうか」

ジェシー先生はやや怪訝な目でエリクとレイド・ノクターを見た。

先ほどの怒りは感じない。もしかして類似……というか、男子生徒二、女子生徒一みたいな比率の事件があったのかもしれない。それを気にして、先生はかなりの警戒態勢なのだろう。

現に先生は安心しきれない様子で、こちらを窺っている。すると、先生の後ろにいたロベルト・

ワイズが、すっと私の前に立った。

「え」

「え」

ロベルト・ワイズの突然の移動に、皆が止まる。みんなの視線を受けた彼は、「アーレン嬢が困った様子なので、壁になろうかと」と、当然のように返した。

「なに、困ってるって。今日は俺、ミスティアのこと困らせているつもりないけど」

「いつだってミスティアを困らせてたのは、ワイズくんだよね？」

その言葉に、ロベルト・ワイズは「うるさいな」と、小声で呟く。今日はいったいなんなんだ？みんな様子がおかしい。

「寄ってたかって、汚らわしい。淑女を男で取り囲むなんて、品がない。君は早く出て行ったほうがいい。ここは俺に任せて」

ロベルト・ワイズは、ぐいぐい私を押していく。

彼の突然の行動に、レイド・ノクターもジェシー先生もエリクもあっけにとられている。今まで、ロベルト・ワイズがこんな行動をとったことがあるだろうかと思い返し、退学届けを持って死のうとするよりは元気かと思い直――せないな。なんだこれは。

「あの……」

「今度から、囲まれたら俺の名前を大きな声で呼んでくれ。それが駄目ならこの笛を使うといい」

彼は私に笛を握らせると、何故か力強く頷いてから走り去っていった。何でか知らないけれど、笛を貰ってしまった。というか、笛はもう防犯用にと、使用人のみんなにもらったやつがあるからかなり間に合ってしまっている。でも、いくつあってもいいか。防犯用だし。

「あ、えっと、笛ありがとうございます！」

私は去りゆく背中に慌ててお礼を伝える。彼は振り返ることなく、そのまま走り去ったのだった。


このまま戻るにしても、まだ昼休憩が終わるまで時間がある。どうしようか迷って、私はアリーさんのいる用務員室に向かうことにした。

学園が再開してすぐ、挨拶をしに行ったけれど、彼は「本当に無事でよかった」と取り乱していて、学園の予鈴が鳴り解散となった形だ。

今日はゆっくり話せそうだと用務員室へ急ぐと、ちょうど見慣れた後姿を見つけた。

「アリーさん」

「ミスティアさん、こんにちは。ちょうど今から用務員室へ戻るところなのですが、良ければお茶でもしませんか？」

「ありがとうございます、ぜひ」

アリーさんは荷台を押しながら、ゆるやかな足取りで進んでいく。

倒れそうになっている工具入れを手に取って、私は彼の隣を歩いていく。

「それにしても、あんな事件があったあと、冬期休暇と……生徒さんは大変ですね、できなかった分の授業は、補習になるのでしょうか？」

「課題も出ていましたが……もしかしたら来年は休みが減るかもしれませんね」

世間話を交わしていると、やがて用務員室へ辿り着いた。中に入って、「私が準備をします」と申し出て、お茶を淹れる支度を始める。

「僕、ミスティアさんにお伝えしたいことがあったんです」

「伝えたい事？」

改まって、いったいなんだろう。季節がらか、早めの人事移動……別れの挨拶だったり……？

おそるおそるアリーさんの次の言葉を待つと、彼は「ミスティアさん、留学に興味はあるかと思ったので」と呟いた。

留学についての、資料？

確かに私は、留学をしたいと常々思いその手段を探していた。けれどどうしてアリーさんがそのことを……？

「あれ、私アリーさんに留学についてお話していましたっけ？」

「はい。外国に興味があるとか、夏あたりに聞いて、僕ずっと覚えてたんです。留学書類、紛失されてしまったんですよね？　上限の三通とも」

「そうですけど……」

「僕の友人で、留学に関わる仕事をしている人間がいるんです。なので、良ければミスティアさんにお渡しさせていただけたら、と思いまして」

「えっ、き、お気持ちは嬉しいですが、だ、駄目ですよ」

あれは正当な手段……留学に行かない生徒から得ることは金銭を伴わずとも禁じられているはずだ。まして、請求の時に必ず身分を証明しなければならず、平民の立場ではどんなに成績が優秀でも得られないことがちょうど今平等の理念を損なうと問題視されるくらい、手に入れづらいもののはず。

親切のやり取りで手に入れてしまったら、アリーさんもアリーさんの友人も罰せられてしまう。

「お気持ちだけで、十分です。ありがとうございます」

「そうですか……」

アリーさんは肩を落とした。紅茶を淹れたカップを渡すと柔らかく微笑んで、今度は視線を窓へとうつす。

「ミスティアさんのクラスの、いつもミスティアさんの隣の席のご令嬢……ハーツパールさんが、留学されるようなので、もしかしたらミスティアさんも留学されたいのかと思っていましたが、残念です」

「アリスさんが？」

アリスが、留学？

そうだ。このあたりの学園と言えば貴族学園しかない。辺境にも学園に近い施設はあるけれど、貴族学園に通わないのなら自然と選択肢は留学になってしまう。

「お聞きになっていなかったのですか？」

「はい……まったく……」

アリスは、学園に来ていない。アリーさんが知っているということは、今まさに学園に話を通しているということだろうか。

今止めたら、迷惑になるのでは……？

それに、アリスは公爵家で、作法についても前向きには取り組んでいるようだし……。

「ミスティアさんは、アリスさんが留学されるの、嫌なんですね」

アリーさんが優しい声で問いかけてくる。私がアリスが留学することが嫌？

確かに、寂しいと思うし、アリスの両親の手前、彼女がこのまま公爵家にいることを手放しに喜べない。

かといって、ひたむきでいる彼女の邪魔をするのも違う気がする。答えに迷っていると、「ミスティアさんは、いつも悩んでますね」とアリーさんが笑った。

「人のことばかり、考えすぎですよ。たまには我儘言っていいんじゃないですか？」

「我儘？」

「はい。相手を尊重しすぎることは、相手を見ないことにも繋がります。相手や相手の事情を思うあまり、ないがしろにしてしまうこともありますからね。僕だって、よくしてしまいます」

「アリーさんが？」

「はい。僕はこの一年を振り返って、自分のしてきたことが本当に正しかったか、不安に思うことが多々あります。そしてそれが正しかったのか、悪しきことだったのかわかるのは、まだ先です。早くて二年後、でしょうか」

アリーさんが、間違ったことをするようには思えない。でも、優しい人だからきっと人と話をしたあとに、自分がよくないことを言ってしまったとか、傷つく表現をしてしまったのではないかとか、悩んでしまうのかもしれない。

二年後という数字はどんなものかわからないけど、そのとき彼が心穏やかであってほしい。

「でも、身勝手ですがミスティアさんにはそうあってほしくありません。少なくとも僕が見てきたミスティアさんはいつだって人のことばかりです。たまには、自分の気持ちに正直にあってほしいと思いますし、僕はミスティアさんの正直な気持ちを、あなたの言葉で聞きたいです」

「私の、正直な気持ち……」

「はい。ミスティアさんは、ハーツパールさんが留学してほしいですか？」

「……留学してほしくは、ないです。二年生になったら、もっと話がしたい……と思っていたので、勝手な思いでは、ありますが……」

そう答えると、アリーさんは満足そうな表情をした。「そうして、少しずつでも自分の要求を言葉にしていったほうがいいです」と、紅茶を口にした。

「ミスティアさんは、我儘に生きていいんですから」

アリーさんはそっと私の肩に触れた。その触れ方がなんだか懐かしいような不思議な気がして顔を上げると、彼の瞳の奥が怪しく揺らめくように見えた。

放課後、私は約束通り美術室へ向かった。

すでにシャニィさんはキャンバスに向かっていたけれど、公爵家へと贈る絵は別のキャンバスに描き、今描いているのは学園の生徒だ。

しかし、口元より上は黒くぼかされていて、髪は真っ赤な背景と同化している。燃え上がるような赤と黄色の背景に、学園の真っ黒な制服は映えていて、ずっと見られそうだ。

彼女の後姿を見るのは、体育祭の時以来だからこれで二回目。彼女が絵具をパレットにとる様子を見つめていると、赤と黒の絵の具だけ、数字をふっていることに気付いた。

「声、かけてくださっても良かったんですけどね」

割り振られた番号を注視して、ハッとする。いつのまにかシャニィさんは油彩筆を洗っていて、布で筆を拭っていた。

「集中しているようなので、悪いかなと……」

「気晴らしなので、大丈夫ですよ。これは趣味です。そしてこちらが、義務」

シャニィさんは公爵家に贈る絵を指した。彼女にとって、公爵家を描くことはいいことではないのだろうか。

それとも、人に贈るから、緊張してしまうから、コンクールに出すものだから……？

「その絵を公爵に贈ることは、シャニィさんにとっていいことではないのですか？」

「名誉ある事ですよ。ただ私は、賞が欲しかったんです。副次的なことには興味がなくて」

「副次的？」

「この賞を取らなければいけない呪いにかかっていたんです。人の期待に応えたかった。でも公爵に贈る絵は――人の期待に応えたいだけでは駄目です。どんな人間が見ても、正しく価値あるものでなくてはいけない。私だけが価値あるものとして見るだけでは、無意味です。でも趣味の絵は逆です。どんな人間が価値あるものとして見たとしても、私が価値があると思えなければ、意味がない」

私は、シャニィさんの描いた公爵家に贈る絵、そして今彼女が描いていた「趣味」と呼ぶ絵を見返した。どちらも価値があり、いいものに思える。彼女は作品を作るにあたり、自分の視点、そして他人の視点、公爵の視点と多角的に見ていて、どちらも重い責任を負っているのだと感じた。

「闘いながら、描いてるのですね……」

「闘う、確かにそうかもしれないです。この完成度でいいのかと、ずっと自問自答です。上手く描けたと思っても、一年後にはどう思っているかわかりませんし」

シャニィさんは立ち上がると、「お茶くらい出しますよ、絵は、好きに見ていてください。そこの棚にあるので」と、美術室の奥へと向かう。

しかし、目を丸くした私に、「火にかけないと使えない画材もあるので、湯をわかす程度のことは出来ます」と彼女は立ち止まって付け足した。

「いいえ、そういうことじゃなくて……棚の絵、勝手に見てもいいんですか？」

「私のと、活動日誌程度で見られて困るものもないので」

そうして、ぱたんと美術準備室の扉が閉じられる。確かに他人の絵を勝手に見ていいよとはならない。

私は棚へと近づいていき、スケッチブックを手に取った。そこにはコップ、体育をする生徒、校庭の花々など、様々な鉛筆画が描かれている。ページをめくると、そこには私とアリスが一緒に話す様子も描かれていた。

アリスは楽しそうにしていて、私はどこか挙動不審感が否めない。こんな風に思い出を形に残せることは素敵だ。

アリスの笑顔も、朗らかで、見ているこちらも笑顔になってしまう。そんな笑顔を見て、胸の中に刺さるつかえがとれた気がした。

今まで私は、アリスの気持ちを見ようとして、まったく見ていなかった。心の中でどこか、このままアリスはシンデレラのように幸せになっていくと、決めつけていたのかもしれない。

身分の差を気にしないと言いながら、シンデレラのようだなんて、考えてしまっていた。

でも、このままでは駄目だ。

だってアリスはいま、本当の意味で笑っては、ない。


「あっ、そうだ！　是非中へ、中へどうぞ！」

週はあっという間に過ぎ、イヴァライト公爵家へと向かうことができる休日がやってきた。

アリスはフリルのついた丈の長いワンピースを揺らし、私とシャニィさんを屋敷の中へと促す。

この間来たときよりも、言葉はまだ元気さが残るものの、令嬢として作法の勉強をしたと分かる動きだった。アリスは努力家で、何事にもひたむきだ。

ゲームで見たから知っているし、ここ半年以上一緒に過ごして、体育祭から始まり、テストを必死に勉強していたり、孤児院の奉仕活動、宿泊体験学習に文化祭の演劇を頑張っていたところからも、十分わかる。

だからその令嬢としての作法も、アリスの努力の賜物であり、絶対に否定されるべきじゃない。

でも……、

「こちらです！　どうぞ！　へへへ、この間、どんな内装がいいかって、家具選びを頼まれまして、私が選んだんです」

そう言ってアリスが笑う玄関ホールは、赤と黒を基調としたものに変わっていた。

どことなく、アーレンの屋敷を彷彿とさせる。私の部屋も、屋敷も赤と黒だ。ただ違うのは、私の家の家具は足がトゲトゲしていて、イヴァライトの玄関ホールは、家具全体が丸みを帯びていることくらい。

「あの、公爵、すごい良くしてくださってて、薔薇を育てたいって伝えたら、許してくれて……なので、絵を描き終えたら、ぜひ見てください。終わったら、お茶をしましょう」

その足取りも、以前だったら音がたっていたはずだ。しかし今は、とても美しい所作で、恐ろしいほど静かで優美だ。

「咲いたら、ぜひ遊びに来てくださいね！」

「アリスさん、無理されてますよね。本当は、お屋敷に帰りたいんじゃないですか？」

アリスが、無理をしているように見えた。シャニィさんの絵を見て、はっきりとわかった。今の彼女は無理をした笑顔だ。

シャニィさんが描いていた、彼女じゃない。

「……そんなこと」

「間違っているなら、違うって言ってください」

確信をもって伝えると、彼女は口を開いて、また閉じる。代わりに、ただぎゅっと手を握り締めて、また顔を上げる。

「帰りたいなんて、言えないですっ……！」

そう言って、アリスは大粒の涙を流したのだった。

異録　王子様もお城もドレスも必要ない

SIDE：Alice

「私、どうしても、駄目なんです。ぜったい、絶対公爵家にいたほうが、お母さんも、お父さんも、楽な生活が出来るようになるって、分かってるのに、公爵も……おじいちゃんも良くしてくれるんです。優しい、皆、想像と違って」

ぼろぼろと、涙と一緒に弱気が身体からこぼれていく。

こんな姿、推しには絶対見せたくなかった。握手会で推しと会えたことに感動して泣いたとしても、自分の辛さで泣いて推しを困らせるなんてこと絶対したくなかった。

だって、アイドルは、毎日一生懸命頑張って、ステージに立つのだ。

握手会もお渡し会も、客席とステージの距離より近いけど、手を伸ばしたらいけないのだ。応援をさせてもらうだけ。

グループで活躍しているアイドルもいるけど、するのは協力だけで、皆自分一人で立った上でみんなと頑張っているのだ。

ファンだって、いくらアイドルが素敵で、推す為に生きていたとしても寄りかかっちゃいけない。そう思っていたのに、今だって、そう思っているのに。

「苦しい」

苦しい。全部がままならない。

ミスティア様が、レイド様の従兄弟に刺されかけて、それをワイズさんが庇って、ミスティア様はみんなの光なのにあんな怖い目に遭って。

どうにかミスティア様を守ろうと、ミスティア様が守られていてほしいと、ちゃんとした警備会社を上の人とかが雇って警備体制を見直してほしいと悩んで、もう私が盾になったほうが早いんじゃないかと思っていた矢先、イヴァライト公爵が私の前に現れた。

公爵曰く、私は、お母さんとお父さんの本当の子供じゃないらしい。

私の本当のお母さんは公爵家の令嬢で、平民の男の人と駆け落ちして、死んでしまったらしい。

そして今の私のお母さんとお父さんは、その人達の親友だったらしい。

意味がよくわからないまま、私は公爵から、自分が貴い存在で、平民として暮らしていたのは間違いだったと聞いた。

そして、私が貴族学園に通うようになったのは、私が貴族として生きていけられるかを調べる為で、三年学園に通い馴染めることが出来たら公爵家へ引き取られ、学園に馴染めず能力も低ければ、そのままお母さんとお父さんの下で暮らせる予定だったのが、学園が不祥事続きで通わせることができなくなり、公爵家へ強制的に引き取ることになったと、公爵は言った。

私が今まで頑張ってきたのは、もし自分がミスティア様のファンだと知られた時、まともだと見られたいからだ。

「あいつを推してるファンはマナーが悪い」とか、そういう風にミスティア様が見られたくないからで、決して公爵家の娘になりたかったわけじゃない。

私が、お母さんとお父さんと暮らしてた日々は、間違いなんかじゃない。

公爵家であることが、どれほどすごいことなのか問いかければ、この国では最上位に位置しているらしい。

ミスティア様は、伯爵家。私は、公爵家。

解釈が違う。

そんなこと許されない。

許されないけど、このうっぷんをどこに吐き出していいかわからない。自分にお金をたくさん使われることも怖い。

推しに、お布施ができる。出来るけど、いつか厄介オタクになりそうでこわい。

だって今使える大金は、私のバイト代ではないのだ。実感がわかない。私はいつかこのお金にものを言わせて、推しの会社を揺るがして推しと繋がりを求めるような害悪厄介オタクになんてなりたくない。

それでも一瞬、一瞬だけ、推しにお布施が出来ると思ってしまった。

厄介害悪オタクのレイド様より、ミスティア様に貢献できる、上だと思ってしまったのだ。

ファンに上下なんてないのに。お布施をした数だって、ライブにどれだけ行ったかだって、関係ない。

大事なのは好きな気持ちだって思ってたのに。

あの厄介害悪オタクのレイド様を、引き剥がせるんじゃないかと思ってしまった。

公爵令嬢になれば、自分の思うようにできると思ってしまった。

私だってファンなのに、険しい。苦しい。もう他界すべきなのかもしれない。

なのに、推しが目の前にいることに感動して、舞い上がって――、お母さんとお父さんにミスティア様のことを話していたことを思い出して、二人がいないことが寂しくて寂しくて、会えないことが悲しくて、苦しい。

お母さんに会いたい、お父さんに会いたい。公爵も屋敷の人も良くしてくれるのに、途方もなくこの場所が私の居場所じゃないと思う。

「ご、ごめんなさいミスティア様、こんな厄介なこと……言って」

「いえ……私も、その、アリスさんの気持ち、応援させてください」

「え？」

「アリスさんは、学園に必要な存在ですし、何とかアリスさんが、お母様とお父様の下へ戻ることが出来るよう、尽力致します。私は今日、そのために来たんです」

「お、お父さんとお母さんのところに、帰って良いんですか？」

「アリスさんが戻れるよう、動きたいです」

お父さんとお母さんの下へ、帰ることが出来る。言葉が紡げないでいると、ミスティア様は暗い顔で「私に原因があることですし」と俯いた。

「そんなことありません！」

私は首をぶんぶん横に振る。

「ありがとうございます、ミスティア様」

私は、ミスティア様に頭を下げた。すると背後で物音がして、「どうした」と、公爵が——私の祖父という人が、扉の傍に立っていたのだった。

淡く脆い鉄の鎖

「なぜ、私の孫娘は泣いている」

そう、地を這うような声に圧倒された。

真っ黒な上掛けを羽織って現れた老齢の男性は、アリスにハンカチを渡すと、こちらに向き直る。

髪の毛は赤に近い紫色をしており、瞳はアリスと同じ空色だ。

こちらを射貫く瞳は、今まで見たどんな瞳よりも圧があって、鋭い。

しかし、アリスが自分の家に戻るためには、いずれ公爵とも話さなくてはならない。それが今日になっただけと心を落ち着かせながら、私は一歩前に出た。

「私の名前は、ミスティア・アーレンと申します。アリスさんが涙を流しているのは、屋敷についてお話をしてのことで、誤解されているようなことは何一つございません」

「では、いったいどんな話をしていたというのだ」

「アリス様の、今後についてです」

「なに」

イヴァライト公爵は、眉間にしわを寄せる。何か心当たりはあるのか、口を引き結んだ。

「そして、公爵様。大変恐れ入りますが、一度、アリス様とお話をしていただきたく存じます」

「どういうことだ」

「私は、アリス様のご両親から、出来ればずっと彼女と暮らしたい旨を聞いてこちらに馳(は)せ参じた次第にございます。しかし、アリス様の人生、どちらに住むかはアリス様が決めるべき、そう考えて私は、そのことを黙っていました」

私の言葉に、アリスは「お父さん、お母さん……」とぽろぽろ涙を流した。あまりにも悲痛な表情に、心が痛む。

「でも、今日私は、アリス様の本当のお気持ちを、お聞きすることが出来ました。そのお気持ちを、ぜひ公爵様に聞いていただきたいのです」

イヴァライト公爵は、アリスに視線を向けた。彼女は肩をびくつかせ、うつむく。しかし顔を上げて私を見た後、手のひらを握りしめた。

「私、公爵様には親切にしていただきました。今までだったら着れなかったドレスや、食事、それに、好きなように部屋を模様替えすることも、させてもらいました。感謝してもしきれません」

「アリス……」

「お話も、すごく楽しいです。選択肢も可能性も、間違いなく広がっています。でも、それと同時に苦しいんです。お母さんにも、お父さんにも、会えない。学園で、ミスティア様にも、ルキット様にも会えない。お話しできないことが、寂しくて、寂しくて……！」

アリスはぼろぼろと、また大粒の涙を流していく。

「しかし、アリス、ここを出れば危険がたくさんだ。でもここにいれば、お前は上質な教育を受けることができる。安全で、快適な暮らしだ。友達だって、身の丈に合った新しいお友達を用意しよう。私とは血だって繋がっているんだ」

イヴァライト公爵は、あやすようにアリスへ近づいた。しかし、彼女は首を横に振り、「ごめんなさい」と呟く。

「本当に、ごめんなさい……私は、お母さんやお父さんと暮らしたいんです……親孝行も、まだ出来てない……」

「アリス……」

公爵が、がっくりと肩を落とした。そこに先ほどまでの強い圧はなく、頼りなさげな、どう立っていいかすら分からない顔をしている。

「私、学園に通いたいです」

アリスは、頭を下げた。私も続けて頭を下げる。公爵はじっと押し黙ったままだ。

このまま、お願いを続けるしかない。頭を下げ続けていると、ばたばたとした足音とともに、イヴァライト家の侍女が部屋へと入ってきた。

「なんだ、騒がしい」

「――公爵様が、いまお屋敷に！　他の来客もいて構わないから、話がしたいと」

イヴァライト公爵は、目を大きく見開いた。侍女は顔面蒼白の様子で、ちらりと扉の外へ視線を向ける。

「今お通しして、もうすぐこちらに」

「なんだと」

イヴァライト公爵は、ぎこちない足取りで、「どうして今来たんだ」と呟きながら、「どうしても外せないと伝えてくれ」と頼む。だが、返ってきたのは侍女の返答ではなく、聞きなれた声だった。

「すみません、イヴァライト公爵。折り入って、アリス・ハーツパール嬢についてお話があってきました」

そう言って現れたのは、白銀の髪に紅と黄、二つの瞳の色を持つ――フィルジーン公爵だ。

彼は私を見て、少しだけ目を細めた後イヴァライト公爵に視線を戻す。

「留学をされるそうですが、イヴァライト公爵家の方が学園を去ってしまうことは、いいことではありません。ぜひ、お考え直しいただきたく、今日は参りました」

「そ、そんなことを突然言われても、危険のある場所に、大切な孫娘を通わせるわけにはいかない。

わ、わかるだろう。学園の警備体制にも限界があるということが」

イヴァライト公爵は「運営資金は有限なんだ、来年理事長になればわかるが、修繕や維持費だってある」と視線を落とす。

「警備費用なら、問題ありません。フィルジーン家がこれから先、永久的に現在の資産の四分の一に相当する金額を、学園の警備費用に充てると誓います」

「し、資産の四分の一……？　ふぃ、フィルジーン公爵家の資産価値をわかっているのか？　四分の一だけでも、国の今年度の予算よりずっと潤沢ではないか」

「はい。しかし、理事長として当然のことです。命は、代えられませんから」

フィルジーン公爵は、イヴァライト公爵から私へ視線を移す。その赤い瞳は、夕焼けのように明るくありながらも、険しい。しかしふっと口角だけ上げ、また前を見据えたのだった。

異録　永遠だけは望まない

ＳＩＤＥ：Ｄｅｌｉａ

ゴミを拾い、そこから食べ物や、金になるものを探す日々が、俺のすべてだった。

親は、いなかった。俺の記憶が無い間にいなくなったのか、最初から俺を捨てていたのか分からない。

ただ、町には定期的に子供や赤子が捨てられ、気まぐれに工場で働く人間たちが餌付けをしていた。だから俺も、そうして育てられたのだろうと思う。

家は無く、工場と工場の間の、隙間風が通る路地で眠る。昨日までゴミを拾っていた子供が、翌日目を覚まさないことが、当然のような場所。

そんな場所で、生きることを楽しいと思えることなんて、誰だってできない。

ここではないどこかへ行けば、もっとましな生活が出来るんじゃないか。

そう考えることは容易だったけれど、思い付きで行動に移せる何もかもが、俺には無かった。

工場が荷を運ぶ線路を辿っていけば、街へ出ることが出来る。

いつになるかは分からないけれど、歩いていればいつか辿りつくだろう。

その間に死ぬか、生きるか。あるのはその二択だけ。けれどずっと町に居たとしても、大して変わらない。

その辺の草を食べ、川で水を飲み、時には水溜りをすすり、歩き続けて数回の夜が過ぎた夜明け前、俺は街に辿りついた。

はじめて見た街は、広くてとても綺麗だったように思えた。

俺のような子供はいない。物乞いもいない、娼婦も歩いていない。俺のいた町より汚いものが無くて、綺麗なものであふれていた。

街の中は、広く開けた場所があり、花が植えられ、長い椅子が設置されていた。歩き続けた疲れで、そこに横たわり、俺は目を閉じた。

起きると、そこには星空も、青い空も、鈍色(にびいろ)の空も何も無い。ただ暗闇が広がっていた。目を閉じているのか、開いているのか分からないほどの暗闇。

俺は、死んだのだろうか。

ぼんやりと、そう考えた。ならば、ここは、天国か、地獄か。どちらでもいい、今は眠ろうと目を閉じようとすると、突然暗闇から炎が現れた。

火の灯った燭台(しょくだい)を手に持つ、異質な笑みを浮かべた男だった。

燭台で照らされた光で、俺は、自分が今いるのは、どこかの部屋の中だということを知った。

「ああ。本当に美しい、きっとこの白い頬に血の紅が差せば、満足しない者はいないだろうさ」

男は俺を見て、そう言った。

とにかく、声を発しようとして、己の喉に何か重いもの、枷(かせ)が付けられていることに気付く。

そこから、同じようなものが手と足にも付けられていることを認識し、ようやく俺は自分が攫われたのだということを理解した。

抵抗しようと、足を動かした瞬間、足元を何か鋭いもので切り裂かれる。痛みに喘ぐ俺を見下ろし、男は笑う。

「目が覚めたなら、早速下準備をしようか、寝ている時に済ませてしまうのもいいけれど、少しは痛みに慣れておかないといけないからね」

そうして、俺の枷に繋がる鎖を引きずるようにして、男は長い通路を通り、俺を中央に台が設置された部屋に通した。

「台に寝なさい」と言い、抵抗する俺を無理やり台にうつ伏せに寝かせると俺の腕を後ろ手にして縛りあげ、口に何かの布をかませ、目隠しをした。

「これからお前は、芸術品へと生まれ変わるんだ」

男が俺に演技がかった声で言うと、何か焦げた様な臭いがした。その直後、背中に激痛と、灼熱を感じた。

耐えがたい痛みに足を震わせると、怒鳴りつけられて、より一層痛みが増す。

歯を食いしばっても食いしばっても食い破られるような背中の痛みは逃げず、しきりに声を上げ続け、息も絶え絶えで、声を発する力を失った頃、椅子に座らせられた。

腕も脚も枷で拘束され、何一つ身動きも出来ず、これから、何をされるのか。どこを焼かれるのか、背中の激痛で朦朧(もうろう)としながらも痛みへの恐怖を感じていると、男は鋏(はさみ)で俺の髪を切り始めた。

「ははは、痛かったか。でも死にはしないさ。これからお前がお客様に愛される為に必要なことだからね。薬を塗って、包帯もきちんと巻いたから、きっと綺麗な痕になる」

男が喉の奥で笑い、俺に向かって、鋏をかざす。

何を思ってこんなことをするのか、さっぱりわからなかった。

身綺麗にさせ、高値で売る気なのか。

それならば何故、背中に痕をつけるような真似をしたのか。

分からないけれど、もしも地獄と言うものが存在するのなら、きっとこういう場所なのだと、俺は地獄に来てしまったのだと、ただ、そう思った。

それから、一日三回、食事として何かの汁と、パンの切れ端が出た。

残すと、首を絞められ、口の中にナイフを当てられ、食べることを強制される日々が続いた。

部屋に明かりは無く、昼間はどこからか漏れてくる光で物を見ることが出来るが、日が暮れれば周囲は暗闇に包まれる。

食事は毎日、初めに会った男が運んでくる。

男は食事を運び、食べ終えた頃合いを見計らい皿を下げる。その繰り返しで、俺はただずっと座っていた。

周囲に音は無く、その男以外存在していないようだった。

日付も分からなくなった頃、男は食事を運ぶと、徐に俺の背中の包帯をとり、満足げな笑みを浮かべた。

「やはり今日お披露目にしよう。ふふふ。これからお前は、お客様を喜ばせる、とっておきの商品になるんだよ、沢山客を喜ばせて、金を沢山産んでおくれ。そうしたら、ここから出て、好きに羽ばたいてくれて構わないから」

何かをすれば、ここから出ることが出来るかもしれない。

微かで、砂粒程度しかない希望。この場所に来て、初めて希望を感じた。

けれど、それこそが地獄の始まりだった。

「とっておきの商品になる」

男からそう言われた後、俺は部屋から出された。

着ていた服を脱がされ、水を浴びせかけられると、そのまま一面赤いじゅうたんが敷かれ、壁を囲むように燭台が設置された部屋に連れていかれた。

そこには、上等な、貴族の格好をした男や女、老若男女問わない人間たちが、俺を見下ろし、好奇の目を向けていた。

瞳は欲と加虐心に濡れ、目の前の獲物を捕食せんとする獣の眼で、部屋にいるだけで吐いてしまいそうな、異常な空間だった。

「ああ、何と美しいのだろう、その涙を見せておくれ」

「では、どうぞこの鞭でいたぶってみてください、まだ痛みに慣れていませんから、美しい涙を沢山流してくれますよ」

獣たちはそう言って、俺を鞭で打った。俺の皮膚に刃をあててみたり、針を刺したりした。

痛みに苦しむ俺を見て、獣たちは興奮していた。

狂っていた。空気も、人も、何もかもが狂っていた。抵抗しようとしても、枷や鎖が邪魔をして、ただ獣たちのされるがまま。

地獄の日々は、毎日毎日続いた。

尊厳を屠(ほふ)られる日々。

醜い、全てが醜い。死んでしまいたいと何度も思った。

けれど、死のうとしても、死ねるものがない。首も括(くく)れず、自分の首を満足に絞めることすら出来ず、自分の身体が、何一つ満足に動かすことが出来ない。

死ねない。

壁に頭を打ち付けてからは、鎖を調整され、部屋の中央から動けないようにさせられ、舌を噛み千切ろうとしてからは、口枷をさせられ、俺は自分から死ぬ手段を完全に断たれていた。

ただ、虐げられ、食事をして、排泄をする。

繰り返す日々の中で、俺に残ったのは男や、俺を虐げに来る貴族への憎悪だけだった。

けれど、地獄から俺は突然解放された。紛れも無い、一人の子供の手によって。

その日は、食事を終え、食べきれずに吐いている時だった。

砂や泥が掘られるような音がして、不意に音の方へ視線を動かすと、壁に穴が空いていて、その近くに小さな子供が立っていた。

子供は見るからに質の良いものに身を包んでいて、貴族の子供だと一発で分かった。

「こんにちは」

子供が、俺に挨拶をした。俺はただただ子供を眺めるだけだった。

返事を一切しない俺に、子供は俺をじっと見つめた後、「何でそんなところに居るのか」「不当な拘束ではないか」と眉間に皺を寄せ俺に訊ね、それでも俺が答えないと、睨むように周囲を見回し歩き回る。

そして穴に入っていくと、消えた。

もしかして、死ねるのかもしれない。

きっと死者の遣いか何かで、ようやく俺を迎えに来たのだと。

瞳を閉じて、その時を待っていると、どすん、と何かが落ちた音がする。目を開くと、また子供がいた。

筒の様なものと、白い物体を持って。

子供は、俺の腕に筒をかざし、水をふりかけ、白い物体を押し付ける。何をしているのか訊ねると、「石鹸の水でこれを外そうとしていますが」と、不機嫌そうに答えた。

子供が、俺を助けようとしている。

そう理解したとき、俺の口から出たのは、「そんなことしなくていい」という否定だった。

失敗をすれば、子供も捕まる。

死んでいた思考が徐々に動き出した。目の前の子供は死神でも何でも無い。生きている子供だ。子供が何者か分からない。どこの誰だかも知らない。けれど、自分より幼い、たとえ憎い貴族の子供でも、俺の様な目に遭わせてはいけないと思った。

本当は、逃げたい。

こんなところにいたくはない。でもそれは無理だ。希望なんて、世界には無い。

「そんなことは、しなくていい」

「大丈夫です。もう少しで外せるんで……、っと。ほら、出来ました」

ずるりと手首から何かが抜ける感覚がして、自分の手首に目を向けると、ずっとつけられていた黒い枷が無かった。

呆然としていると、子供は片側の手首、両足首につけられていた枷も簡単に外していく。俺が、今までずっと憎いと、忌々しいと思っていた枷を、貴族の、子供が。

「石鹸水は万能ですからね。こんな感じで柵に挟まった子供をてれびで……。てれびってなんだ……？　じゃなくて、では行きましょうか」

「どこへ……？」

「どこへって、外しかないじゃないですか。逃げるんですよここから」

ここから、逃げられる……？

本当に……？

今まで抱いた希望は、全て幻だった。今だって、きっと失敗して……。

「私は足が遅いです、それはそれは遅いです、鍛えてませんからね、ですから初動が肝心です、行きましょう！」

子供が、俺の手を取り、強く引く。

すると自然に、足が動いた。子供に引っ張られるまま、足が動き出す。

重さも、縛るものも無いその足は、やがて俺の意志で動き始める。

「びっくりしました。退屈で教会の裏に行ったら、穴をみつけて、泥棒でも入ったのかと思って中に入ったら、人が拘束されているんですから」

子供と共に、暗闇を抜ける。正面から射す光が眩しくて、眩しくて仕方なくて、涙が滲む。

「もう大丈夫ですから、後は父に任せましょう。父は私にすごく甘く不安になる時もありますが、いざという時はすごい人です。任せてくださいね！」

子供は俺の手を強く握りしめる。その姿を見て、胸のあたりがどうしようもなく苦しくなった。

「……お前、名前は?」

「ミスティア・アーレンと申します」

子供の名前を心の中で反芻する。忘れることはないだろう、俺はミスティアと一緒に、出口を目指して駆けていった。

ミスティアと出会った俺は、孤児院に入れられた。

孤児院は親のいない子供の行く場所で、本来ならば俺は働く必要などなく、勉強して、身体を動かして、三食食べてぐっすり寝るべきだとミスティアは言った。

だから俺は朝起きて食事を取って、服を着て、勉強をして、言われるがまま身体を好きに動かして、湯につかって、ベッドに横たわって何もしない生活を始めた。

そうして、初めて自分が空腹で、寒くて、眠れていなかったのだと分かった。

でも、孤児院の生活が初めから順調だったわけじゃない。ほかの同じ年の子供は文字を書き、読むことが出来る。計算だって簡単にやってみせた。

俺は、やり方すらわからない。ほかの子供と、同じ親のいない、いわゆる恵まれない子供たちの中でもより劣っていた。

だから俺は、毎日毎日、眠らず勉強をした。自分より幼いミスティアに助けられた申し訳なさと、形容しがたいみじめさに突き動かされていた。

命がけで助けてもらったのだから、これ以上迷惑はかけたくない。

摩切っていくような焦燥が混ざり合い、刃を突き立てられ脅迫されているかのように勉強に励んでいると、倒れた。

今まではそんなことは無かったのに。不思議に思っていると、ミスティアが俺を怒った。

初めてだった。

ミスティアが怒ったところは、見たことがなかった。

孤児院の子供が誤ってミスティアの服を汚しても平気そうにしていたし、赤子がミスティアの口に手を突っ込もうとしても冷静だった。

笑うことも少ないから、感情のふり幅が狭いとばかり思っていたけれど、「無理をするのはやめてください」と、苦し気に俺を怒るミスティアを見て、今までの俺の印象は違っていたと知った。

神父は、一度怒ると五日間は俺に対して辛く当たる。

三日目までは怒鳴りつけ、四日目から嫌みや、俺のどんな部分が劣っているかを指摘してきて、大体六日目あたりから落ち着いてくるけれど、大抵二日と経たずまた別の怒りに支配されていく。

でも、ミスティアはもう怒った後に、特に感情を出すことなくいつも通りの状態に戻っていた。

訳を聞けば、「あなたの手段に怒っているだけで、あなたに対しては別に怒ってないですからね」なんて当然のように答えた。

ミスティアは、変な子供だと思う。

本の趣味も変だ。ほかの女たちはもっと別の本を読んでいるのに、熱心に勇者や魔王が戦う冒険小説を読んでいた。

ミスティアは、遊ぶのが得意らしいが、人と協力する遊びは苦手だと言う。

俺とミスティアはよくチェスをする。それは遊びとは違うのか聞いたら、戦いだからと言っていた。

俺とミスティアは戦っているらしい。

なんだかおかしくて笑ってしまうと、ミスティアは眉間に皺を寄せていた。

それに、ミスティアとケーキを食べた時、タルトが好きだと言ったら、半分寄越してきた。

ミスティアは好きじゃないのか聞くと、あげたい気持ちになったからと言う。あいつはいつも、人に寄越す。自分の好きなものを寄越しておいて、平気な顔をする。

そんな、ミスティアの変なところを見ていると、たまに嫌な気持ちになる時がある。

このままでいてほしいけど、少し人を疑ったり、優しくしないことを覚えてほしくて、酷いことを言いたくなる時が、ほんの少し、ほんの少しある。

でも、嫌われたくないし、傷つけたくない。だから俺は、孤児院でミスティアと過ごしている間、常に色んな気持ちでぐちゃぐちゃだった。

教会の地下にいたときは、淡々とした気持ちだったのに、寝る前に悩むことも増えた。

将来何をするかだとか、ここを出てもミスティアと一緒にいられる方法とか。

ミスティアとは一緒にいたいけど、ミスティアは貴族だ。貴族は貴族と結婚するらしい。俺は貴族じゃないから無理だ。

もし、出会い方が違っていれば、俺が貴族だったら、同い年に産まれていれば、ミスティアと結婚できたのだろうか。

ミスティアの家は、使用人が何人もいるらしい。将来やりたいことが見つからなかったら、うちで働けばいいいんじゃないですかと言われたこともある。

ミスティアの傍に居られるなら、何でもいいかもしれない。

使用人、いいかもしれない。

そう思った俺は使用人の仕事について調べた。

料理をするのも、庭仕事も、執事も、どれも悪くなさそうだけど、執事が一番長く一緒に居ることが出来そうだ。執事がいい。そうしよう。

眠る前、最後にそう思い至るけど、でも、眠りにつく寸前、いつかミスティアが誰かと結婚して、俺はミスティアと、ミスティアと添い遂げる誰かに仕えることを想像して、胸が痛みながら眠りについていく。

その、矢先のことだった。俺たちの前に、あの、黒い帽子を被った男――フィルジーン家の公爵の手の者が現れたのは。

奴は俺の近親だといって面会に来た。当時、院長が突然母が倒れたと別の人間と交代したが、その入れ替わりは公爵家の采配によるもので、早い話が誰にも悟られず、俺を孤児院から出し引き取りたいというものだった。

普通だったら、アーレン家に内密に相談をして、公爵家の血を引く子供――ディリアを誰にも知られず引き取れたはずだった。

しかしアーレン伯爵は近年人が変わったように正義感にあふれてしまい、交渉は出来そうもない。

このままだとアーレン家に無理やり口をつぐんでもらうしかない。

例えば、大切な一人娘を使ったりして。

男は、面会のとき俺にそう言って、笑った。

結局、貴族は皆汚いということだ。

人間を飼い痛めつけ、売り買いをして愉しむ。ろくでもない生き物、それが貴族だ。

男は俺がミスティアをちらつかせればすぐ手懐けると踏んだのだろう。

あろうことか公爵家の身分ならば、今度は逆に身分の差が出来るものの妾くらいには出来ると言ってきた。

なんて醜いのだろう。

金があるからそんなに偉いのか。家柄がいいことで、人を物のように扱えるのか。

いっそ、取るに足らない存在だと思って油断した相手に刺されるのは、どんな気持ちなのか教えてやろうかとも思った。

でも、俺が男に手を出せば、全てを失うのは俺だけじゃなく、ミスティアもだ。

俺は結局公爵家に引き取られなければただの平民で、薄汚い神父に飼われていただけの畜生以下の存在でしかない。

だから、公爵家に入ると決めた。

いずれ人間は死ぬ。俺が当主になるときが、絶対に来る。

それまでの間、その懐に潜り込んで、ずっと見ていようと決めた。

ミスティアを傷つけないように、いざとなればもろとも沈むか、全て、全て燃やし尽くしてしまおうと誓って。

フォルテ孤児院を出た俺は、フィルジーンの屋敷で当主教育を受けることになった。

本来であれば、俺はすでに貴族が集う学園での教育に向け、勉学に励んでいなければならないらしい。

俺を孤児院から屋敷へ連れてきた人間は、俺の歳を十三だと言う。そして、俺の父親の兄だという公爵と会った。想像よりずっと老いていて、顔中にしわが刻み込まれた老木のような男だ。

普通の子供ならば十三年積み上げられてきたものが、お前は貧民として転がっていたせいで何も得られていない。

空っぽなら、空っぽなりにすべてを吸収して、立派なフィルジーン家当主になれというのが、奴の言い分だ。

そして、俺を孤児院から連れ出した男はといえば、公爵の言うとおりにしなければ、ミスティアが危ないことを俺に刷り込むように伝えてくる。

公爵は、俺を当主にしようとしている。

かといって、俺を見下すこともやめない。泥をすすって生きたような平民もどき、なんて言う日もある。

見下し、自分の住む世界と異なる生き物のような目で見る人間を、自分の家の当主にしようだなんて滑稽だ。けれど、元々貴族なんて人種は、そういうものだ。

俺を見世物として楽しみ、教会の地下でなぶっていた貴族たちも、孤児院の裏側で大人たちのひそひそ話を盗み聞けば、公爵から伯爵まで、身分の高い者が集まっていたらしい。それでいて他人に立派だと慕われるような人間ほど、そこへと足繁く通っていたと聞いた。

人間は、滑稽だ。それでいて醜い。教会にいたときは、自分を世界で一番醜いと思っていたが、俺は大きな汚れの一部でしかなかったのだとあの地下を出て知った。

だからこそ、よく、よく観察する。ミスティアに汚れが侵食しないように。

結局公爵は俺を当主にしなければ、自分の人生がどうにもならなくなる様子で、俺を孤児院から連れてきた公爵の秘書も、俺が当主になることを望んでいるようだった。

二人はよく俺を脅し、暗に望む結果を出さなければ屋敷から出すことを伝え、俺に言うことを聞かせようとする。しかし結局のところ奴らの願いは俺が握っているも同然だ。

俺がすべてを掌握して、支配する。

公爵家を手に入れることができれば、これから先ミスティアが嫌な目にあったとき、守ってやることができる。

俺は公爵の言うとおりに動き、俺を孤児院から連れてきた男――公爵の秘書の望むままに、結果を出して生きた。

勉強なんて、泥をすすることや傷をえぐるから泣け、靴を舐めろと命じられることに比べたら、ずっと簡単だ。

身体に触れられることもなければ、心が死んでいくこともない。

でも、結局のところ貴族はどこまでも傲慢な生き物で、公爵は自分の望む結果を出し続ける俺に、恐れを抱くようになったらしい。

本来ならば、俺がフィルジーン家を継ぐのは十八、貴族学園などという貴族しか通えない学び舎を出た時だった。

しかし、公爵は俺を完璧な当主にするため監禁に近い生活を強いておいて、学園の入学を二年遅らせ、さらにその二年を他国へ留学していたというありもしない事実へと歪め、俺が当主として家を継ぐのを二年遅らせたのだ。

男の暴走はそれだけではなく、フォルテ孤児院にフィルジーン家の息のかかった者を置いた。

お前の馴染みある孤児院をどうするかは自分の意のままだと俺に言ってきた。

正直に言ってしまえば、俺はフォルテ孤児院に対して思うこともない。焼かれてしまおうが、たとえそこにフィルジーンの者がいようが、どうでもいい。

でも、ミスティアに何かあれば話は別だ。

ミスティアに手を出そうとするならば、俺は公爵を殺すしかない。その地位を利用してミスティアを守ろうと考えていたが、いくら遠くを見据えはるか先に城壁を築いても、目の前の障害物をなくせないのなら意味がない。

不思議だったのは、公爵がミスティアの名をついぞ口にしなかったことだ。

アーレン家が運営する孤児院と言ったことがただ四度あっただけで、ミスティアの名を口にすることはなかった。

俺が公爵の秘書に何かがあると感じて、単身で会いに行けば、奴はミスティアの情報は意図的に流さなかったのだと言った。

そして俺に、望む結末を得られる薬があると、小瓶を手渡してきた。

中に入っているのは、毒だと秘書は話した。数年前に起きた疫病の顛末も併せて。

秘書はどうしても薬を使うことが出来ないと言う。公爵を守ってほしいというのが、亡き公爵夫人の遺言らしい。しかし、公爵の仕打ちは許せないと俺を探していたと聞いたとき、突拍子もないと思うと同時に、これまでの奇妙な縁が腑に落ちた。

法を犯さなければ生きていけぬ者たちが集う、贋作の職人たちが作ったその毒は、小鳥や猫、羊に牛とよく効いた。

その毒は無味無臭で、死因も心臓を悪くしたと思われるだけのものらしい。

そんなに都合がいいことがあるのかと半信半疑であったが、結局俺は公爵を殺すしかないのだ。

死ぬことを待っていてもいいが、その間に例えば俺が自分の意思で動けなくなるような事故に遭う可能性だって否めない。

この世界にありえないことなどないのだと、ほかならぬミスティアが教えてくれた。

だからフィルジーン家にやってきて、三度目の春を迎えたころ。俺は自分の父の兄、伯父である、フィルジーン公爵を殺した。

計算と異なっていたのは、俺が裁かれなかったことだ。医者の見立ては秘書の話す通りで、特に新しく調べられることもなく死体は焼かれ、土に還った。

全ての葬儀が終わり当主になったとき、秘書は俺に、自分は今は亡き公爵夫人と約束をしたのだと話してきた。

公爵家の繁栄と、当主を守ると。

ならば男を殺して良かったのかと問えば、もう当主はあなただと言う。

結局、秘書は夫人に恋をして、自分の好きな女が傷ついていくのを自分の身分を理由に見殺しにし、約束などと言って想い人の敵討ちを誰かに譲ってやる愚かな男だった。


公爵を殺してからは、特に何もない日々が続いた。

見合いや縁談を勧められたが、結局フィルジーン公爵家と縁を結びたい家はあれど、こちらが縁を結ばなければならない家はない。

それに結婚は貴族たちにとって、血を絶やさず続けるためにあるものだが、俺は子を成すことは教会で行われた数々の仕打ちによって、どうにも望めそうもないというのが医者の見立てだった。

無理もない、あの地下での生活は、子供が死なず育ったことが奇跡の空間だった。俺はあの頃、もとより白かった髪は老人のような灰髪となっていたし、瞳も赤と黄色、左右と異なっていたが濁り、両目とも腐り落ちたような淀んだ色をしていた。

背も、もうずいぶんと伸び、鏡に映る自分を見るたびに、地下の生活がどれだけ自分の体に影響していたのかを思い知らされた。

そうして、ミスティアを追憶するように白い髪を流し、赤と黄色の瞳で物事を見据える。ぼろ布の服から、真っ白な仕立てのいい服に身を包むようになり、フィルジーン家当主として、学園の理事に座るまで、丁度一年と迫った頃だ。

とうとう俺は、ミスティアと対面することになった。

学園の、用務員として。


孤児院にいるときは、もし自分がミスティアと同じ身分であったらということを考えていた。

しかし結局どこまでも俺とあいつの住む世界に隔たりは出来てしまうもので、奴隷と貴族、孤児と令嬢、公爵家と伯爵家、そして用務員と生徒と、どこまでも世界が繋がることはなかった。

しかし心というのはままならないものだった。用務員のアリーとして身分を隠し働く中、業務は学園の外で占められていたとしても校舎内に入り、その姿を無意識に探してしまう。

何か苛められでもしていないだろうか。嫌な目に遭ってないだろうか。

ミスティアの気質はいい意味で貴族らしくない、悪く言えば人間が深海に潜り、魚が陸へ打ち上げられているようなもの。学び舎の三年間によって彼女らしさが切り取られることに俺は恐れがあった。

そんな俺の心配が、結局は遠目からでも視界に入れる理由欲しさだったと思い知るのに、時間はかからなかった。

ミスティアは、学園に溶け込むことはなかった。

かといってそれを悲嘆することもなかった。入学して二日で火傷の処置をして、学年での試験で好成績を修める。平民として入学したイヴァライト公爵家の孫娘が標的にされれば、すぐさま助けに入る。

まるで呼吸をするように行う、数々の善行。

あいつの善良さは、底が知れない。取り入ってこようとする人間を受け入れることがないのは褒められる点かもしれないが、そもそもあいつは人からの好意を無意識の間に排除する傾向がある。

俺の心配なんて、最初から必要はなかった。

しかし数奇なことに、ミスティアは度々俺に会いにくるようになった。放っておけない、少し抜けたところがあり、話すことが苦手で、でも寂しがり屋のアリーは、ミスティアにとって良き話し相手だったのだろう。

俺と話をするたびに、ミスティアは懐かしむ顔をする。

でも、ミスティアは過去に自分が友達だと言ったディアリアがアリーで、そして俺であることに気づいてない。

入学式ではアリー、ダライアス・フィルジーン。双方の姿で俺は学園にいたけれど、入学式で見たミスティアはただ隣に立つ自分の婚約者にひやひやしている様子で、俺のほうを見ることはしなかった。

ミスティアの学園生活は、順調に送られている。

しかし、やはりアーレンの屋敷の人間と同じく厄介な人間を引き寄せてしまいやすいらしい。早々に美術部で絵を描く、暗く陰気がちな少年に好かれてしまっていた。

毎日ミスティアの机や靴箱に手紙を送る様は常軌を逸している。しかし、直近でネイン家を襲った侯爵家の処理をしていたために、さすがに連続して家々を潰すことは難しく、またミスティアに自分が狙われていることを知られることにも抵抗があり、俺は内々に処理をすることに注力していた。

だからか、俺に元から取り入ろうとしていた侯爵が、ミスティアに目をつけてしまった。

俺にミスティアを献上すれば、俺からの信頼が得られると思ったらしい。

鮮やかな手腕を見せれば、高い評価が得られる。その一心でミスティアやその婚約者であるレイド・ノクターを調べ上げ、彼に想いを向けていた子爵令嬢を特例で貴族学園に入れた。

子爵令嬢に並々ならぬ情を抱いていた、狂った男の存在を知っていて。

想像に容易い筋書きだ。

子爵令嬢が王都に訪れれば、狂った男もやってくる。強引な手段を取り、レイド・ノクターを消せばいい。

あとは、俺に哀れな娘を救ってやればいいと諭すだけだ。

公爵家と伯爵家。

家格は劣るが国の医療を支えようとするアーレン家の令嬢と、代々貴族学園の理事を務め学園運営の統括指揮をとるフィルジーン家が契ることは、国にとっても大きな益を生む。

くだらない。

俺はミスティアと結ばれようなどという想いは、父と名乗る腐った成れの果てを殺した時に、とうに捨てている。

自分の領域に踏み込まれたことが癪だったのか、それともミスティアの身に危険が迫ったことが許せなかったのか。

もう分からなかったが、取り入ろうとしてきた男が命乞いをしてきた時、俺は酷く穏やかな気持ちで男が始末されていくのを眺めていた。

俺はミスティアに関わることならば、こらえがきかない。そう思っていたけれど、時が経ち用務員と生徒としてミスティアと接するたびに、自分の想いは献身からかけ離れていると認めざるをえなくなる。

ミスティアを狂った美術部員が襲ったとき、俺は生徒すら殺そうと思った。

挙句の果てに生徒の家が燃え、屋敷ごと家族全員が焼け死んだと聞いたとき、手間が省けたと思ってしまったのだ。

彼の幼馴染の女子生徒は天真爛漫であったのに、心を凍てつかせ笑顔を失った話を聞いて、その令嬢がミスティアを逆恨みしないか不安に思ったくらいだ。

今まで、誰にも共感できないのは、共感できる人間が周りにいないからだと思っていた。

俺を躾ける神父。醜い貴族。俺の父を名乗る傲慢な男。その男に仕え復讐を待っていた男。それらすべてが共感できる者ではなく、悉く(ことごと)対等な友人はいなかった。

ミスティアだけだ。

だからこそ俺にとってミスティアは特別な存在だと考えていたが、それは大きな間違いだった。

ミスティアが特別なわけではなく、俺が特殊だったのだ。元々俺は、共感能力が低かった。それをあいつの存在で補えていたのだ。神父に想像を絶する扱いを受けていたことが理由か、気質かはわからない。

でも、どちらにせよアリーとしての距離を保ち、たまに雑談をして、ただひたすらミスティアがきちんと過ごせるか見守るだけでいい。

この化け物のような性根を見咎められる前に消える。そう決めていた俺の計画は、夏の出来事によってもろくも崩れ去ったのだ。

用務員としての仕事にも慣れ、夏の始まりが見えた頃のことだ。ミスティアが学園行事である奉仕活動の一環で、フォルテ孤児院に向かうと聞いた。

もしミスティアが用務員である俺の正体に気づいたら、一体どうなるんだろう。

期待にも似た不安を感じたけれど、あの場所にあった俺に関することは全て抹消され、なかったことにされている。一緒に描いた絵も。

作った人形も何もかも、処分されて灰へと姿を変えているだろうし、どうやらミスティアは俺のことを覚えていない。

それにミスティアは不幸な子供を見つけては孤児院に連れ帰っていた。俺にとってミスティアは唯一の存在だけど、あいつにとってはそうじゃない。

思い出すこともないだろうと考えることにした。

結局、思い出されなくてもいいと思うほどに、俺は幸せだったのだ。

ミスティアと紅茶を飲んで穏やかに昼の時間を過ごすことが幸せで、あいつが俺の正体を知ることでその時間がぎこちないものに変わってしまうことに恐れを感じていた。

しかし、そんな俺の考えは、ミスティアに纏わるある事情を知って覆ることになった。きっかけは、ヘレン・ルキットが襲撃された状況について、間者から報告を受けたことだった。

ミスティアが従えていたメイドが、あまりに制圧に手馴れていて、大の男、二十人以上を相手に一人で相手をしたという。ミスティアの周りの人間が優れていることに問題はないが妙な胸騒ぎがして、俺はその者について調べることにした。

そしてその結果が、問題だった。

ミスティアの従者メロは、教会の人間で神父の手の者であったのだ。

俺が攫われた頃と同じ時期に買われたらしい。今まで決して読むことはしていなかった神父の日記を取り寄せてみれば、俺は当時地下の第三階層の最深部にいて、その女は神父の部屋の隣である地下第一階層にいたようだ。

俺と同じような境遇であったが、神父は洗脳に近い手段で女を操っていたらしい。日記では女は死んだという記述があったが、絶対に偽りだと直感が働いた。

ミスティアに復讐しようとして、あいつだけ逃し手駒にしようと考えてもおかしくはない。

そこで一つ疑問が残った。俺は、ミスティアを見ていた。その女と一緒にいるときも見ている。しかし一度だって女がミスティアに殺意を向けていると感じたことはない。

もしそうであったならば、俺はすぐにでも外部から侍女を消すよう働きかけている。

不思議に思って調べると、ミスティアは侍女が現れてすぐ転落事故を起こしたことに辿り着いた。幸いミスティアに怪我はなく、場に居合わせた侍女が救ったらしい。

俺は一度侍女に近づくことにした。奴は、ミスティアが学園にいる時、筆だったり生活に必要な、それでいてミスティアが触れるものを自分で選んで購入するとミスティアから聞いた。

今まで一度も使ってなかった休暇を半日だけ入れ、衛兵を装い話をしてみれば、どうも話が噛み合わない。まるですっかり自分が教会にいたことを忘れ、俺の出自をなぞるような奇妙な口ぶりだった。

あの女にも、ミスティアにも何かが起きている。そんなある日のことだ。ミスティアがいつも通り俺のもとへ他愛ない話にやってくると、こう言ったのだ。

「私の侍女も日記をつけるのが好きで……、収納術といいますか、一番最初の日記だけ真っ白にして後は真っ赤に統一してあって、本棚に並べても遠目から見てどこが起点なのかわかるようになっているんですよ」

ミスティア曰く、その日記は白地に薄藺色の紐がついていて、本棚に並べるとそれはそれは目立つらしい。

日記の話を聞いて、俺は確信した。すべては状況証拠からの推察に過ぎないが、間違いなくミスティアと侍女の間で、記憶の混乱が起きている。

どうにかしなくてはいけない。専属侍女が、俺に成り代わっている。焦燥を感じるも出来ることは少なくて、ミスティアはフォルテ孤児院に発ってしまった。

フォルテ孤児院には、俺の痕跡を消し、これから探ろうとする者を消す為、先代のフィルジーン当主が放った間者がいる。

俺が当主である以上、ミスティアに手出しは出来ないがそれでも不安が募った。これを機に、ミスティアが俺を思い出す。それだけならいいが、何かの拍子に侍女が教会で受けたであろう命を思い出すのではないかと。

対策を練っている間に、こちらを探る動きが出てきた。セントリック家の三男、クラウス・セントリックが用務員アリーやミスティア、そして教会について探りを入れていたのだ。

奴の領地にあの忌々しき教会があることで、勘付いたのかもしれない。

ただでさえ俺はフィルジーンとして侯爵を消すという大きな行動を起こし、アリーとしてはミスティアを襲った人間と対峙してしまった。

ミスティアを襲った人間が不審な死を遂げたことやミスティアの侍女について調べる中で、注意が散漫となっていた。

そしてよりによってクラウス・セントリックの奉仕活動の場所は、公爵領が立ち並ぶ、先代が毒を流した水路を浄化する設備路であった。

水を綺麗にする為に働く仕事は、先代が引き起こしたことで生まれたものだ。クラウス・セントリックの目をかいくぐりながら、専属侍女を調べ、ミスティアを守る。

しかしそれを完璧に行うにはミスティアは遠すぎて、あの夏の日、俺はミスティアを守れなかったし、ミスティアの強さを痛いほどに思い知ったのだ。

ミスティアがセントリック家へ手紙を出した。アーレン家に届く配達物も、送られていく配達物も、あの美術部員の生徒の凶行から目を通すようにしていた。こんなことは、許されないと分かっている。ミスティアは望まないし、万が一知られたら俺は脅威になることしかできない。

しかし、アリーとしてミスティアの前に立ち、そしてもしかしたらミスティアを切り裂いていたかもしれない斧を思い浮かべるだけで、俺の中の躊躇いや迷い、罪悪感が霧散していく。

ただそれだけだったなら良かったのに、ミスティアはきっと許すだろうと感じる傲慢さが心に巣くうようにあって、まともに会話することなく休暇に入ってしまった。

その矢先の出来事だ。アーレン家からセントリック家へ一通の手紙が送られたと情報が入ってきたのは。

内容によれば、ミスティアは教会へ行くらしい。思い出せない人物を確かめたい旨も記されていて、いっそこの手紙を破り捨ててしまえばと考えた。

けれど、俺はミスティアを自由にさせてやりたい、ミスティアは幸せであるべきとフィルジーン家に入ったのだ。

安全を考えるのならば、侍女が敵であると知らせるためにもミスティアが記憶を取り戻すことは必要で、心を守るのならば、ミスティアの記憶は絶対に封じてなければいけないものだった。

心と、体。

どちらかだけがミスティアであれば良かったのに、そんな都合のいいことを夢想しながらも、俺は手紙を送ったはずのセントリックではなくハイム家の馬車がアーレン家の屋敷の前に辿り着くのを物陰から見ていた。

そして、あの忌々しい教会の、初めて俺と出会った場所でとうとうミスティアが、俺の名を口にした。そして最後には、ミスティアはあの侍女を、許した。

あの日記を、ハイムの子息は読んでいたらしい。俺が最後にミスティアに口にした言葉を、一言一句違うことなく口にした。でも、日記に書いていないだけで、あの言葉――俺を見つけてくれてありがとうという言葉には続きがある。

あれは夏が始まろうとしていた頃だ。

俺とミスティアは、孤児院近くの丘を登っていた。その場所は気候がよく植物が育ちやすい場所で、孤児院の子らが種を持ち寄り、気まぐれに埋めることを習慣としていた。常に爛漫と花が咲き誇っている場所だ。

その周りは緩やかな傾斜が続く砂利道が続いていて、花畑が一点だけぽつんとある場所は箱庭の楽園と呼ばれていた。そこでよく、ミスティアと本を読んでいた。

もともとミスティアは屋内で遊ぶことを好んでいたけど、俺が日光に当たらないことを心配して、晴れていれば外で俺に読み聞かせをしていた。

その日も、同じように読書をしていた。

ただいつもと違っていたのは、燃えるような夕焼けだったことと、雨上がりであったことだ。俺が地面に足を取られ転んでしまったことで、泥が跳ね返りミスティアの服は悉く汚れてしまった。

ミスティアは、貴族の娘だ。

着ている服の金額を知らずとも、それが高くて手に入りづらいものであることは孤児でもわかる。

俺はすぐ帰ろうと促したけれど、ミスティアは言ったのだ。

「洗えば落ちますよ」

そう、屈託なく笑った。俺が汚したミスティアのドレスのことを言っている。十分にわかっているはずなのに、俺のことを言っているような気がしてしまった。

さんざん貴族たちに弄ばれ、夫人と呼ばれる人間たちに穢され続けた俺の存在を許してもらえる気がして、泣きたくなった。

だからごまかすために、見つけてくれてありがとうと言ったのだ。ミスティアは嬉しくて泣いてるのか悲しくて泣いてるのかの判断に、好意については特に鈍い。そして俺は続けたのだ。

「今度は俺がミスティアを助ける。だから、そばにいさせてくれ」

そう、お願いをした。約束をした。指切りをした。

その時は揺るぎないと思っていた約束は、大人たちの手によって脆くも崩れ去った。

でも、約束を破ったのは俺に変わりない。

ミスティアの傍にいる資格はもう俺にない。

隣に立つことがもう二度と選べなくていいという覚悟は、先代を殺すときに痛いほど決めた。

これから先、幸せになっていくのをただ見届け、感謝されずとも俺は幸せだといえる。笑っていける。そう思っていた。

利用するだけ利用してしまえばいいからと、俺はただ、ただミスティアに何もしないように、そしてミスティアを守る手段を得ようという一心でフィルジーン家当主を見ていた。

ミスティアが笑っていれば、それでいい。どんなに自分が醜く成り果てようと、ミスティアを守れる自分ならば誇らしい。

フィルジーン家の当主がずっと自分より優れている弟に対して嫉妬し、弟が平民と駆け落ちをして家を抜けてもなお幸せになることは許せないと殺したことも。

そのあと自分の妻と向き合わず、他所で作った女に屋敷の使用人だけではなく、妻や息子、娘を殺され自分も死の淵をさまよい、子をなせなくなったことも。

フィルジーン家の名を汚すことに怯え、毒を川に流し疫病と称して自分の周りの領地の人間を殺すことで、家族の死を偽装したことを全て知っても尚、俺は当主に対して復讐心を抱くことはなかった。

ただ、ミスティアを守れればいいと。だから俺の殺意は、愛なんかじゃなくて間違いなく人殺しのそれだった。

当主の秘書に毒を渡されたときは、好機だと思ったのだ。

おいおい殺すことは意識していたけれど、頃合いについては漠然としていた。やはり当主がミスティアの存在を知らず、その名を口にしなかったことが大きい。

遥か上空に張り巡らせたピアノ線の上に当主を歩かせ、俺は鋏をもって傍で見ている。当時はそんな感覚に近かったと思う。

俺が当主を手に掛けた夜は、一際月が美しかった。今でも鮮やかに思い出せる。初めて、人を殺した日だ。

当時は、俺がずっと大人しく、淡々と暮らしていることで当主は俺に対して警戒することはほとんどなくなっていた。

俺を見くびり馬鹿にして、最後のその瞬間を迎えるまで、自分の言いなりだと思っていたに違いない。俺は話があると言って当主の書斎に向かえば、奴は酷く面倒くさそうにグラスを片手に応対してきた。

ふらふら、ふらふら、椅子に座っていればいいものを、俺と会話をしながら窓のほうに向かってみたり、時計を睨んだりする。

どんなに残酷な振る舞いをしても平気そうにしていたが、本人の気づかぬ内に罪悪感というものは人を蝕むらしい。

常人ならば潰れるほどの酒を呷らなければ当主は満足に眠ることができず、また夜に一定の量を飲まなければ落ち着くことすらままならないようだった。

だから、当主に毒を盛ること自体は簡単に行えた。小瓶の蓋をあけて、酒瓶に傾けるだけ。奴は疑うことなく毒を呷り、しばらくして心臓を押さえた。

「き、貴様、た、謀ったのか」

脳が酒にやられていても、命の危機に瀕すれば正常な思考を取り戻すようだ。

当主はかっと目を見開きながら、壁にかけていた剣を抜こうとした。しかし、動いたことで毒は体内の巡りを加速するだけだ。

崩れ落ちた当主は地面に這いつくばり俺を見上げていた。今までずっと見下されていたから分からなかったけれど、人を見下すのはこういうものなのかと思う一方で、なんの感慨も湧かなかった。

「俺が、当主様に教わったことが二つあります」

ただ、最後の手向けに、教えてやろうという同情に似た気持ちだけは、わずかに湧いた。

「人はどこまでも残酷になれるということ。そして……この俺の醜い本質は、芽生えたものではなく、天性のものだったということです。フィルジーンという、穢れた血の」

俺の言葉に、当主は何かを言い返そうとした。しかし口を動かすだけで声にならない。

「おやすみなさい、よい眠りを」

最後の挨拶をして、死体を見つめる。

やがて取り計らったような頃合いに当主の秘書が男を連れてやってきた。男は医者で、俺にランズデーと名乗った。

後ろ暗い、表向きにできない仕事を請け負っていて、口が堅い男だと秘書は説明した。毒を作ったのもそのランズデーという男で、後の処理は男に任せればいいと俺と秘書はその場を後にすることとなった。

それから、ミスティアが十五歳になり面と向かって再会するまで、後悔はなかった。何一つ思うことがなかった。

なのに、今年の夏。あの忌々しい教会の最奥で、ミスティアが俺につけてくれた名前を呼んだとき、泣きそうになった。


「あなたの名前を、決めてきました。ダリアという名前はどうでしょうか」

「ディリアにしてくれないか。ミスティアのティアを重ねたい」

「いいですけど……。本当にいいんですか」

「ああ。俺は、お前になりたいんだ」

そんな、昔の記憶。過去の記憶。優しい記憶が溢れて止まらなくて、どうしようもなくなった。

もう俺は、ディリアになれない。

公爵家としてダライアス・フィルジーンとして生きていかなくてはいけない。なのにどうしても、あの時こうしていればとか、ミスティアを攫ってどこかへ行っても、ミスティアを幸せにできたんじゃないかなんて、思ってしまった。

今まで当主の秘書は、奇妙な人間だった。

俺も人に対してどうこう言える立場ではないが、感情をどこかへ置いてきたような、余生を生きる人間のように感じていた。

そしてその印象は正しかったらしく、秘書は当主の葬儀が終わると俺の部屋に来て、一方的に語りだしたのだ。

「温かい、春の日差しのような方でした。氷も、雪も、等しく、緩やかに溶かしていく、そんな方でした。それを、あの男が、殺したのです。口封じなんて、粗末な理由の為だけに。あの男の医者を呼んだのは、他ならぬ彼女であったのに」

秘書は、当主の妻にずっと仕えていたらしい。

そして女が屋敷にやってきて使用人を皆殺しにした日、まだ息のあった妻は当主を救うために医師を呼んだそうだ。しかし、後の計画を早くから思いついていた当主は、その後妻を口封じに殺した。

川に毒を流す計画は、絶対に反対されると踏んだらしい。

そして秘書は、復讐の為に当主に俺を呼び寄せた。俺ならば当主と顔立ちが似ているし、髪の色だって直に銀へと変わっていくと言って。

俺が弟の息子であると当主が気づいたのは最期のようだった。それまでは、自分に似た代わりの子供として育てていたらしい。

そうして俺は手を汚し続けて生きてきたというのに。

フィーナ・ネインが死のうがどうでもよかった。いかにも貴族らしい、忌々しい権力争い。醜い血がまたひとつ絶えればいいと願った。別の公爵家の補佐をしているからなんて関係がない。

けれど、ミスティアが関わったのだ。万が一があってはならない。ミスティアに隠れて害を成そうとした令嬢たちを、ハイム家の子息が潰そうとしていたから、助力をした。

学園でミスティアを避ける生徒たちは、何かあれば消すことを念頭に置いて注意深く観察していた。

ミスティアは、俺を見つけてくれたのだから。

鈍色の世界に色をつけ光を与えてくれたのだから。

だから自分は、尽くしたい。助けたい。味方でいたい。ミスティアが傷つかないようにしたい。

そう自分を正当化して、手を汚し続けた。

だから自分はミスティアと結ばれるなんて思うべきではない。同等の存在になり隣に立つことはあってはならない。それでもいい。一生日陰者として、その視界に入らなくても構わない。ミスティアが笑ってくれるならば。

そう思うのに、体育祭の時、ミスティアに会いに行った。

これが恋であるならば、愛であるならば、絶対に会いに行くべきではなかったのに。学園の建物に向かう姿を追いかけて、黒髪が揺れる背中を求めた。

「怪我を？」

怪我なんて、していないことは分かってる。

観覧席で見ていたのだから。声なんてかける必要がないのに、アリーとして前日まで話をしているのに、俺がディリアだとわかってしまえばミスティアに迷惑がかかるのに、俺は会いに行ってしまった。

ミスティアは、体育祭の競技で足を砂だらけにしていた。ハンカチを渡せば首を横に振り、「いえ、洗えばいいだけなので大丈夫です、ありがとうございます」と頭を下げる。

洗えばいいだけ。汚れたら、洗えばいいだけだと以前にミスティアは俺に言ってくれた。

でも、俺のことを覚えてはいない。声は変わった。背も伸びた。目の色だって、ミスティアと似ていたのに変わってしまった。目の前の人間が自分が救った奴隷だとわからないミスティアは、ただただ俺に戸惑っていた。

「……この学園はどうだ？」

「何か、困ったことや辛いことは？」

どうか、言ってほしい。懇願する気持ちを押さえ込んで彼女に問いかけた。

俺は、悩みがあるとミスティアに言ってほしかった。何か悩みがあるのなら、全部俺が何とかしたかった。お前が辛い目に遭わないように、全部消すから。傷つけるものから全て遠ざけるから。

ミスティアに傷ついてほしくない。完璧な、誰もミスティアを嫌わない、苛めない、傷つけない世界であれと思う。そうあるべきだと思うのに、心のどこかでミスティアにだけは見えない敵がいればいいと思ってしまう。

そうしたら、俺が助けられるから、ミスティアの傍にいてもいい理由が出来上がる。ただミスティアに泣いてほしくないのも本当で、笑ってほしいという気持ちに嘘はなかった。

どうしても、傍にいたい。それは、今も変わらないかもしれない。だけどそれ以上に、俺はミスティアに幸せになってほしい。

この醜く、腐りきった世界で、少しでもミスティアが幸せに生きていけるように、彼女の望む世界にしたい。

真っ赤に溶けて、消える

「私の代になった暁には、必ず、生徒や保護者の方々が、安心出来るような学園を作ります。警備も、学園に関わる職員皆すべて、現在のような家柄を重視した人事だけではなく、能力で選び、生徒たちに一番いい環境に変えていきます」

フィルジーン公爵が、高々とそう宣言した。目の前の光景が、信じられない。それはイヴァライト公爵も同じらしい。驚き、目を見開いている。

「君は、何故そうまでして、私の孫娘を学園に通わせたがる？」

「……それは、彼女が学園に通うことを望んでいるからです。学園に通いたいと願う生徒が、安心して学べる場所を作ることが、理事長の役目だからです」

フィルジーン公爵は、イヴァライト公爵にそう訴えかけた後——頭を下げた。

「お願いします」

「や、やめろ！　君はそう簡単に頭を下げていい立場ではない！」

イヴァライト公爵は取り乱すけれど、フィルジーン公爵は頭を上げようとしない。やがて、イヴァライト公爵が「わかった！」と、声をあげた。

「君がそこまで言うのなら、考えよう。アーレンの娘も……自分の身に代えても守るなんて、中々いえることではない。ただ、学園の護衛とは別に、こちらで別に警備をつけさせてもらう。それでもいいだろうか」

「承知しました」

フィルジーン公爵は静かに頷いた。すると隣でアリスが感激したように口元を押さえ、「ありがとうございます、公爵様……皆さま……！」と大粒の涙を流した。

「ありがとうございます。公爵様！」

「いいんだ。私も……悪いところがあった。孫娘であるお前の身を守れるならと、お前の心をないがしろにしてしまっていた。すまない」

「いいえ……いいえ……！」

イヴァライト公爵は、涙を流して学園に通えることを喜ぶアリスを見て、複雑そうな表情をしている。

「私は、ずっと君を──孫娘だと思っていた。今も、そうだが──、一緒に暮らせば、家族だと信じて疑わなかった……でも、違っていたんだ。家族はなっていくものだったのに、信頼を得ぬまま、全て決めてしまった。すまない」

「公爵……」

アリスが、酷く申し訳なさそうな顔で視線を落とした。フィルジーン公爵に目を向けると、彼は「それでは」と、その場を後にしようとする。

私は、いてもたってもいられず、シャニィさんに断りを入れて、フィルジーン公爵の背中を追いかけた。

「あの、ありがとうございました！」

「礼を言われる筋合いはない」

イヴァライト家の廊下で、フィルジーン公爵は、ゆっくりとこちらに振り返る。窓から通り抜ける風になびいてのぞく瞳は、両方の目の色が異なっている。

「イヴァライト公爵家からの出資金が途絶えたら、学園の経営に困る。それ以外の理由はない」

「でも、その、私はアリスさんに、学園に通ってほしくて……なので、あ、ありがとうございます」

「そうか」

短い返答に、この上ない安堵を覚えるのはなぜだろう。

家族でも、友人でもない。なのに、勝手な親近感を覚えてしまう。なのに面影が重なって、曖昧だ。

「公爵と……」

まるで言い訳をするように、ぎこちなく言葉が漏れていく。証拠なんて無いし、そう聞いたわけでもない。けれど問わずにはいられなかった。

「貴族学園で、用務員として働いているアリーさんは、ご兄弟――なんですか？」

そう言うと、フィルジーン公爵はふっと笑い、「そんなところだ」と返す。

フィルジーン公爵は、どこか近寄りがたい空気もあるけれど、それなのに気を抜いてしまうような、アリーさんと同じ安心する空気をもっていた。その答えがたしかに提示され、疑問が解けたはずなのに。何か欠落しているものも残っている気がして、もどかしい。

「ほかに聞きたいことはないか？　ないならもう行くが」

「えっと、こんなこと言われても、困らせてしまうとは思うのですが……」

そう言うと、彼は首をかしげた。私は覚悟を決める。

「ありがとうございます。その、なんだかずっと前から、助けていただいている気がして」

「気のせいだろう。それか他人の空似だ。世の中にはそっくりな人間が三人いるらしい」

「三人……」

「ああ。では、失礼する」

フィルジーン公爵は、馬車にのって去っていく。

私は夕焼けに溶けていくフィルジーン家の馬車を見送ってから、イヴァライト家へと戻る。家族の場に、シャニィさんを置き去りにしてしまっている。しかし、何故か背後には野盗のような恰好をした男たちが並んでいた。慌てて後ずさると、背後も男たちに囲まれている。

「大きな声を出したら、殺す」

野盗らしき男たちの一人が、私の口をふさいだ。

周りを見渡すと、仲間らしき男たちはアリスやイヴァライト公爵を、まるで物を運ぶように抱えている。二人とも意識がない。唖然としている間に、シャニイさんが男たちの間から現れた。

「では、予定より少し遅れてしまいましたが、学園へ運んでください。殺すのは、学園でないといけないと――そういう約束ですので」

どうして、学園に？　なぜ、シャニイさんが？

なんとか状況を打開しようと、頭を働かせようとする。しかし男の一人に何かをかがされ、私は瞼を閉じたのだった。


目が覚めると、視界に入ってきたのは縛られて横たわるアリスとイヴァライト公爵だった。

二人とも瞳を閉じて、眠るようにしている。呼吸はあるようで安心していると、自分も二人と同じように縄で縛られていることに気付いた。

周囲を見回すと、私たちはどうやら貴族学園の――いつも使っている教室の中心にいるらしい。

ただ異質なのは、教室の中にある机やいすが全て取り去られ、その代わりに後方には木箱が所狭しと並んでいる。

いまいち状況が把握できずにいると、「起きましたか？」と頭上から声が降ってきた。顔を上げればシャニイさんがこちらを見下ろしていた。

「シャニイさん、これ、いったいどういう状況ですか？　どうして、教室に？」

「香です。嗅いだだけで眠りにつく、そういった便利なものが世界にあるんですよ」

「香……？」

「まぁ、やってくれたのねシャニイ。ありがとう！　これで貴女の仇が取れるわね！」

緊迫した空気の中、教室に入ってきたのはアンジー嬢だった。

彼女は嬉しそうにシャニイさんに駆け寄ってから、私へと振り返る。

「こんにちはミスティア様、ずっと同じ教室で授業を受けていたわけだし、私はゲームでミスティアの取り巻きだったから、私の名前はもちろんわかるわよね？」

ゲーム、そして、ミスティアの取り巻き。そう表現できるのは、転生者だけだ。

私が大きく目を見開くのと同時に、アンジー嬢は「これで貴女の逆ハールートはもう終わりよ」と歪に笑ったあと、教室の後ろへと歩き、木箱をあさって、アリスへ放り投げた。

視線を向けると、中身は筒状の爆薬だった。

どれほどの威力かはわからないけれど、後ろの木箱の中身がすべて爆薬なら、ざっと数えても十箱はある。

一つに対して花火程度の威力だとしても、この教室を吹き飛ばすほどの威力にはなるだろう。

「はじめはアリスを警戒してたんだけど、まさか悪役令嬢が攻略対象全員攻略して逆ハールート歩いてるなんて思わなかったわ」

「え、転生者は、クレセンド嬢だけじゃ――」

「原作のアリスを真似て、鈍感キャラで落としてきたの？　ついでに皆に親切にして、好感度アップ？　ねぇ、ちゃんと話聞いているの？」

話が、通じない。それはアンジー嬢も思ったのか、彼女が心底気分を害した様子で私の首をつかんだ。ぐっと引き付けられ、喉が詰まり苦しくなる。仰け反ろうとすると力を籠められ、息ができない。

「こっちは貧乏子爵家で、しかも悪役の取り巻きとして生まれたっていうのに、いいご身分ね？　でもまぁ、貴女のいい子ちゃんアピールでアーレン家が軍事産業から撤退してくれたおかげで、今のアンジー家はゲームよりずっと豊かになったから……そこはお礼を言わなくちゃいけないけれど、ただただ流されるようにレイド様の婚約者になった、貴女は嫌い。こっちは生まれた時からずっと頑張っていたのに」

その言葉に、一瞬だけシャニイさんはぴくりと反応を示した。一方アンジー嬢は顔をゆがめ、私のおなかを踏みつける。

「私は、生まれた時からレイド様の婚約者になれるよう努力してきたのに、財力だってゲームのミスティア並みにあったのに、育ちだけで私はノクター家から拒絶された！　つながりがないから、十歳になるパーティーだって参加できない。それに、貴女の十一歳の誕生日パーティーで出会えたはずなのに、貴女はパーティーだって開いてくれなかった！　いつだって、貴女は私の邪魔をした。突き落としても死なないし」

「も、もしかして、貴女は、私を崖から落とそうと――？」

「そうよ。私。あなたの真似して、適当に孤児を拾って自分の言いなりにさせようとしたの。でも、やっぱり学びがないって難しいわね、帽子持った令嬢を落とせって言ったからって、帽子持ってるだけで判断して、身長も違うレイド様を落としたんだから。挙句の果てに、殺しなんてしたくない、貴女の罪を告白するなんて言って私の手帳を奪って走り出す人間もいて……」

「そんな酷いことを……！」

ミスティアも確かにアリスを殺そうとしていたけど、ゲームのミスティアはあくまで自分の手で殺そうとしていた。

それらは計画的ではなく、直情的なものだ。でも、アンジー嬢は計画を立てて、それらを行っている。あくまで、冷静に。

でも、そんなに冷静な彼女がレイド・ノクターを好んでいた。ではなぜ彼が追い詰められたときに助けないのか考えて、背筋が冷えていく。

「もしかして、選挙で彼を陥れようとしたのは、貴女が？」

「だって、いっそ貴族学園を退学になれば、彼はすべてを失うでしょう？」

アンジー嬢の声には、何一つ迷いがなかった。誰かを好きならば、絶対に選択肢に入らない選択を、最適解かのように扱っている。

「すべてを失った彼に、私が手を差し伸べるの。完璧だと思わない？　なのに、また貴女が邪魔をした。フィーナ・ネインが生きていたところで関係ないと思ったけれど、どうせなら爆発の実験に吹き飛ばしておけば良かったわ」

「貴女は……人の命をなんだと思っているんですか……！」

　誰かを突き落とすよう人に命じたり、実験としてフィーナ先輩を殺そうとする。一つ一つの行動に、他人の命が直結しているということを、彼女はまるで理解していない。

「何とも思っていないわ。だからこそ、私はここで貴女を殺してもらうの。ね、シャニイ」

　彼女の声掛けに、シャニイさんが私を見た。

　アンジー嬢が、私を殺そうとしているのはわかる。けれどなぜシャニイさんがアンジー嬢に協力をしているのかが、全くわからない。

「シャニイさんにも、何か、命令しているのですか？」

「いいえ、私たちは協力しているだけよ。貴女に死んでもらいたい者同士だから」

　死んでもらいたい？

　シャニイさんと接触し始めたのは、ここ最近のことだ。不快なことをして嫌われた可能性は否定できないけど、殺されるまでのことをした覚えはない。

「無知って罪ね、身に覚えがないのかしら、貴女が殺したのよ？　シャニイさんの大切な人を」

「大切な人？」

「イフ・グースのことよ。去年斧で襲われたでしょう？　それすら忘れてしまったの？　やっぱり貴女にとって、彼はそれほどまでにどうでもいい存在だったということかしら？」

　アンジー嬢はくすくす笑う。イフ・グースの名前は知っている。アリーさんからも、両親からも聞いている。斧で私を襲った生徒だ。

彼はあの事件のあと拘束され、その後に家に火をつけて死んでしまったと、シャニィさんから聞いた。

そこまで考えてから、思い出した。彼は美術部だった。シャニイさんと親しくしていた可能性は、十分にある。

「貴女に恋をして、イフ・グースは狂った。それって、貴女にも原因があるわよね？　彼に思わせぶりな態度をとって、無理心中をしようとした彼を他人を使って拒絶して、その末に一人で自殺をさせる！　酷い所業だと思わない？」

「私は、思わせぶりな態度をとるほど会話をしたことなんてありません。それに、自殺をさせたりなんて」

「でも、実際死んでるじゃない。ねぇ、シャニイ」

アンジー嬢はシャニイさんに、当時の再現をさせるように斧を手渡した。シャニイさんは斧を見つめながら、じっと足を止めている。

「ほら、もう殺してしまっていいわよ」

そう言って、アンジー嬢は笑ったのだった。

異録　永遠の二番手

SIDE：Shani

赤い色が大好きだった。彼の色だったから。

彼を好きになった理由なんて、もう思い出せない。

真っ赤な髪も、深い夜の瞳も、優しい声も、どんな絵を描いているのか手を止めてすぐに見せてくれる優しさも、何もかもが好きだった。

彼の隣にいたくて、絵を描く彼に少しでも近づきたくて、私も絵を描くようになった。

小さいころからいつも一緒で、他の令嬢や令息にからかわれれば「幼馴染だから」と、照れ隠しをしたけれど、離れることは絶対しなかった。

今思えば、気持ちを伝えるべきだったと思う。私だけを見てと伝えたら、きっと彼はそうしてくれた。

あの瞬間だけは、想いは通じ合っていた気がしてならない。だって、あの頃だけは、彼は私を見てくれたのだ。

でも、私たちが五歳のころだ。彼の家の経営が著しく悪くなってしまった。

軍事機器の部品工場をいくつも持っている彼の家の得意先が、ことごとく潰れてしまった。

家の経営が危うくなり、彼の家は没落した。けれど彼だけは知り合いの男爵家に引き取ってもらい、なんとか貴族として在ったけれど、以前のようには会えなくなってしまった。

だから私は、貴族学園に入学することが楽しみだった。

学園の中では身分を気にすることなく彼に会うことができる。それなのに、入学式を終え、再会を果たした彼の瞳には、ミスティア・アーレンの姿があった。

同じ美術部に入ったけれど、彼はただミスティア・アーレンを描くばかりで、話をしてもくれない。本当に彼と会話をしているなと思ったのは、公募に出そうとする作品について、助言をもらったときくらいだ。

それですら、「大賞も夢じゃない。知り合いが公爵の庭園を描くなんて、俺も光栄だな」とありきたりな言葉だった。

それでもうれしくて、けれど途方もない距離を感じて、でもきっといつの日か前みたいに会話ができると信じた矢先、彼は学園に来なくなった。家に火を放ち、この世を去った。

彼のいない世界に、意味なんてない。

死のうとした矢先、アンジー嬢に声をかけられた。

「彼の死の原因は、ミスティア・アーレンにある。彼は、ミスティア・アーレンに心を弄ばれ、最後には彼女を襲い、最後には内々にアーレン家の者に始末された」

半信半疑だったけれど、彼女が言う通りミスティア・アーレンを囲った二年の令嬢たちは、実際に学園からいなくなっていた。彼を失った私が同じように彼も始末されたのだと信じるには、十分だった。

許せない、死んでしまえ、イフが可哀想。

そんな人らしい感情とともに、殺意を抱いた。

私はすぐ、彼女の首を絞めて殺してしまおうと走り、彼女を視界に入れて気付いたのだ。彼女の瞳が、彼の髪と同じ色をしていたことに。

そう認識した瞬間、私の世界から赤が消えた。

絵の具の赤も、血の赤も、鮮やかさが消え黒にしか見えない。絵の具も、その身に刻まれている文字列でしか判断できなくなった。

彼の赤が好きなのに、記憶の中の彼の髪ですら、黒く塗りつぶされて、忌々しいあの女と同じにされてしまう。

愕然としている間に、ミスティア・アーレンの姿は見えなくなった。どうしていいかわからず立ち尽くす私にアンジー嬢が言ったのだ。

私が、復讐に協力してあげると。

彼女は、先の未来をほんの少しだけ見ることが出来るらしい。その特別な力を使って、ミスティア・アーレンを誰にも知られず、完璧に殺してしまえると聞いた。

別に私は、誰かに知られても構わない。捕まったっていい。彼のいない未来なんていらない。早く終わりたい。

でも、彼は、「公爵の庭園の絵を描くなんて光栄だ」と言ってくれた。その絵だけは、完成させたい。そう願ったのだ。本当に彼を想っているなら、すぐにミスティア・アーレンを殺すべきなのに。

そしてアンジー嬢の教えのまま、ミスティア・アーレンに近づき、彼女を公爵家へと同行させ、この場に立った。

アンジー嬢の計画は完璧だった。

公爵家で簡単にミスティア・アーレンを攫うことが出来たのだ。アリス・ハーツパール、そしてイヴァライト公爵ですら、連れ去ってしまうことが出来た。

今日は、きっと祝いの日。絵も完成した。あとはミスティア・アーレンを殺すだけ。

それなのに、頭の中で違うと声がする。間違っていると声がする。ミスティア・アーレンの瞳を見ていると、見えないはずの赤い色が、じわじわとにじんでくる。

今、私は赤い色が見えない。嫌いな色だから、見たくない。でも……。

「シャニイ……?」

私は振り上げた斧を、そのまま振り下ろすことなくアンジー嬢へと向けた。

友達だと思っていた。少なくとも、ミスティア・アーレンよりは嫌いじゃない。けれど、私の一番はいつだってイフだ。

彼のいない世界を生きる理由は、彼を殺した人を、殺すこと。

それが私の、この生き汚い余生の意味だ。

さよなら世界

「イフの死に関係しているのは、貴女のほうだったのね、アンジー」

構えていた痛みはいつまでも襲ってくることがなく、代わりに聞こえてきたシャニイさんの声に、耳を疑った。

シャニイさんはアンジー嬢へ斧を向けていて、彼女を睨んでいる。

「ずっと疑問だった。ミスティア・アーレンに、どうやってあんなにも心の優しいイフが狂ったのか。家族まで焼き殺してしまえたのか。ミスティア・アーレンと話すたびに、その疑問は濃くなっていった。その代わりに、どんどん思うようになったことがあるのよ」

「ふうん、どんな？」

「アンジー、貴女がイフを追い詰めて、焼き殺したのでしょう」

「私？　私のせいだっていうの？」

「ええ。貴女はいつだって聡明だった。公爵家から、三人を連れ出すくらい簡単にしてみせた。こうして、爆薬を教室に持ち込むことだってできた。ミスティア・アーレンが彼を誘惑したことよりずっと、貴女が彼を精神的に追い詰め殺させようとして、失敗したから私にさせようとしている、そう考えたほうが、ずっとしっくりくるのよ！　アンジー！」

「ふ、ずいぶんヒロインらしい目つきになってきたじゃない。最初からそういう顔をしていれば、イフも貴女を好きになったんじゃない？」

シャニイさんの苦し気な問いかけに対して、アンジー嬢は鼻で笑い、口角を上げる。

「悪いけれど、私は彼にミスティア・アーレンを殺してなんて、一度も頼んでいないわ。貴女が好きな彼は、そこにいるバグまみれのアーレンの娘を好きで、ただ行動しただけでしょう？　私は、アーレンの娘を殺してこの世界をリセットすれば、シナリオは正されると嘘をついただけよ？」

そのとき、クレセンド嬢がひどく追い詰められていたことを思い出した。

「もしかして、クレセンド嬢を追い詰めたのは――」

「追い詰めた？　人聞きが悪いわ。このままだと貴女は死ぬしかないと、ゲームのシナリオを教えてあげただけ。半信半疑だったけど、崖から人が落ちるのを見たら、私のことを神様みたいに扱ったわ。でも、神様が前世を思い出したのは赤子の頃――十五年も前だから、ちょっとシナリオが変わっていても、仕方ないわよね？　殺人鬼を脱獄させるとか、別のゲームと混ざっていても」

アンジー嬢はクレセンド嬢に、自分を悪役令嬢であると誤解させ、レイド・ノクターを破滅させないと自分が破滅すると誤解させた。きっとイフという生徒にも同じことをしたのだ。

普通だったら、絵空事だと思って信じないかもしれない。でも、アンジー嬢も私も、ゲームの知識がある。そのゲームに出ている人物なら、この一年の未来を部分的になら言い当てられる。不安をあおり、言いなりにすることもできたのだ。

「まぁ、本来攻略されると設定されていたのは、イフ自身ってわけだったけど」

私の隣に立っていたシャニイさんが、息をのんだ。手に持っていたナイフを握りしめ、先ほどよりもずっと速くアンジー嬢へ駆けていく。

しかし、すぐに何者かに腕を掴まれ、そのまま地面に伏した。

「おっと、まだお楽しみはこれからだ。飛び入りで邪魔するのはやめてくれよ」

シャニイさんを取り抑えたのは、クラウスだった。目を見開く私に、彼はいつも通りの道化じみた笑みを浮かべる。

「ようミスティア、相変わらず間抜けな顔してんなぁ」

「なぜあなたが、ここに……？」

「なぜって、お友達が……友達はゲロマズミートパイなんて食わせねぇか。あれだ、共犯者が夢を叶える瞬間だから、はるばる見に来たに決まってんだろ？　野次馬だよ、野次馬」

「どうせ今年の夏には好きになるんだから、今から試作品を食べてくれたって変わらないじゃない」

「それは絶対お前の妄想だろ」

「ふふ、夏が来たらわかるわよ」

アンジー嬢は、クラウスを見て笑っている。クラウスは、彼女に協力していた。たしかにクラウスの協力があったのならば、人の流れや思考を把握できる。

ゲームでのクラウスは、情報屋の役割を担っている。情報を仕入れるのは、当然影を潜めることも必要になってくる。

だから彼の協力があれば、衛兵やノクター家が探しても犯人を突き止められないほど巧妙に、隠されたルートや情報網を使って、事件を起こすことができるということだ。

「いつから」

「この平民女の素性が暴露されたことあったろ？　そんときにこいつから接触してきたんだよ。おもしれー女だなと思って話聞いてたら、お前からノクター奪い返すのが目的って聞いて、なおのことおもしれーと思って」

「つまり……アリスの素性を黒板に書いたのは、クラウスへの、アピールのために……？」

「そうよ、普通に接触をとっても、きっと話すら聞いてもらえないと思っていたから」

「だいせーかい！」

アンジー嬢に向かってクラウスは拍手をしている。

周囲は、未だ武装している男たちに囲まれ、アリスもイヴァライト公爵も眠りについたままだ。私が囮になって逃がす作戦は、全く通用しない。

「シャニイ、私貴女の始末をすること、最後の最後まで迷ってたのよね。貴女はただイフを好きだっただけだし、私はイフに興味なんてなかった。でも、最初にこちらに刃物を向けてきたのは貴女なわけだし、一応ヒロインだもの。邪魔にならないよう、死んでもらうしかないわよね」

「アンジー……」

「そう睨まないでよシャニイ。昨日までは友達だったでしょう？　ああ、ほら、お前たちまでじっくり話を聞く必要はないの。主人公補正で生き残られでもしたら、たまったものじゃないから、シャニイとその桃髪の女には、入念にかけて頂戴」

主人であるアンジー嬢の声に、男たちは教室に並べてあった油を撒き始めた。

アリスと、彼女に油をかけようとする男の間に割って入り、なんとかアリスを後ろ手で起こそうとするも、未だ起きる気配がない。

「さて、あとは火をつけるだけ。イフの時は上手くいったけれど、今回は上手くいくかしら」

はっとした顔で、シャニイさんが顔を上げる。その様子を、とても可笑しそうにアンジー嬢は見下ろしていた。

「いいこと教えてあげる。彼の最後ねえ、ミスティア・アーレンの名前は出してなかったわよ。死ぬ前に正気に戻ったみたいでね、家族を守ろうとしたり、貴女に謝っていたわ」

「殺してやる！　絶対に許さない！　殺してやる！」

シャニイさんは叫びながら必死にもがくけれど、クラウスに縛られ、ほかの男たちから油をかけられている。アンジー嬢は私も、アリスも、シャニイさんも殺す気だ。

「さて、あとは貴女たちに火をつけるだけよ。ほらクラウス、貴方さんざんごねてたから、最後に火をつけるくらいはさせてあげるわ」

「わりいな、本当は練習もしたかったんだけどな」

「あの時は私の家の庭だから、仕方ないでしょう？　今回は派手に燃えるだろうし、人間が吹き飛ぶ瞬間も、きっと校庭からよく見えるわ」

「そんないい景色、俺だけ見るの勿体ねえな～」

クラウスは、私に近づきマッチを擦ると、ゆっくりと近づいてくる。

その背後には、嬉しそうなアンジー嬢の笑顔があった。クラウスが私の頬に触れて炎を近づけた後、ぐに、と頬を引っ張る。

「こういうのは大勢で見ないと、なあ？」

それと同時に、バン、と窓硝子が割られ、一斉に衛兵が入ってきた。

人々の中にはレイド・ノクター、エリク、ロベルト・ワイズ、ジェシー先生もいる。

「クラウス……裏切ったのね……！」

怒りを露わにするアンジー嬢が、すぐさまマッチを取り出そうとする。

しかし、それを冷たい瞳のレイド・ノクターに剣で阻止され、彼女は愕然とした。その様子を見ながらクラウスは、「最高の気持ちだ！」と笑い出す。

レイド・ノクター、エリク、ジェシー先生、ロベルト・ワイズがアンジー嬢に協力している男たちと戦う中で、クラウスは狂ったように笑うばかりだ
「アンジー！　俺は！　ずっと、ずっと、ずっと！　ミスティアが死んで見れる地獄、それともお前が一生懸命立てた計画をぶっ壊すの、どっちが楽しいか悩んでた！　どっちかを選べば、片方は一生叶わねえ！　その瞬間は一度しか味わえねえ！　でもわりいな！　俺も自分の夢に忠実であることにした！　永遠なんてやっぱりクソくらえだ！　アハハハハハ！」

「クラウス……！」

アンジー嬢はこちらに迫るけれど、すぐにジェシー先生に押えられた。

ロベルト・ワイズが私を掴むクラウスの腕を引きはがし、エリクが私の肩にブレザーをかけてくれる。

「あ、アリスさんと公爵が、眠らされていて……」

「ん……ミスティア様？　あれ、ごめんなさい私寝ちゃってて、すみません！　えっと……これは一体どういうことでしょう？」

慌ててアリスについて周囲に伝えようとすると、アリスがうんうん唸りながら目を覚ました。

彼女は私をじっと見て、「何で縛られてるんですか⁉　待ってください！　今お助けします！」と驚く。ロベルト・ワイズが「俺がする」と、私の縄をほどいた。

「いや、あの、アリスさん、貴女も縛られているんですよ」

「え⁉　どうして私まで⁉　とりあえず私の手首折って抜きます」

「やめてください。それと、どこか痛いところとかないですか？　おそらく多くの睡眠薬を……」

「死ね！　地獄に落ちろミスティア・アーレン！」

大きな絶叫に、振り返る。そこには衛兵に取り抑えられ、手枷をつけられたアンジー嬢が、激しい形相で私を睨みつけていた。

「貴女なんか！　死んでしまえばいい！　この世界に必要ないわ！　幸せになっちゃいけないの！　貴女にはいつか報いが訪れるわ！　苦しんで死ね！　レイド様！　私のほうが貴方を幸せにできます！　私の愛を、いつか貴方は理解してくれる。世界で一番愛していますわ！　レイド様！」

その言葉に、はっとした。

私の愛を、いつか貴方は理解してくれる。世界で一番愛していますわ、レイド様。その言葉は、ゲームのミスティアが死罪の場で言ったとされている言葉だ。

呆然としていると、ジェシー先生に「ひとまず外の水場に行くぞ」と担ぎあげられる。

縛られた公爵をエリクとロベルト・ワイズが、アリスをクラウスとレイド・ノクターが支え、校舎を後にしていく。そうして一旦昇降口を出た――その時だった。

「これできっとリセットよ！　次はきっと、レイド様と結ばれるはずだわ！」

アンジー嬢の声が、高い場所――五階のほうから響き渡る。

それと同時にどん、と地鳴りと花火の混ざったような音が連続して聞こえ、熱風が巻き起こった。

頭上を見ると本校舎の五階からどんどん爆発が起こり始める。

先生や皆が駆けるように校舎から離れる間に、貴族学園は一瞬にして炎に包まれていく。

呆然としている間に、衛兵たちがこちらへ走ってきた。

「みなさん、無事ですか⁉　何が起きたんですか？」

「はい！　兵の者は全員無事です……！」

衛兵の中でも、指揮を執っていたであろう隊長格の人は、「ただ……」校舎を睨みながらばつが悪そうにこちらへ振り返り、視線を落とす。

「実は、一瞬の隙を衝かれ、パズ・アンジーは……爆薬で自死をはかったんです。彼女は姿が見えなくなって……火の手も早く、我々は一時撤退を……」

「それで、アンジーさんと、シャニイさんは……？」

私の問いかけに、衛兵たちは顔を見合わせる。するとそのうちの一人が「パズ・アンジーは、おそらく息はないかと。そしてもうお一方も……死にたいからと」と、ばつが悪そうな表情をした。

シャニイさんは、まだ、中にいる。

「どこで別れたのですか？」

「三階に」

そう聞いた瞬間、反射的に身体が動いた。

後ろから名前を呼ぶ声が聞こえるけれど、振り切るように校舎へと駆け出す。私はそのまま、燃え盛る校舎の中へと入っていった。

「シャニイさん！　アンジーさん！」

煙を吸わないように口元を押さえながら、私は大きな声で二人の名前を呼ぶ。

校舎内は外側より炎の勢いは収まって見えるが、そのぶん酸素が薄い。

流し場の水で身体を濡らしてから階段を上がるけれど、三階には誰もいないようだった。

「アンジー！　私は貴女を、絶対に許さない！」

上層階から絶叫が聞こえ、私は慌てて階段を駆け上がる。

三階よりずっと炎の勢いが強く燃え盛る廊下の中央で、倒れこむアンジー嬢と、その上にまたがり、割れたガラス片を構えるシャニイさんの姿があった。

「シャニイさん！」

「死ね！　イフの苦しみを……思い知れ！」

シャニイさんが振り下ろそうとするガラス片を、私は慌てて手で受け止めた。手のひらにガラス片が食い込むけれど、こうでもしないとシャニイさんはアンジー嬢を殺してしまう。

「邪魔しないでよ！」

「邪魔しますよ！　貴女は、法律じゃない。人は法で裁かれるべきです！」

「そんなの知らない！　法律なんてどうでもいいの！　どいてよ！　この手を放してよ！　もう、こいつを殺せたらそれでいいの。死んで償うから！」

アンジー嬢は、爆風をすぐそばで受けたことで、意識がほぼない状態だ。虚ろな瞳でレイド様……と、ただひたすら彼の名前を呼んでいる。

「放しません！　私を殺そうとして、レイド様を突き落としたことは、罰せられるべきです。何も関係ない、アリスさんとイヴァライト公爵の身を危険にさらした。それも罰です。でも、絶対死んで償う前に、生きながら償うべきです！　まだ、貴女は誰も殺していない。死んで終わりにするのは、今じゃない。硝子から、手を放してください」

「……嫌だ」

「放してください！」

怒鳴りつけるように叫ぶと、シャニイさんは硝子から手を放した。私はアンジー嬢を抱え、シャニイさんの腕をつかむ。

「ここから出ますよ」

「でも……」

「いいから！　私のいうことを聞きなさい！」

彼女の腕を引っ張りながら、強引に歩みを進める。炎の勢いはどんどん強くなり、後ろからは爆発音が何度も響いている。

校舎は崩落が始まったのか、小刻みに揺れて、いつも平坦に歩いていた廊下も瓦礫や鉄骨、割れた調度品が転がり、酷く険しい。

「これはっ」

一階に降りようとしたところで、足が止まる。踊り場が、火の海に包まれていた。階段の段差は炎にのまれ、こちらに迫ろうとしている。

後ずさり、廊下を出るけれど、崩落していて逃げ場がない。

もう、脱出するのは厳しいかもしれない。

そう考えた瞬間、いつも使っていた教室が見えた。

たくさんの爆薬が並べられていたからか、教室の中は轟轟と炎が燃え盛っている。

『あはははは！　すべて燃えてしまえばいいのよ！』

割れた窓の景色から、いつも使っている教室が見えた。その教室の中心で、ゲームのミスティアが高笑いをしている姿が、一瞬だけ見えた気がした。

黒髪を振り乱し、「死になさい！」と、アリスに絶叫しているシーンだ。

……ミスティア・アーレンは、決して折れることはなかった。

投獄死罪を迎えた時だって、アリスに「地獄に落ちなさい！　身の程知らぬ平民の分際で！　おぞましい！」と、鎖に繋がれながら言っていた。

「諦めない」

私は、一か八かの思いで、シャニイさんの腕をとり、崩落が進む二階の廊下から飛び降りた。

一瞬、がつんと身体を強い衝撃が襲って、意識が飛びそうになる。なんとか踏ん張って瞳を開くと、隣にはもう意識がないアンジー嬢の姿があった。

さらに反対隣にシャニイさんが倒れているものの、意識はあるようで、足を押さえながら身体を起こしている。

「ミスティア様！　ミスティア様！」

大きな声に振り返ると、アリスや衛兵たちが駆け寄ってきていた。「医者を呼べ！」と、怒号にも似た声も響く。どうやら着地した場所は中庭らしい。

「お、お、おお怪我とかされてませんか？　いま、とび、飛び降りて！」

「はい……一階は、降りれない感じだったので……」

「よく、ギョブ……アババ……」

アリスが大粒の涙を流すと、ぼたぼた涙が頬に落ちてきた。

漠然と、こういう涙で蘇生が起きると考えていると、「頭打ってない？」とレイド・ノクターが私の身体を起こし、エリクが「どこか、足とか折れてない？」と不安げな顔をする。

「すみません……」

「謝るな、お前のせいじゃない」

「シーク先生の言う通りだ。怖かっただろう。水、そうだ水飲むか？」

ジェシー先生とロベルト・ワイズも、心配そうな表情だ。

「私は、大丈夫です……シャニイさん」

それまでじっと燃える校舎を眺めていたシャニイさんへ声かける。彼女は何も言わず、静かにこちらへ振り返った。

「シャニィさん、ありがとうございました」

「何がですか」

「助けてくれて、ありがとうございました」

そう伝えると、シャニイさんはじっと私を見つめる。そして、しばらく目を伏せると、「いいえ」と短く返事をしたのだった。

遥かなる未来

「怪我は、もういいのかい」

アンジー嬢によって学園に火が放たれ、半月。私はイヴァライト家へ招かれていた。公爵の隣には、アリスがいる。今日の彼女はドレスを着ておらず、見慣れた私服姿だ。

「はい。おかげさまで、特に痕がのこるようなこともなく……大丈夫です」

私はあの事件で、軽いやけどをした。あとは、ガラス片を握ったことで、手を縫った。けれど動かさなければ痛みもないし、眠るのに困るなんてことはまったくない。しかし公爵の隣にいるアリスは不安げで、この世の終わりの顔をしている。

「本当に大丈夫なので」

アリスにも目を合わせて頷くと、「はい……」とさらに死にそうな顔をした。イヴァライト公爵は申し訳なさそうな顔で、「不覚だった」とつぶやく。

「この屋敷が、一番安全だと思っていた。でも、そうではなかった」

「イヴァライト公爵……」

「聞いたんだ。アンジー家の手のものによって、イヴァライト家の使用人が少しずつ入れ替わっていたらしい。私の責任だ。すまない」

イヴァライト公爵が頭を下げ、私はあわてて首を横に振る。一命をとりとめたアンジー嬢は、回復が進み次第、事情聴取を受けることになっているらしい。ただ、学園に火を放ったこと、さらにイヴァライト公爵を誘拐したことで、罪はゲームのミスティアより重くなっているらしい。アンジー嬢が引き連れていた仲間たちも全員捕まったけれど、重く罰せられるそうだ。

「私も、もっと周りを注視すべきでした。申し訳ございません……」

リセット。

それは、ゲームで物事を無かったかのようにするコマンドだ。

でも、私も、彼女もこの世界を生きている。やり直しなんてできない。死ぬときは死ぬのだ。だからこそ、私は皆を死なせないために、家族を殺させないために頑張ってきた。

でも、きっと彼女は、最後までこの世界を、死ねばリセットするゲームだと思っていた。

都合が悪くなったら誰かを殺したり、誰かを崖から突き落としたり、そういうことをしていたのは、そういうことが起因しているのだろう。

でも、アンジー嬢は、レイド・ノクターを愛するあまり、追い詰められていたようにも思う。

まともに話したのはあの日だけだったけれど、一時間も満たない間、一緒に話をしただけで、それはありありと伝わってきた。

彼女は誰かを好きになってだけれど、私も、投獄や死罪からなんとか逃れたいが為に、彼女のように誰かを殺してしまうなんてことをしていた可能性だって否定できない。

そしてシャニイさんはといえば、彼女はほぼ軽症で済んでいるけれど、火傷は重いようだった。

彼女は私と公爵、そしてアリスの三人の誘拐に共謀した罪を償うことを望んでいるらしいけれど、アンジー嬢に惑わされていたこと、年齢も鑑みて修道院に送られるそうだ。

「セントリック家の令息にも、礼を伝えねばな……」

イヴァライト公爵は、深く息を吐きながら私を見た。

今回一番トリッキーな動きをしたクラウスはといえば、アンジー嬢の思惑を察知し、味方と思わせて内情を探り、衛兵に密告をしたことでお手柄扱いをされていた。

明らかにアンジー嬢を助長させた原因を持っているとしか思えないけれど、クラウスはただ私やアリスの情報を流し、アーレンの屋敷や学園で私を攫ったり殺すことは不可能であることを伝えたにすぎないらしかった。

つまりは、私を学園や屋敷で殺すことを阻止していた行動とも取れると、人の情報を流したにもかかわらず「いいことである」かのように扱われている。

複雑なのは、彼が衛兵を呼ばなければ私やアリス、公爵は校舎ごと焼かれて死んでいたということだ。

彼曰く、「面白いから修羅場四天王連れてきたぞ！」との言い分でレイド・ノクター、エリク、ジェシー先生、ロベルト・ワイズをあの場に連れてきたりしたことは、明らかに人の道を外れているけど、彼がいなかったらと考えると難しい。

それに、彼に影響を受けてではなく、アンジー嬢は彼を引き込んだ側であるし。

「私は、今まで使用人の顔と名前すら一致させていなかった。すべて執事長に任せきり、そして、執事長も、秘書も買収されていた。よくわかったよ。どんなに安心な場所でも、自分の過ちによって危険な場所になりうるということが」

アリスはその言葉に、大きく目を見開いた。イヴァライト公爵は、優しく語り掛けるように話を続ける。

「私は、今まで学園に憤りばかり持っていた。なぜ悪人をたやすく学園に入れるのかと。本当は、フィルジーン公爵に学園に通わせることを勧められても、ひっかかりがあったんだ。でも、わかった。私の提供すべき場所は、安全ではない。私の屋敷を立て直す必要がある。だから、アリスを今日、自分の家族のもとへ帰そうと思う。なんとなく、君がいてくれたほうがいいと思って、今日は呼んだんだ」

「イヴァライト公爵……」

「アリス、ふがいない祖父ですまないね」

イヴァライト公爵が、アリスに優しいまなざしを向けた。アリスは涙を流し、「いえ……ありがとうございます」と、頭を下げた。

「今度は、遊びに行ってもいいかな。仲良く、したいんだ」

「ぜひ、ぜひいらしてください。ありがとうございます。おじいさま……！」

おじいさま、その言葉にイヴァライト公爵が涙を流した。そして、公爵は私に顔を向ける。

「私たちが眠っている間、一人で立ち向かってくれて、ありがとう。どうか、これからも孫娘をよろしく」

「はい」

私はしっかりと頷いた。あれ、でも、よろしくしてしまっていいのだろうか。

これはアリスと添い遂げる攻略対象が、彼女の家に結婚のあいさつを済ませた後、攻略対象が「はい！」と頷くやつでは……。

でもそんなイベントはないし、普通に頷いていても彼女の人生を壊すことはないだろう。

「学園でも、仲良くしてやってくれ」

「ぜひ、こちらこそよろしくお願いします」

「はい！　ミスティア様！」

アリスは嬉しそうにほほ笑む。その笑顔はまさに花のようだった。


イヴァライト家へあいさつをし、アリスを街の家へと送り届けた翌日、私はいつもより早く屋敷の階段を下りていた。

昨日、帰る途中の馬車の中で焼かれた貴族学園を見たけれど、発火し、爆発した場所は炭のようになっていた。

一旦建て替えのために別の場所に仮設校舎を……という話になったけど、フィーナ先輩が用意した土地に仮設校舎が建つことになっているらしい。

先輩は「もとは夢の為ですけれど、国に恩を売ることも重要ですからね」と笑顔で言っていて、学生のうちからすでに実践的な経営を始めていることにも驚いたし、貴族学園の仮設校舎が建つほどの土地を持っていることにもびっくりした。

嬉しそうに話すフィーナ先輩の隣で、ネイン先輩がずっと「ごめんね……本当にごめんね……本当に申し訳ない……」となぜかずっと謝ってきていて、少し混乱したくらいだ。

ただ、それまでの間は一斉休校という形になり、各々自宅で勉強をすることになり、生徒はずっと屋敷で勉強ということになっている。

出された課題さえきちんとしていれば、それで成績をつけてくれるらしい。

ミスティアの断罪イベントはなくなり、ゲームで学園を放火するまであと二週間あるけれど、学園はちょうどゲームのエンディングにあたる日まで、自宅学習扱いになっている。

やや不安は残るものの、ゲームのシナリオをなぞらえて事件を起こしていたのは誰か分かったし、ただこのまま時間がすぎるのを見送っていけばいいだけだろう。

もう何も、恐ろしいことは起きない。

あとは、前を見て進むだけだ。

「思えば、家族写真は撮ったけど、使用人の皆との写真は、あんまり撮ってなかったなと思って」

今年の誕生日、私は両親に誕生日プレゼントのリクエストをした。

いつもはほしいものを聞かれても、悩んでしまっていたけれど、私は今年はカメラが欲しいと頼んだ。

それまで写真を撮るといえば写真屋さんへ行って……ということが多かったから、必然的に家族写真だったけれど、これから過ごす日々をきちんと記録に残したいと思ったのだ。

一枚目は、家族写真。二枚目は、メロと。そして三枚目は、使用人のみんなと。

どうせなら屋敷の庭園で撮りたいと考えて、いい天気になるのを待っていたら、時間がかかってしまったのが予想外だったけれど……。

「ほーら、ミスティア、撮るぞ！」

そして、カメラを買ったといえど、実のところまだ私は自分で写真を撮っていなかった。

家族を撮ろうとしたらせっかくだから一緒に写ろうと誘われ、メロを撮ろうとしたらまた同じ結果に。そして使用人の皆にも誘われ今まさに一緒に映ろうとしている。今日の撮影者はお父さんだ。

先日フィーナ先輩にカメラの話をした結果、一緒に撮ることになった。そのあとアリス、それにルキット様と私の三人で撮ろうという話にもなったから、まだまだ自分で撮るということは出来なさそうだ。

でも、六枚目こそはちゃんと自分の手で撮ろうと思う。

誰にお願いしようか考えて、ふっと頭の中に浮かぶ顔があった。

「ほら、ミスティア、よそ見しない。カメラ見て」

「はい！」

ハッとして、私はむけられたレンズに視線を合わせる。

これから、ゲームでは知りえなかった、未来が始まる。悲しいこともあったけれど、使用人のみんなも、家族も無事で、十六歳の春を迎えることができた。

ちゃんと、生きよう。

私は、これから先の未来に少しだけ不安を抱きつつ、でも去年よりずっと軽い気持ちで、笑みを浮かべたのだった。

今日は人生最幸の日

SIDE：Claus

退屈な世界で生きるくらいなら、死んだほうがいい。

十五年生きていれば、簡単に結論に至る。人間はいつ死ぬかわからない。好きなことをして、好きなときに死ぬのが一番だ。面白いと思ったものには飛びつくし、それが罠だったとしても構わない。

だから、悪く思わないでほしい。

「こういうのは大勢で見ないと、なあ？」

間一髪間にあった——いわゆる攻略対象たちを前に、パズ・アンジーの瞳が、驚きに揺れている。

特徴もない女だと思っていたが、この世界がアリス・ハーツパールを中心にした、「最初から仕組まれた世界」であるなら納得ができる。

「クラウス、貴方裏切ったのね」

「安心しろ。お前は裏切られてない。俺は最初から——」

悪逆無道のミスティア・アーレンの、取り巻きのひとり。パズ・アンジー、こいつの企みを見届ける共犯者でいることは、とても楽しかった。

「誰の味方でもない」

これで、俺の夢は叶う。


「すっげえな……何が起きてるんだ？」

面白い玩具を集める、格好の餌であるミスティア・アーレン。

やつの周囲は派手で間違いなく異質であるのに、当人はただただ普通で、つまらない奴だった。

根っからの善人は、好きじゃない。善人が悪人へと変わるならばまだ見ていて面白いが、あいにくミスティア・アーレンにはその伸びしろが全くといっていいほどなかった。

けれど、ミスティア・アーレンの周囲はことごとく異常で、最も面白みのない人間が争いの中心となって、茶番を引き起こしていく。

それは今日も同じで、奴と同じクラスだったアリス・ハーツパールの素性が、黒板で暴かれた。

ミスティア・アーレンの言葉によって、教室は恐怖のそこへと真っ逆さまだ。奴の家はまぎれもなく資産家で、奴の取り柄のなさなんて覆い隠してしまう。アーレン家が何らかの事業から手を引いただけで、数十の家が跡形なく没落するほどだ。

アーレン家が兵器や銃火器の産業から手を引いた時だって、侯爵家ですら一気に貧乏人の集まりに成り下がった。

そんなミスティア・アーレンと、平民のアリス・ハーツパールの組み合わせは面白い。

どうにか面白いことができないか考えあぐねていると、「クラウス」なんて、馴れ馴れしい声がかかった。

「誰かな?」

クラスメートだけじゃなく、他人と接するときは無害でいるよう努めている。だってそのほうが、信頼を得られて面白い。少し小馬鹿にしている人間相手のほうが、人は気を緩める。

――そして、食われる。

期待をもって振り返れば、亜麻色の髪の女がいた。

「私の名前は、パズ・アンジー。よろしく」

ミスティア・アーレンと同じクラスで、ちょうど奴の家の産業をそのまま引き継ぐ形で財を得ている家の娘だ。他人の財を引き継ぐといえば言葉はいいが、結局のところただの下位互換と馬鹿にされているが。

「僕になんの用かな？」

「うん。すごく面白いことを見せてあげるから、私のお手伝いをしてほしいと思って。助力は得意でしょ？」

「なんだろう？　僕、奉仕活動は好きだけど、難しいことは苦手だから……」

「安心して、今日みたいなことをするだけなの」

「今日みたいなこと？」

「ええ。アリスさんの素性が晒されたでしょう？　これ見て、私が作ったの」

そう言って差し出されたのは、アリス・ハーツパールの素性が暴露されている用紙だった。

しかも、その下書きだ。

自白としか取れない行動に、どんどん興味がわいてくる。体中に血がめぐっている気がして、今を生きていると強い確信が持てた。

「なんで？」

「だって、そうしたら貴方の協力が得られると思ったの。だってこういうの好きでしょう？　アリス・ハーツパールが平民だと広まったら、物がなくなったとき、彼女のせいじゃないかって疑いが生まれる。そういうの、好きじゃないの？」

「大好きだなぁ」

疑心に、混乱、愛憎に、混沌。人は狂っていれば狂っているほど美しい。いつだって人は、自分に被害のない場所で、悲劇を望んでる。

そうじゃなければ、悲劇なんてものは生まれない。俺は、人が苦しむ姿を楽しむことがはたから見れば醜悪だと、きちんと自覚している。いつ刺殺されても構わない。

「じゃあ、交渉成立ね。面白いものを見せてあげるから、私のいうことをたまには聞いて」

「お前の志は？」

「レイド様と結ばれること。そして、ミスティア・アーレンの消滅」

「ああ。任せろ」

その代償を受ける覚悟は、できている。


アンジーの言うこと。それは俺にとってなんてことないことが多かった。

簡単な見張りや、生徒たちが使わない道。ミスティア・アーレンの動向を気にしながらするのは簡単で、俺はアンジーに内密にミスティア・アーレンを探ったり、話をすることがしばしばあった。

特に、夏が始まる前は、あししげしく美術室に通い、イフ・グースと話をしていた。レイド・ノクターと接するにあたり邪魔なイフをミスティア・アーレンとくっつけようとでもしていると思いきや、どうやらイフを使って、ミスティア・アーレンを殺したいらしい。

おかしな判断をしていると思う。しかしアンジーにとっては、静かに過ごし、黙々と作品に没頭するイフは、素質があるらしい。奴の言う素質の定義なんて、酷く曖昧でくだらないものだ。

絵を描くから暗い。音楽が好きだから、明るい。わかりやすい種類分け。実に浅はかだ。イフが暗いのは、アーレン家の軍事産業撤退の余波を受け、家の中が荒れているに過ぎない。家で神経をすり減らし、気力がないだけだ。それを、作品作りに生かそうとしているところを、阻害している。もとはといえば、イフはミスティア・アーレンへの叶わぬ恋を、画板を通して昇華する方法をとっていた。にも拘わらず、毎日会いに行きその時間を奪うことで、操作をしている。

洗脳の、初歩だ。

「お前、趣味はないのか？　ああいう風に、音楽を奏でたり、絵を描いたり」

「特に無いわ。何も」

「ふうん」

「それより、聞いてよ。今日レイド様、ミスティアのこと勉強会に誘ってたの。完全にバグってるわ。そう思わない？」

アンジーは、レイド・ノクターを愛していると言うわりに、盲目的にも感じない。いつも他人事だ。誰より熱中して見せているけれど、その本質は空っぽだ。

その空ろに、イフ・グースは囚われつつある。

「さっさとイフが殺してくれたらいいのに。絵が完成しないとか、めちゃくちゃなこと言うし。最悪」

「お前、レイドに正攻法から声かけなくていいのかよ?」

「家格がまだ釣り合ってないのは事実だし、レイド様最悪だけど、ミスティアのこと好きでしょ?だから、ミスティアがいなくなるか、レイド様が私のほうまで落ちてきてくれない限り、まだ難しいかなって」

「そんなんしてたら、そのうちアーレン家が婚約について正式に発表するんじゃねえの?」

「大丈夫でしょ、ミスティアは今のとこレイド様のこと避けてるし、大丈夫」

「その楽観どっから来るんだよ」

「まだ教えてあげない」

くすくすと、アンジーは笑う。かと思えば、よそ見をしていたことで俺が砂糖を詰めていた瓶を落とした。

「お前なあ」

「ごめん。ごめん。買いなおすって。っていうかいいこと考えたんだけど」

「いいこと?」

「うん。イフ、動いてくれるかも」

ミスティアを憎いというわりに、自分からは手を汚さない。はじめこそアンジーに期待していたが、うっすらと白けた気持ちになっていた。大口を叩くわりに、小物でしかない。惰性で動いていたころ、イフがミスティアを襲った。

いわく、イフの描いていたものをめちゃくちゃにしたらしい。そして、ミスティア・アーレンが自らの絵から出てきた存在だと諭したようだった。元々家格により後ろ向きだったイフを操作したつもりになり、自分が立てた計画を完璧だと語り万能感に浸る姿は滑稽であったが、どこか違うと感じていた。


それからすぐのこと、幸か不幸か、そこで俺は面白い存在を見つけた。用務員の男だ。夏は、いろいろ理由をつけ、アンジーの厄介ごとから手を引いて男を調べていた。あいつの考えることはつまらない。奴は保険として、シャニィというイフを好きだった女を、ミスティア・アーレンを退場させる鍵としていた。

奴は、いつだって自分を、ものごとの黒幕だと思っている。ただ何も持っていないがゆえに、参加できない観客でしかないというのに。

俺がだんだんと、自分に興味を失っていくことに勘付いたのだろう。大事な話があると、俺を呼び出した。

「この世界で起きることを、全部知ってるの」

傲慢さの混じった声で紡がれた物語は、興味がそそられ、そして納得できるものだった。アリス・ハーツパールを主人公に据えた恋愛劇。

その悪役がミスティア・アーレンで、レイド・ノクターは、本来アリス・ハーツパールを選ぶらしい。いわばミスティア・アーレンは当て馬で、本来ならば愛される存在ではないらしい。

アンジーはそのストーリーすべてを記した手帳を俺に見せ、宿泊体験学習で、ミスティアを自分の手のものに殺させると笑ったのだ。

「お前、けっこう消極的だな」

宿泊体験が終わり、解散となった帰り道で、俺はアンジーに声をかけた。すると奴は、周囲に人がいないか確認してから、うっそりと笑う。

「どうして？　協力って素晴らしいことでしょう？」

「そのせいで、ミスティアじゃなくてレイドが崖から落とされてただろ。本末転倒じゃねえか」

「それはちゃんと反省してるわ。まぁ、レイド様は死なないと思ってたけど、ミスティアに庇われるなんてね。あーあ。でも、クレセンドさんに誰かが落ちるって言っててよかったー。危ないところだった」

「クレセンド？」

「ええ。あの子にもゲームのこと話してるの。ミスティアの正史の末路を話して、貴方を助けたいって言ったら信じてくれたわ。続編には取り巻きと仲良くするシナリオもあったんだけど、やっぱバグってなきゃ好感度アップもちょろいわね」

「はあ」

学習しない。アンジーが突き落とすなら少しは面白みがあると、頼まれてない手伝いでもしてやろうかと思っていたが、やっぱりジェイ・シークがレイド・ノクターへ「ミスティア・アーレンが襲われた」なんてばらしているのを観察していて正解だった。あれは面白かった。

「なによ」

しかし、俺の返事が不服だったらしい。アンジーは顔をゆがめた。

「私は貴方のルートとそのエンディングだって知っているの。その心を私のものに出来たのよ？　それをしていないだけでも、親切じゃない？」

「はっ、俺が恋愛ねぇ」

「ちゃんとその言葉、あなたのハッピーエンドで言っていたわよ。まさか俺様が、恋に落ちるなんてなって」

「まさか俺様が、恋に落ちるなんてな」

復唱してやると、アンジーは全然違うとでも言うように、鼻で笑う。

「もっと情熱的だったわ。まぁ、恋を知らないから仕方がないのだろうけど」

「それはお前も一緒じゃねえの？」

言い返すと、アンジーはかぶりを振った。

「私はレイド様のこと、愛しているのだけれど」

その言葉を、ミスティア・アーレンが言ったらもっと面白いのに。なかなか人生はうまくいかない。

けれど――、

「お前、そろそろ万策尽きてんじゃねえの？　お前の言ったシナリオってやつ、もう出来ることなんてねえだろ」

アンジーが渡してきたシナリオは、今年と来年の分しかない。今年はほとんどイベントなるものを利用して好き勝手できる余地はない。続編だって、そこに登場するルキットは今年出てしまっている。

……馬鹿なほうのミスティア・アーレンが、暴れまわったおかげで。

ほかの個別の結末は、二人で幸せに暮らしました、おしまいといった内容だ。ただその前に、ダライアス・フィルジーンが学園を、貴族を潰そうと画策して、それを阻止して終わる。

続編とかいうやつは、アリスのほかにも、シャニイって女が生徒会選挙に敗れたヴィクター・ネインか俺、そしてイフ・グースと恋をして幸せになる物語で、面白みもなにもない。

ヴィクター・ネインは妹に怯える事なかれ主義で、イフはアンジーによって消された。俺は俺だし、もう駄目だろう。

「最悪、私がミスティア・アーレンを殺すしかないわ」

「おもしれーな」

「最悪ね。放火シナリオでなんとかするしかない。それに、ゲームはリセット機能があるから、たぶんもう一周出来ると思うわ」

そんなことが出来ていたなら、この世界はこんなにものんびりとしていない。みんな先が見えると行動をして、自分だけがこの平和を守れると、変えられると、自分だけが得ができると行動し、破たんしている。人間なんて残ってはいないだろう。

「お前の夢、叶うといいな」

「ありがとう」

そうしたら、俺の夢も叶う。

自ら暗闇へ向かう世界一の大馬鹿に告ぐ

SIDE：Claus

念願だった夢が叶い、今俺は、片手間に生きている。

俺の手元には、アンジーの残した手帳がある。目の前にそびえ立つのは、それはそれは豪華で、のんきにも見える薔薇の檻——アーレン家の門だ。しばらく待っていれば、冴えない、つまらない、ぱっとしない、三拍子揃えた馬鹿が出てくる。

「ミスティアさん！　おはようー！」

さわやかに声をかければ、黒い髪は揺れ、少し引きつった表情がお目見えする。

今まで俺を見るたびに真っ青になっていたり、呆れていたり、かと思えばうんざりしていたが、今日は不思議と余裕を感じた。

その理由は当然、やつが「シナリオ」とやらの重荷から解放されたと思い込んでいるからだろう。どうも生徒会選挙や今までの挙動を見るに、ミスティア・アーレンは続編の内容を知らない様子だ。まぁ続編の内容といっても、最初の話ほどぱっとするものではなかった。恋愛重視の、抱きしめたりキスをしたり閉じ込められたり覆いかぶさったり、かぶさられたり、壁際に追い込まれたりする、べたべたしただけ。

ミスティアに言ったところで、面白くない内容だ。

現在、攻略対象と呼ばれる愉快な四人組は、一人は自分の家を手放そうとし、一人は価値観を変え、一人はすべてをあきらめた。あと一人はよくわからない。

だから、馬鹿が余裕ぶって学園の人間とよろしくする前に、世界で一番親切な俺は、ハッピーエンドのその先——どうやらまだミスティアが気づいていない、あいつについてヒントをくれてやろうと思う。

「なぁ、ミスティア、いい話があるんだ」

俺は無防備な耳に毒を注ぎ込むように囁き、口角を上げる。ミスティアは大きく目を見開き、絶望の表情を浮かべたのだった。

あとがき

お久しぶりです。稲井田そうです。この度は本書を手に取っていただき誠にありがとうございます。

四巻はいかがでしたか。前巻では、レイド、エリク、ジェイと畳み掛けるようにミスティアへの想いが進んでいきましたが、今巻でようやくロベルトも他三名と足並みがそろった形になります。そして、とうとうミスティアの長きに亘る、ゲームシナリオとの独り相撲にもピリオドが打たれつつ、さらにゲームのキャラクターたちに影響をもたらしていた「誰か」もといアンジーとの決着もついた形です。ただまだシナリオ終了まで二週間は残っており、五巻ではその期間、ミスティアの「やり残し」たこと、彼女自身のパーソナルな問題が絡みつつ、使用人たちの狂気も膨らむストーリーが展開するのでお楽しみください。そして、とうとう個別エンディングも収録です。

書籍化の話をいただいた時から、ウェブの文字数と最終回までの文字数をざっくり計算して、だいたい四巻で終わり、五巻でネット上で予告していた個別エンディング……そこまで打ち切りにならなければいいな……と書いていましたが、無事途中で転覆すること無く五巻発売も決定し、きちんとした終わりが迎えられそうでほっとしております。口絵は、一巻がレイド、二巻がエリク、三巻がジェイ、四巻がロベルトのカラーテーマでというのを八美☆わん先生にお願いしており、揃った……という気持ちもあります。

さて、恒例のご挨拶をさせていただければと思います。

今回ドレス、タキシードと、どれも色とりどり、夢のような表紙や口絵、さらに多様な狂気を描いていただいた八美☆わん様、編集の扶川様、太田様、校正の具志堅様、デザイナーの皆様、コミカライズで可愛らしくポップに攻略対象異常を描いていただいていた宛様、攻略対象異常を応援していただいている皆様に、この場をお借りして感謝申し上げます。

そしてずっとお世話になりっぱなしの私の唯一無二の友人に、鋭い感謝を捧げます。生きていてくれてありがとう。

それでは、相変わらず厳しいニュースが続く昨今ですが、どうか皆様ご自愛くださいませ。

使用人履歴書

リザー

Lizer

役職		
掃除婦長		
誕生日	身長	血液型
11月30日	170cm	O

好きな食べ物

肉料理全般

趣味

歌うこと

特技

きき酒

もとは田舎の平民娘で、都会や王子様にあこがれて街へ出てきた。そこで出会った男と結婚後暴力を振るわれるようになり、死の危険が迫ったところをミスティアに救われた。元々同性を嫌い嫌われる性質であったがミスティアだけは例外とし、神聖視と庇護欲の混ざった感情を向けている。

トーマス Thomas

役職
門番

誕生日	身長	血液型
5月11日	166cm	B

好きな食べ物
クッキー

趣味
裁縫

特技
目ばかりで
正確な裁断ができる

家でないがしろにされているところをミスティアに見つかり、孤児院に入る。当初はミスティアに恩を感じていたが、助けられた人間が自分だけではないことを知ってから感謝と愛情が歪む。独占欲が強いが、特にミスティアが可愛いと思うものへ執着し、ミスティアが他人を可愛がることを心から嫌がる。

コミカライズ第八話　試し読み

原作：稲井田そう
漫画：宛
キャラクター原案：八美☆わん

今日は
朝からとても寒い

私はこれから
地獄の底に
向かわねばならない
ミスティア様
こんな日は屋敷に
籠もるのが1番だけれど
メロは以前
レイド・ノクターに
見られている
駄目だよ
部屋にいてってて…
メロ!

投獄の際に共犯として
扱われたら困るのだ
いえ
今日は
隠れていて
もらわないと
よければこちらをと
思ったのですが
先日美しい毛糸を
見つけたので
編んで
くれたの？
はい
ミスティア様のために
丁寧に編んで
くれたのがわかる
大事にする！
お守りにする！
嬉しい……
元気が出てきた
これなら地獄でも
大丈夫かもしれない

自分で持ってきたのはあとでしまおう
ありがとうメロ
行ってきます
はい
隠れててね出てきたら駄目だよ
メロのためにも乗り越えなくては
今日はレイド・ノクターが屋敷見学に来るのだ――

ガラ
ガラ
ガラ
……
僕はきっと
婚約者に嫌われている
会うたびに引き攣る
彼女の表情
それを見るたびに
罪悪感が強くなる
初めて会った時に
敵意を向けてしまった
だから
避けられるのは
しかたがない
そう思っていた
でも僕との誘いを断って
エリク・ハイムと会っていた
彼のことが
好きなのかもしれない
侍女といる彼女の笑顔を見た
とても楽しそうだった

すべての事実が苦しかった
胸が苦しくて辛くなった
だから父に婚約を解消したいと伝えた
彼女にはおそらく想い人がいることも
お前には長年寂しい思いをさせてきた
後継ぎとして必要以上に厳しくしすぎていた
でもこれからはお前の好きなようにさせたいと思っている
お前が望むなら婚約解消できるように尽力する
父は変わった
僕にも母にも心配と愛情を感じる
昔のように穏やかな目をしている

この変化でさえも
ミスティア嬢がいなければ
なかったものなんだ――
――だが……
その後
どんな判断をしても
私は止めない
きっと
母さんもそうだろう
迷いのある僕を
見抜いていたんだ
お前はアーレン家に行って
よく見て聞いてもう一度考えろ
それが
婚約解消の条件だ
一度会って決心が
鈍るならやめておけ
父の言葉を
僕はそう理解した

だから僕は
会いに来たのだ
会えて嬉しいよ
ミスティア嬢
このよくわからない
想いを断ち切るために
こんにちは
レイド様
さて
どこを案内して
もらおうかな
案内は
口実なんだけど
……
じぃ…
あの
よければ
どうぞ

えっと……？
あの……
寒そうなので
あっ
大丈夫です
洗濯済みです
自分用だったのですが
このマフラーがあるのでっ
使いかけではないです
ありがとう
彼女は
困っている人間を
放っておけない気質だ
寒いですよね
中に入りましょう
いや
これを借りたし
まずは
庭園から案内して
もらいたいな
そう
おっしゃるなら…
──あれは……

君の家の庭師はずいぶんと若いんだね
彼はもう成人していますよ
そうなん……だ…
あれは……執着？
ミスティアを見ていたのか
驚いた……
冬なのに白百合が咲いてる
庭師が冬も楽しめるように工夫してくれています
この花は？
レイド様が屋敷にということで庭師が置いたのです
弟切草(おとぎり)
花言葉は敵意・恨み……とかだったかな
ふーん
……庭師がね

では彼にお礼を伝えてくれるかな？
はい

そろそろ屋敷の中をご案内します
そうだね

庭園見せてくれてありがとう
いえ……

屋敷に入ってから気がついた
彼女へ異常な視線を向けるのは庭師だけではないということに

使用人全員から度を越した執着心がこもった視線を向けられていたのだ
彼女自身は気づいていないようだったけれど

どうして今まで気づかなかったのか
ここがミスティア嬢の部屋なんだ
……はい
ハイム家の彼はここに来たことはあるの？
あります…ね
ふうん
いつ知り合ったの？
夏に……ハイム家主催のお茶会で
彼が泊まるのはよくあるの？
えーと…
一度…大雨で危ない日があって
なら このまま大雪が降ったら僕も泊めてくれる？

それはもちろんです
危ないですからね

──彼女は
僕のことも

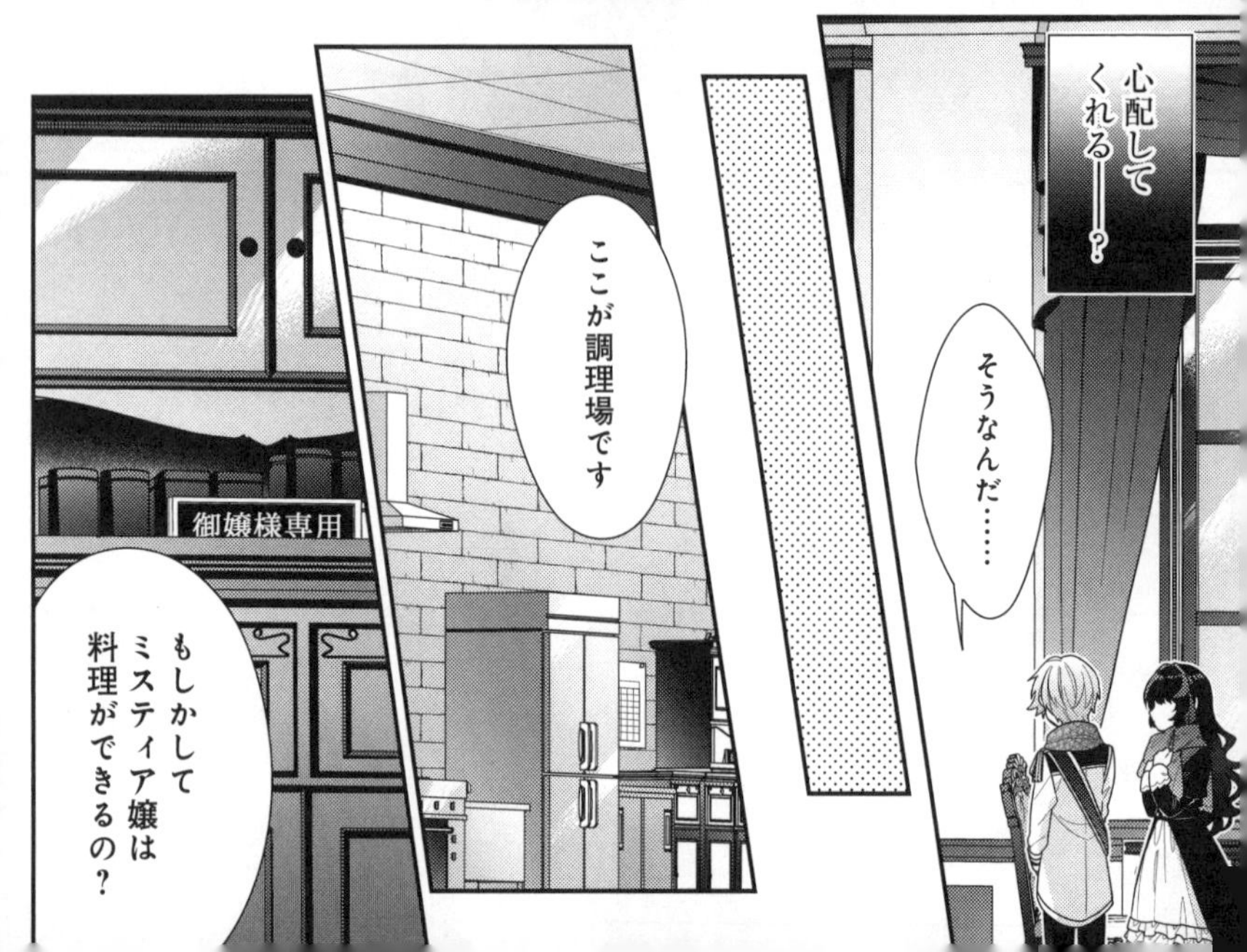
心配して
くれる──？
そうなんだ……
ここが調理場です
御嬢様専用
もしかして
ミスティア嬢は
料理ができるの？

まぁ
妹によ…
いも
芋をっにっ
煮たり焼いたり
する程度なら
できます…よっ
しぼ
ばば、
いも?
すごいな
料理か――……
――彼は……
食べたことが
あるんだろうか
ハイム家の彼には
よく作ったりする?
いや一度も
ないですけど
たぶん想像してる
料理とは
違うと思いますよ?
想像もできないな
食べたことが
ないからね
ならこれは
僕が先なんだ
作ってくれる?
えっ
彼女は
手慣れた様子で
調理していく
もしかしたら
彼女の手料理を
食べるのは
友人の中では
僕が1番かもしれない
そう考えたら
仮定の話でも
気分がいい

どうぞ
ありがとう
あれ 君の分は？
お腹はすいていないので
そうか
いただきます
！
塩 足しますか？
それとも濃かったですか？
とてもおいしいよ ありがとう

彼女の手料理は
本当においしかった
だからなのか
とても懐かしい
気持ちになった
すみません
お皿拭きなんて…
食べさせて
もらったんだから
当然だよ
洗うのも
僕がやるよ?
それは
申し訳ないので
今日は本当に
ありがとう
いえ……
料理人以外に
作ってもらうのは
久しぶりだったから
とても
嬉しかった

――え？
昔は母がよく
ミートパイやキッシュを
作ってくれたんだけど
今は
違うんですか？
身重だからね
子どもがいるとわかる
までは作っていたよ
煮込み料理とか

料理を作る母
それに構う父
だから母はある程度
放置できる煮込み料理を
作ることが増えた
焦がしてしまった鍋は
父が洗っている
僕はそんなやりとりを
見ているのが好きだった
でも最近は
見る機会がない

そういえば…
自分の話をするのは
彼女が
初めてだな

──僕は馬鹿だ
問い詰め怯えさせて
強要するのに
彼女に僕のことを
知ってほしいと
思っているのか
彼女と出会ってから
僕は後悔ばかりだ
あの…
レイド様
全部うまくいかない
おかしくなってしまった
私でよければ…
作りに行きましょうか?

……料理…とか
……いいの？

2週間とか…3週間に1回なら…
でもこういう簡単なものしかできないので…
ええと…
——君は
僕のことが嫌いなんだと思ってた

しぃしぃしぃ
はい？
でも
そう言ってくれる
ってことは
嫌いでもないいんだね
じゃあ２週間に
一度と考えて……
え？
怯えさせる相手に
食事を作りに行くだろうか
いや……
彼女は優しすぎる人だ
目の前の
困っている人
悲しむ人を
放ってはおけない
あっ
あわわっ
そういう人
なんだ
まっすぐな優しさに
打算はない
彼女にとっては
当たり前で
意味なんてない
それでも
今はかまわない
6
7
8
9
13
14
15
16

僕には彼女しかありえない
楽しみにしているよ
もう諦めない
きちんと僕自身と――そして彼女と向き合う
その覚悟を僕は決めたんだ

本当に
どうしよう
レイド・ノクターに
料理を作りに行く約束を
してしまった
自分から地獄に
進んでしまって
どうする！
――でも……

彼の孤独を知ってしまった
そしてその孤独は私のせいだ
彼に弟ができたのは
私がストーリーを
変更したからだ
もちろん夫人を
救ったことに
なんの後悔もない
時間が巻き戻っても
私は同じ行動を取る
でもこのままで
いいとも思えなかった
行動には
責任が伴う
彼の孤独を
生み出した責任は
取らなくてはいけない

彼の行動は婚約者の務めだと思っていたけれど
もし事件後に友人と疎遠になっていたら？
事情を知っていて話をできるのが私だけだったとしたら
私は今までとんでもない仕打ちをしていたかもしれない
親しい友人がいるのか私は知らない
私は彼について何も知らない
自分のことばかりでレイド・ノクターという人をちゃんと見ようともしなかった
出産から半年くらい経てば彼の家族は落ち着くだろうか
そのくらいなら私がノクター家に通っても
『弟か妹の誕生』というビックイベントで『私の料理』なんてかき消されるはず

だから大丈夫
大丈夫に…しなくては
――そして
状況は変わらずに

時間は

過ぎ去っていく

ミスティア・アーレン　15歳
おめでとうございます
今日は貴族学園入学式だ

ミスティア様
これから3月末までの
1年間がゲーム本編
ピッコマ
にて先行
配信中！
ニコニコ
漫画にて
WEB
配信中！
続きはWEBにてお楽しみください！

死罪デッドエンド回避
――!?
舞台化決定!
池袋
BIG TREE THEATERにて
日程
2022年2月16日(水)
～20日(日)
詳しくは公式HPへ
2021年冬発売決定!

一家使用人離散、投獄
その先にあるものは――

ついに
「きゅんらぶ」
第一部完結!!

悪役令嬢ですが攻略対象の様子が異常すぎる V

稲井田そう Illust. 八美☆わん

悪役令嬢ですが攻略対象の様子が異常すぎるⅣ

2021年9月1日　第1刷発行

著　者　稲井田そう

発行者　本田武市

発行所　TOブックス
〒150-0002
東京都渋谷区渋谷三丁目1番1号　PMO渋谷Ⅱ　11階
TEL 0120-933-772（営業フリーダイヤル）
FAX 050-3156-0508

印刷・製本　中央精版印刷株式会社

ISBN978-4-86699-304-1